Anne Wiazemsky

Mein Berliner Kind

Anne Wiazemsky

Mein Berliner Kind

Roman

Aus dem Französischen
von Grete Osterwald

C. H. Beck

Titel der Originalausgabe: «Mon Enfant de Berlin», erschienen bei

Gesetzt aus der LexiconNo1 bei Fotosatz Amann, Aichstetten
Druck und Bindung: Pustet, Regensburg
Gedruckt auf säurefreiem, alterungsbeständigem Papier
(hergestellt aus chlorfrei gebleichtem Zellstoff)
Printed in Germany
ISBN 978 3 406 60521 5

www.beck.de

Zur Erinnerung an Claire, an Wia
und an ihre Freunde vom Kurfürstendamm 96.

Im September 1944 befindet sich Claire, Sanitäterin und Fahrerin beim Französischen Roten Kreuz, noch im Einsatzgebiet von Béziers. Sie ist siebenundzwanzig Jahre alt, eine sehr schöne junge Frau mit großen dunklen Augen und hohen slawischen Wangenknochen. Wenn man ihr Komplimente macht, überhört sie das. Sie hat keine Zeit, sich im Spiegel anzuschauen, und wenn, dann nur flüchtig und immer etwas misstrauisch. Seit sie sich vor eineinhalb Jahren dem Roten Kreuz verpflichtet hat, will sie nur durch ihre Arbeit existieren. Ihre Einsatzbereitschaft, ihr Mut und glühender Kampfgeist finden die Bewunderung ihrer Vorgesetzten. Ihre Gefährtinnen, oft aus anderen gesellschaftlichen Kreisen als sie selbst, haben vergessen, dass sie die Tochter eines berühmten Schriftstellers ist, François Mauriac, und betrachten sie als eine der Ihren, weiter nichts. Das macht sie glücklich. Sie liebt das, was sie tut, die Notwendigkeit, von einem Tag zum anderen zu leben. Am Steuer ihres Sanitätswagens, wenn sie Verwundete zu überfüllten Krankenhäusern transportiert, fühlt sie sich lebendig, zum ersten Mal in ihrem jungen Leben. Ein Leben ohne Vergangenheit, ohne Zukunft. Ein Leben in der Gegenwart.

Von ihrem Zimmer aus betrachtet sie die Dächer von Béziers, das goldene Licht des Spätnachmittags auf den

Ziegeln. Glocken läuten. Auf dem großen Tisch, der ihr als Schreibtisch dient, ihr kostbares TSF*-Gerät, das Funkradio, und ein Strauß Gartenrosen. Neben der Vase das Heft, dem sie, sooft sie kann, Berichte über die Ereignisse des Tages anvertraut: ihr Tagebuch. Drumherum zahlreiche Fotos von ihren Eltern, den Brüdern und der Schwester mit ihrem Baby. Ein anderes, etwas abseits, zeigt einen jungen Mann, gezwungen lächelnd, in Soldatenuniform. Manchmal schaut sie ihn lange, zärtlich verliebt an, aber in letzter Zeit meidet sie den Blick auf sein Foto immer häufiger.

An diesem Tag achtet sie nur darauf, was sie empfindet, ein körperliches Wohlgefühl dank der milden Luft und einer reichen Mahlzeit aus Tomaten, Eiern und Pflaumen von einem verlassenen Bauernhof. Bald wird es andere Mahlzeiten geben, bald wird sie nicht mehr hungern müssen. Trotz der anhaltenden Kämpfe – ist der Krieg nicht fast zu Ende?

Eine Frage drängt sich dabei auf: Soll sie zu ihrer Familie heimkehren, wie diese es verlangt, oder ihr die Stirn bieten und den Truppen folgen? Die meisten ihrer Gefährtinnen haben sich schon entschieden.

Claire zündet sich eine Zigarette an. Den Rauch einatmen, ihn durch die Nase wieder ausblasen ist ein Vergnügen, von dem sie nicht genug bekommen kann. Selbst in den schlimmsten Augenblicken hilft ihr eine Zigarette, egal was für eine, den Alltag durchzustehen, den nötigen

* *Transmission sans fil (TSF),* drahtlose Funkübertragung (A. d. Ü.)

inneren Abstand zu finden. Ein junger Leutnant, den sie gerade kennengelernt hat, hat ihr eine ganze Stange von der amerikanischen Armee geschenkt. Dafür soll sie ihm die Gegend zeigen. Aber sie haben sich noch nicht verabredet, möglich, dass der Soldat in den nächsten Tagen wieder zum Kampf beordert wird.

Durchs Fenster lässt sie ihren Blick erneut über die Dächer von Béziers schweifen. Sie hat diese Stadt gleich ins Herz geschlossen, und es macht ihr echten Kummer, sie bald verlassen zu müssen. Fort, und wohin dann? Schon ist die Frage wieder da, auf die sie keine Antwort weiß.

Sie nimmt ihr Tagebuch, legt sich aufs Bett und beginnt zu blättern, als könnte das Sichten der Vergangenheit ihr helfen, die Zukunft einzuschätzen. Flüchtig mustert sie die Seiten, die ihre Anfänge in Caen betreffen, verweilt bei denen, wo es um Patrice geht – Patrice, in deutscher Gefangenschaft, mit dem sie seit Ausbruch des Krieges Briefe austauscht. «Mein Verlobter», spricht sie halblaut aus, «mein Verlobter ...» Sie richtet den Blick auf sein Porträt, neben der Blumenvase, und betrachtet es aufmerksam. Sie glaubt, sich nicht mehr so recht an seine Bewegungen, an den Klang seiner Stimme zu erinnern.

Unter dem Datum 19. Dezember 1943, bei einem kurzen Aufenthalt in Paris, hat sie notiert:

«Habe den ganzen Tag bei Patrice' Eltern verbracht, obwohl ich nur zum Mittagessen hingehen wollte. Es ist unglaublich, wie sehr ich diese Familie mag. Ich habe wirklich das Gefühl, dass ich dazugehöre. Seine Brüder sind ihm sehr ähnlich. Natürlich haben wir über Patrice gesprochen. Wie sehr sie ihn lieben und wie ihre Liebe auf mich überschwappt! In ihren Augen bin ich diejenige, die er liebt, und das heiligt mich. Außerdem finden sie mich ausgesprochen hübsch.

Wie habe ich mich doch verändert seit dem letzten Jahr! Vor einem Jahr war ich sehr unglücklich. Patrice bedeutete mir nichts oder fast nichts, während er jetzt einen Platz eingenommen hat, der täglich größer wird. Es langweilte mich, an ihn zu denken, und ich hatte fast Angst vor dem Moment, da er wiederkommen würde. Jetzt zähle ich die Tage, möchte ihn sehen, ihn anfassen, mit ihm sprechen, ihm danken, dass er mich so liebt, dass er mich gelehrt hat, ihn zu lieben, mit solcher Freude und Ungeduld auf ihn zu warten.

Vor einem Jahr war ich durch die Aufnahmeprüfung beim Roten Kreuz gefallen. Ich war traurig, weil ich an mir zweifelte. Heute weiß ich, wozu ich fähig bin. Am Ende dieses Jahres bin ich also zufrieden mit dem, was ich erreicht habe. Mir scheint, Caen hat mir unerhört gutgetan. Ich bin weniger egoistisch und weiß vor allem das wahre Glück besser zu schätzen. Ich bin weniger blasiert. Ich liebe mich weniger um meiner selbst willen als für Patrice. Ich erwarte ihn. Es gibt nichts Schöneres, als mir unsere Wohnung und mein Leben an seiner Seite vorzustellen.»

Auf den folgenden Seiten hat Claire sorgfältig die Briefe abgeschrieben, die sie Patrice geschickt hat. Darin erzählt sie Ereignisse aus ihrem Alltag, schwelgt aber vor allem in Träumen von ihrem zukünftigen Leben in einer befriedeten Welt. Diese Sentimentalität, ihre jedes Mal neu beschworene Liebe regen sie plötzlich maßlos auf. «Wie kindisch!», denkt sie. Und gleich danach: «Wie ich mich reingesteigert habe!» Darüber vergisst sie ganz, dass es Antworten auf seine Briefe waren, die sie im Koffer aufbewahrt und selten nachliest. «Keine Zeit», sagt sie mit lauter Stimme, als hätte man sie um eine Erklärung gebeten. Seit mehreren Tagen hat sie ihm nicht mehr geschrieben, ein Anflug von schlechtem Gewissen verdirbt ihr die letzten Züge ihrer Zigarette. Schnell überspringt sie diese unangenehmen Seiten und steckt sich an der Glut der ersten eine neue Zigarette an. Es ist ihr lieber, auf Schmeichelhafteres zurückzugreifen, auf Zeilen, in denen sich ihrer Meinung nach die junge Frau, die der Krieg aus ihr gemacht hat, besser widerspiegelt. Wie so oft ist es ein Brief, den sie kopiert hat, ehe sie ihn einer ihrer Gefährtinnen auf Heimaturlaub mitgab. Dieser ist an ihre Familie gerichtet, 38 avenue Théophile-Gautier, Paris XVIe.

«21. August 1944

Meine allerliebsten Eltern!

Ich fange gerade erst an zu begreifen, dass ich mich in einem freien Land befinde und schreiben kann, was ich will. Ich denke ganz fest an Euch. Vorgestern Abend, als der Jubel über die beginnende Befreiung von Paris aus den Radios schallte, hätte ich fast geweint, so traurig war ich, nicht dort zu sein. Für diese paar Stunden in Paris wäre ich bereit gewesen, alles zu geben, was ich in den letzten Monaten beim Roten Kreuz erlebt habe.

Ihr müsst großartige Dinge gesehen haben, und ich schäme mich beinahe, Euch von dem wenigen, das ich getan habe, zu erzählen.

Tagelang sind ununterbrochen deutsche Kolonnen durch Béziers gerollt. Und wir, wir haben trotz verstopfter Straßen mit unserem Einsatz weitergemacht. Auf dem Kotflügel sitzend habe ich den Himmel angefleht. Mehrere Male waren wir zwischen riesigen Konvois eingekeilt. Wir konnten unmöglich da raus, außer wenn die Flugzeuge über uns waren, dann hielten die Kolonnen am Straßenrand. Die Alliierten haben viel geschossen, aber nie direkt über uns. Was passiert war, konnten wir in den Gesichtern der Deutschen lesen oder aus brennenden Autos schließen.

Vorigen Sonntag war die Stadt unter Beschuss. Von fünf Uhr nachmittags bis neun Uhr abends rollten schießende Panzer durch Béziers: 15 Tote, 50 Verletzte. Stellt Euch vor, Eure kleine Claire mit ihrer Freundin Martine und einem Verbindungsmann – eine halbe Stunde haben wir gebraucht, um meinen Sanitätswagen zu erreichen. Am gefährlichsten war das Überqueren der Hauptstraßen. Ein Schritt, und dann quetschte man sich wieder an die Wand, weil irgendwo ein Maschinengewehr ratterte. Am Ende gingen wir mit unseren Abzeichen und erhobenen Armen langsam mitten auf der Straße. Einige Male haben sich Gewehre gesenkt, die auf uns gerichtet waren. Vier Stunden lang sind wir durch die Straßen von Béziers gefahren, um die Verwundeten zu bergen. Überall pfiffen Kugeln, es war grandios. Die Deutschen haben nie direkt auf uns geschossen. Einmal habe ich mich zwischen zwei Panzer gestellt, und ein deutscher Soldat gab mir Zeichen, ich solle mir einen Helm aufsetzen. Ich hatte keine Angst, und wären da nicht die Toten und die Verwundeten gewesen, hätte ich jubeln können. Ohne Martine und mich wäre ein Mann verblutet. Er weiß es, und jedes Mal, wenn wir ins Krankenhaus kommen, bedankt er sich aufs Neue. Das freut einen und tröstet über vieles hinweg.

Die nächsten zwei Tage musste ich von einer Leichenhalle zur anderen. Ich habe furchtbare Verletzungen gesehen, ein ganz junges Mädchen, tot, aber die Mutter wollte es nicht gehen lassen. Ein junger Kämpfer der *FFI**-Truppen, den Mund voller Würmer, und so weiter und so fort. Ich habe zehn Särge für zehn Tote besorgt.

Und dann kamen die *Forces françaises de l'intérieur*. Nicht sehr schön, kein großer Enthusiasmus. Einen ganzen Tag lang haben sie von Dächern und Straßenecken auf mehr oder weniger eingebildete Milizionäre geschossen. Unterdessen transportierte ich Verletzte, Opfer eines kleinen Luftangriffs. Die Flugzeuge flogen über uns hinweg und nahmen alles unter Beschuss. Ich hatte keine Zeit, zu denken, dass ich sterben könnte.

Gestern ging ein Notruf ein, wir sollten Verwundete aus dem Maquis von Saint-Pons abholen. Das gefiel mir umso mehr, als es hieß, dort würde immer noch gekämpft. Wir

* *Forces françaises de l'intérieur (FFI)*, Französische Streitkräfte des Inneren: Name der im Februar 1944 gegründeten, alle innerfranzösischen Widerstandsgruppen zusammenfassenden Organisation unter dem Oberbefehl von General Kœnig. (A. d. Ü.)

kamen in eine Gegend, wo es nach mehreren Tagen Krieg vollkommen ruhig geworden war. Die Deutschen hatten die Stadt restlos geplündert und waren schon im Begriff, alles abzufackeln, als sie merkten, dass es unter ihren eigenen Leuten an die dreißig Verwundete gab. Wir fingen an, erste Hilfe zu leisten, sie sahen ihre Kameraden in guten Händen und sagten zu uns: «Wir werden unsere Pflicht tun, wie ihr die eurige.» Dann zogen sie ab. Inzwischen waren die Männer aus dem Maquis schon evakuiert worden, also nahmen wir die schwer verletzten Deutschen mit und beförderten sie nach Béziers. Im Krankenhaus bin ich noch eine Stunde bei ihnen geblieben. Sie haben so gelitten, dass mir übel wurde. Ich hätte Hass empfinden wollen, aber ich empfand nur unendliches Mitleid und wäre froh gewesen, ihnen helfen zu können. Einer, ein armes Kerlchen von achtzehn Jahren, hatte eine Bauchfellentzündung. Es war hoffnungslos, und der Arzt wollte ihn nicht mehr operieren. Seine glühende Hand klammerte sich um meine, und er sah mich mit so flehenden Blicken an, dass mir die Tränen kamen. Ich dachte an all die Männer, die genau wie er fern von ihren Familien sterben. Ich bin nicht dafür geschaffen, Krankenschwester zu sein, ich wäre zu unglücklich.

17 Uhr. Eben habe ich einen Mann abgeholt, der vor meinen Augen an den Folgen der Schießerei von Sonntag gestorben ist. Die Toten sind schlimm, aber noch schlimmer ist es, die schluchzenden Familien zu erleben.

Es ist schwül, die ganze Stadt ist voller *FFI*, Sterne und Fahnen. Wir hoffen, dass die Amerikaner sehr bald im Hafen von Sète ankommen. Stellt Euch vor, sie hätten hier, in Sète, Agde oder Umgebung landen sollen. Sie haben die Karten von der Côte d'Azur nur zehn Tage vor der Landung angefordert.»

Claire schließt das Heft, um sich noch einmal durch den Kopf gehen zu lassen, was sie gerade gelesen hat und was ihr hilft, ihre Gedanken zu sortieren. Sie gesteht sich gern einen gewissen Mut bei ihrem gewagten Handeln zu, aber vor allem reizt es sie. «Eine gute Portion Leichtsinn, ja!», würde die Abteilungsleiterin ihr die Leviten lesen. Und in der Stille ihres Zimmers würde Claire ihr ganz ruhig und gelassen antworten: «Ich liebe die Gefahr.»

Sie drückt ihre Zigarette aus, steht auf, lehnt sich ans Fenster. Die Sonne geht unter, Schatten legen sich über die Dächer. Am Himmel ziehen die Schwalben immer engere Kreise und schreien, als wollten sie den Tag verabschieden, die Ankunft der Nacht begrüßen. Unten, im Hof, brechen zwei ihrer Kolleginnen zum Essen in die Stadt auf. Wie für Claire ist es der Ausklang ihres freien Tages, und sie haben ihre Royal-Air-Force-blaue Uniform gegen gewöhnliche Kleidung getauscht, Frauen wie alle anderen. Claire zögert, ob sie mitgehen soll. Aber ihr ist nicht wirklich danach zumute, jetzt jedenfalls noch nicht. Vielleicht später, auf eine Runde durch die zwei oder drei Cafés, die ihre Stammlokale geworden sind. Sie findet diesen Tag ohne einen einzigen Alarm köstlich und seltsam zugleich. Welch eine Stille in der Stadt. Beinahe vermisst sie ihren geliebten Sanitätswagen. Sie weiß noch nicht, was nächste Woche sein wird. Damit ist sie wieder bei der Entscheidung, die sie in wenigen Tagen treffen muss.

Die Nacht kündigt sich mit einer frischen Brise an, die sie frösteln lässt. Sie zieht sich einen Pulli über ihre Bluse, knipst die Lampen an und betrachtet sich zufrieden in dem großen Spiegel über dem Kamin. Ihr gebräuntes Gesicht wirkt ausgeruht, entspannt. Sie hat nicht mehr diesen düsteren Ausdruck, der ihr so oft eigen ist und ihre Nächsten irritiert. Sie toupiert sich ihr dichtes, braunes, erst am Morgen frisch gewaschenes Haar, bemerkt, wie sehr sie ihre Hände vernachlässigt hat: Arbeiterhände. Aber woher Nagellack nehmen, woher ein Maniküreset? In Paris hätte sie nur die Qual der Wahl. Sie hätte den angenehmen Komfort der elterlichen Wohnung, genug zu essen und ein wärmendes Feuer im Kamin, wenn der Winter kommt. Wie alle Franzosen hat sie während der Kriegsjahre furchtbar unter der Kälte gelitten. Ihr Wohlgefühl in Béziers ist vor allem dem Klima zu danken, den sonnigen Tagen, dem fast immer blauen Himmel. Plötzlich hat ihr Spiegelbild seinen Zauber verloren, sie liest darin den Schrecken, etwas Verzweifeltes in ihrem Inneren, von dem sie weiß, es ist da, obwohl es fast vergessen schien. Sie wendet sich ab und schaltet den *TSF*-Sender ein: Es ist das Allegro, der Anfang von Mozarts *Klarinettenkonzert*. Erinnerungen werden wach, sie denkt an ihren Vater, der in den düsteren Stunden der Okkupation Kraft schöpfte, indem er Mozart hörte. Manchmal schloss er sich allein im Salon ein, um sich ganz der Musik hinzugeben. Sie erinnert sich, wie er einmal sagte, Mozarts Andante klinge ihm, als wäre es «was weiß ich für ein Vorwurf gegen Gott, die Klage eines enttäuschten Kindes». Schon kann sie wieder freier atmen. Sie verspürt den Drang, weiterzulesen; sie macht es sich auf ihrem Bett bequem, das Tagebuch in der einen, eine neue Zigarette in der anderen Hand. Was sie vor Augen hat, ist die Fortsetzung des abgeschriebenen Briefs an ihre Eltern, in dem sie zum ersten Mal jenen Teil ihres Lebens in Béziers erzählt, den sie bis dahin geheim gehalten hatte.

«28. August 1944

Gestern: große politische Kundgebung. Ich dachte an Paris und fand alles ziemlich schäbig, ziemlich kleinkariert. Dabei gab es eine schöne Feier an der Erschießungswand – acht Leichen hatte ich dort abgeholt. Hier herrscht eine Ruhe, dass man heulen könnte. Und ich habe wahrhaftig nicht die Absicht, zu verschimmeln. Ich sehne mich nach Neuigkeiten von zu Hause, dass endlich von Papa gesprochen wird. Vielleicht habe ich ja bald das Glück, seine Stimme im *TSF* zu hören.

Ich erinnere mich an die traurigen Briefe, die ich Euch geschrieben habe, fast wie Abschiedsbriefe, solche Angst hatte ich, zu sterben. Diese Angst kam nicht nur von den Toten, die ich sah, von den Bombardierungen, sondern vor allem von dem Leben, das wir die ganze Zeit geführt haben. Stellt Euch vor, unsere Rotkreuzabteilung war seit Januar, bis in die letzten Tage, Treffpunkt sämtlicher Résistanceführer der Region. Bis zur Landung hatten wir jeden Tag zwei oder drei zum Mittagessen da, oft auch zum Schlafen. Unsere Leiterin war eine Verbindungsfrau, das ganze Haus vollgestopft mit Waffen, und mein Sanitätswagen wurde für die Transporte, wer weiß wie viele, benutzt, für Waffen, Sprengstoff, Partisanenführer und vieles mehr. Wir sind rausgefahren und haben verwundete Maquisarden abgeholt, die Widerstandsgruppen vor deutschen Razzien gewarnt. Ich muss gestehen, das war nicht sehr gemütlich, und manchmal bekam ich es mit der Angst, vor allem, wenn Renée beispielsweise nicht zur verabredeten Zeit erschien und wir Stunden warten mussten, bis sie wiederkam. Nächtelang haben wir dagesessen und auf sie gewartet! Einmal hat ein Résistanceführer zu uns gesagt: ‹Wenn sie bis Mitternacht nicht da ist, haue ich ab, dann dauert es nicht mehr lange, bis die Gestapo vor der Tür steht.› Er verschwand, und das Warten ging weiter. In einer Nacht bin ich mit einem von ihnen aufs Dach geklettert, um alle unsere Revolver unter den Ziegeln zu verstecken. Ich weiß noch, wie schön der Mondschein war und dass ich auf komische Gedanken kam.

An dem Tag, als ich die Erschossenen abholen sollte, habe ich mich gar nicht hingetraut, so graute mir davor, jemanden wiederzuerkennen. Und als ich den elenden Körper einer Frau sah, die nichts Böses getan hatte, überkam mich furchtbare Übelkeit, weil ich an mich selbst denken musste. Das war nicht sehr nett von mir, aber ich konnte nicht anders – ich sah mich in meinem Blut, als wäre es eine vollendete Tatsache.

Ich hätte gern Tagebuch geschrieben, doch das kam nicht in Frage, es war zu gefährlich. Die Gestapo suchte wirklich eine Frau namens Renée, aber sie sind nie zu uns durchgedrungen. Wir waren ständig auf der Hut, ich hatte einen Pass für Spanien. Es gab Einsätze, da habe ich meinen Revolver mitgenommen, und glaubt mir, ich hätte gewusst, wie man damit umgeht. Zum Glück standen wir auf gutem Fuß mit der Kommandantur, die uns jede gewünschte Genehmigung ausstellte, weil wir während der Bombardierungen gut gearbeitet hatten. Außerdem hatte sie großes Vertrauen in das Französische Rote Kreuz. Für mich war das die unangenehme Seite der Geschichte, denn wenn man uns erwischt hätte, hätten wir die ganze Rotkreuzorganisation, dieses großartige Unternehmen, kompromittiert. Unsere Sanitätswagen waren die Einzigen, die fast nie angehalten wurden. Darauf haben wir gesetzt und jedes Mal gewonnen. Wenn sie bei den seltenen Kontrollen doch einen Maquisarden fanden, der sich krank stellte, machten sie die Tür schnell wieder zu, ohne nach Papieren zu fragen, und sagten: ‹Viel Arbeit, das ist gut so!›

Ich bin mir nicht sicher, ob Ihr den Brief bekommen habt, in dem ich Euch andeutungsweise zu verstehen geben wollte, dass ich in einem Maquis gewesen war. Eines Morgens bin ich nämlich mit zwei Ärzten von unserer Rotkreuzstaffel und dem Partisanenchef der *FTP** in deren Hauptquartier gefahren, mitten in den Bergen.

Achtundvierzig Stunden lang habe ich die Runde der Partisanengruppen gemacht, geholfen, Medikamente zu verteilen, Verwundete und Kranke zu versorgen oder von irgendwo abzuholen. Am Ende des ersten Tages hatte ich

* *Francs-Tireurs et partisans (FTP)*, kommunistische Widerstandsgruppe der französischen Résistance (A. d. Ü.)

meinen Sanitätswagen gerade voll getankt, als wir einen schweren Laster mit Lebensmitteln überholten. Der Maquisarde neben mir hieß mich auf gleicher Höhe fahren, nahm den Fahrer mit der Maschinenpistole ins Visier und befahl ihm, uns zu folgen. Das gab ein Schlemmen im Maquis! Ich erspare Euch die Einzelheiten dieses Abends, das große Essen, die Stimmung am Lagerfeuer, die Lieder. Auch die Rückfahrt mitten in der Nacht, mit ausgeschalteten Scheinwerfern und Eurer kleinen Claire, die haarscharf vor einem Abgrund zum Stehen kam, dann die Nacht im Sanitätswagen, auf Pritschen voller Blut, unter schmutzigen Decken, die wer weiß wie viele Tote und Kranke bedeckt hatten, und wie mir schließlich trotz allem die Augen zufielen. Am nächsten Morgen um sieben waren wir wieder unterwegs.

Dabei fallen mir auch die Landungen wieder ein, und ich muss zugeben: Wir kannten sämtliche Losungen. Stellt Euch nur unsere Aufregung vor, als die ersten Durchsagen kamen. Was wir nicht ahnten, war, dass manche Codes – wie etwa *À mon commandement, garde-à-vous!* oder *Il en rougit le traître* – für ganz Frankreich galten! Als wir die Botschaften also am Abend vor der ersten Landung hörten, glaubten wir, das sei für uns! Was für eine Nacht! Alle waren da. Einer, der jetzt Hauptmann ist, präparierte die ganzen Sprengsätze im Wohnzimmer, und eine Stunde später führte er den *PLAN VERT** aus, indem er alles in die Luft jagte. Wir Mäd-

* Der *PLAN VERT* sah unmittelbar nach der Landung der Alliierten eine Lahmlegung des Eisenbahnverkehrs vor, um die Truppenbewegungen der Deutschen aufzuhalten. (A. d. Ü.)

chen lauschten und sagten uns bei jeder neuen Explosion: Sie haben ihn noch nicht geschnappt. Was für eine Enttäuschung, als wir sonst nichts hörten und am nächsten Tag erfuhren, dass sie in Caen gelandet waren.»

Sie trotzen der Kälte,
trotzen dem Hunger,
trotzen den Hunden
und verlieren nie den Mut.
Es sind die Maquisarden,
Kämpfer der Résistance,
es sind die Maquisarden,
unsres Landes junges Blut ...

Claire trällert vor sich hin, was sie bei dem wunderbaren improvisierten Festschmaus um ein Lagerfeuer im Maquis gehört hatte. Sie ist sich der Worte nicht sicher, genauso wenig wie der Melodie, aber dieses Lied lässt sie vor Rührung und vor Stolz erzittern. Sie muss unbedingt jemanden finden, der den genauen Text kennt, damit sie ihn in ihr Tagebuch schreiben kann. Ein letztes Mal liest sie einen ihrer Briefe.

«Samstag, 2. September 1944

Seid gegrüßt, meine herzallerliebsten Eltern. Ich warte voller Ungeduld auf Nachrichten von Euch und werde erst beruhigt sein, wenn ich einen Brief in Händen halte, der mir versichert, dass Ihr alle wohlauf seid. Mir geht es sehr gut. Ich arbeite viel, aber ich finde diese Einsätze zum Heulen langweilig.

Hier nichts Neues. Es regnet. Zum Glück, denn seit einer Woche war es unerträglich heiß.

Gestern wurde ich aus dem Tiefschlaf gerissen, um zwei Männer mit Schussverletzungen abzuholen. Stellt Euch vor, ein junger Bursche, *FFI* natürlich, der einem Verbindungsmann seine Pistole zeigt und sagt: ‹Schau, mein Prachtstück, so was Schönes hast du sicher nicht.› Der Verbindungsmann sagt: ‹Immer langsam, dreh die Waffe zur anderen Seite.› ‹Keine Gefahr›, sagt der andere, nimmt das Magazin heraus, hält sich die Mündung vor den Bauch und schießt.

Im Lauf war eine Kugel, die ihn vollständig durchdrungen hat und in der Leber eines Dritten, der hinter ihm stand, stecken geblieben ist. Ich weiß nicht, ob es daran lag, dass ich ruckartig aufgestanden war, oder an dem ganzen Blut, dem Erbrechen, diesen elenden Gestalten, jedenfalls wurde mir so schlecht, dass ich den Operationssaal verlassen musste.

Eben habe ich es erfahren: Sie sind beide tot. Es hat schon wer weiß wie viele Unfälle mit Schusswaffen gegeben. Ich begreife nicht, warum diese Kinder nicht allesamt entwaffnet werden. Sie sind so stolz, dass sie die ganze Zeit mit ihren Spielzeugen herumfuchteln.

Aber bitte erzählt nicht allen Leuten, was wir mit unseren Sanitätswagen für die Widerstandskämpfer gemacht haben. Denkt daran, dass wir unter dem Schutz der Rotkreuzfahne stehen und das nicht hätten tun dürfen. Ich sehne mich danach, offen für die Armee zu arbeiten. Meine Seele taugt nicht zur Spionin.»

Das *Klarinettenkonzert* im *TSF* geht aufs Ende zu. Claire hat es oft genug gehört, um zu wissen, dass es der dritte Satz ist, das Rondo. Sie denkt an zwei ihrer liebsten Freunde – ihre «Verehrer», wie sie in der Familie genannt wurden –, die noch irgendwo gegen die Deutschen kämpfen und lange nichts mehr von sich haben hören lassen. Ohne sich abzusprechen haben beide immer «Clarinette» zu ihr gesagt. Wo mögen sie sein? Sind sie überhaupt noch am Leben?

Zwei kurze leise Klopfer – die Tür öffnet sich. Ein zerzauster Blondschopf steckt den Kopf herein. Blaue Augen wie Vergissmeinnicht, freche Stupsnase, ein unwiderstehliches Lächeln: Es ist Martine, diejenige aus dem Mitarbeiterstab, mit der Claire besonders gern zusammen ist, deren immer gute Laune ihr oft geholfen hat.

«Ich gehe runter in die Küche, uns was brutzeln. Kommst du mit? Danach können wir ja sehen, ob die anderen im Café sind.»

«Ich bin gleich da, in fünf Minuten.»

Die Tür hat sich sanft wieder geschlossen, aber Martines hohe Korkabsätze klappern den Flur entlang. Claire legt das Tagebuch beiseite, schnappt sich einen Block, einen Stift und beginnt zu schreiben:

«Béziers, 21. September

Meine lieben Eltern!

Sollte der Krieg wirklich überall zu Ende sein, bin ich bald bei Euch, zu Hause, wenn er aber andauert, gehe ich nach Norden an die Front. Ich wünsche mir von ganzem Herzen, dass er ein Ende nimmt, damit ich Euch wiedersehe und all diese Verwundungen ein Ende haben. Wenn das Ganze aber weitergeht, ziehe ich mit Freude.»

Sie hat ihnen das Wichtigste gesagt, nur findet sie die Ankündigung ein bisschen zu brutal, etwas mehr Taktgefühl wäre schon geboten, mehr Rücksicht auf den Schock, den sie beim Lesen ihres Briefes empfinden werden. Besser mit einem Bericht über ihren freien Tag beginnen? Sich nach jedem Einzelnen daheim erkundigen? Kein Problem, sie wird den Brief neu schreiben, wenn sie später nach Hause kommt. Im Moment fühlt sie sich von einer ungeheuren Last befreit und hat das dringende Bedürfnis, Martine, vielleicht auch den anderen Mädchen, ihre Entscheidung zu verkünden.

Claires Tagebuch:

«Montag, 9. Oktober 1944, Mitternacht

Übermorgen werde ich Béziers verlassen. Ich kann gar nicht sagen, wie froh ich bin – aber auch wie traurig. Wieder ein Kapitel meines Lebens, das zu Ende geht. Neun Monate! Ein ganzes Leben, und was für eins! Ich war glücklich hier und möchte von alledem kaum etwas missen. Hätte ich nicht vor, meine Familie zu besuchen und mich dann wieder den Truppen anzuschließen, wäre ich wahrscheinlich in Tränen aufgelöst. Trotz aller Freude bin ich traurig, schrecklich traurig. Béziers ist, glaube ich, die schönste Etappe meines Lebens. Ich habe mich voll ausgelebt, ganz und gar.»

Sie betrachtet einen bescheidenen Ring aus Weißblech mit einem falschen Amethyst, einen Kleinmädchenring, den der junge Leutnant, ihre Bekanntschaft vom September, ihr eben geschenkt hat. In dieser Nacht nimmt er alle ihre Gedanken ein.

«Es fällt mir entsetzlich schwer, ihn allein zu lassen, so allein. Sein Schmerz wühlt mich auf, und heute Abend war ich nicht einmal mehr froh, meine Eltern zu sehen, obwohl ... Müsste ich ihn nicht zurücklassen, wäre ich nicht so traurig, aber ich weiß, es macht ihn unglücklich, darum kann ich nicht glücklich sein. Ich werde ihn nie vergessen. Er war mein guter Engel. Er liebte mich wirklich, und ich bin dankbar für alles, was er mir gegeben hat. Ich werde sein Gesicht, seine Augen nie vergessen. So ist das Leben, da hilft kein Weinen, aber man kann sich erinnern. Ganz schön dumm, sich so zu binden. Wie dieses Leben mich verändert hat. Ich war ein Kind, jetzt bin ich eine Frau.»

Claire steht auf und zieht sich den Pelzmantel über. Im Kamin sind die letzten Scheite niedergebrannt, die glimmenden Reste spenden keine Wärme mehr. Sie haucht auf ihre klammen Finger, reibt die Handflächen aneinander. Draußen regnet es in Strömen. Ein dichter Regen, seit zwei Tagen schon, der sie vergessen lässt, dass sie sich in Südfrankreich befindet. Was sie eben geschrieben hat, bereitet ihr Unbehagen. Warum lässt sie sich hinreißen, von diesem Mann zu sprechen, wo sie sich doch geschworen hatte, seine Existenz zu verschweigen? Als sie sich kennenlernten, hatte sie ihm gestanden, dass sie verlobt sei und Béziers demnächst verlassen werde. Aber sie wandte auch an, was der Krieg sie gelehrt hatte: in der Gegenwart zu leben. Sie hatte sich nicht vorstellen können, dass diese Begegnung ihr allzu viel bedeuten könnte. Sie glaubte stark zu sein, gewappnet gegen den Kummer, gegen das, was sie verächtlich «Herzensnöte» nennt.

Zur Ablenkung schaut Claire sich Familienfotos an. Auf einem spielt ihre Schwester Luce, hochschwanger, mit ihrem zweijährigen Töchterchen am Boden. Die beiden Brüder – Claude, der ältere, und Jean, der jüngere – stehen um sie herum und lächeln in die Kamera. Zigaretten rauchend, setzen sie männliche Mienen auf. Die Szene spielt im Salon der elterlichen Wohnung, Avenue Théophile-Gautier. Claire vermutet, dass sie gerade vom Mittagessen kommen und jetzt den Kaffee einnehmen, oder vielmehr einen Ersatzkaffee. Ob sie ausreichend gegessen haben? Claire selbst wird in Béziers nicht satt, an manchen Tagen ist es eine Obsession, das Essen ... Wie viele Franzosen hatte sie naiv geglaubt, der Sieg würde die Versorgungsprobleme beseitigen. Solange gekämpft wurde, war das Alltagsleben so hart, so gefährlich, dass keine Zeit blieb, viel darüber nachzudenken. Sie greift wieder zu ihrem Tagebuch.

«Mama schreibt, zu Hause seien sie alle verzweifelt darüber, dass ich wieder zu den Truppen will. Ich bin unsicher, ob es nicht meine Pflicht wäre, bei ihnen zu bleiben. Trotzdem weiß ich, ich werde gehen. Sie werden unglücklich sein, und ich werde darunter leiden. Kann man überhaupt vollkommen glücklich sein? Irgendjemand leidet immer.

Claude ist in die Normandie geflogen, Sachen von de Gaulle abholen. Papa wird wieder mein Papa von vor dem Krieg sein. Warum liebe ich meine Familie so? Ich bin stolz auf sie. Manchmal fürchte ich, das Schicksal könnte sich rächen für all das Glück, das sie mir bereiten, für dieses leichte und unbeschwerte Leben, das ich bisher geführt habe. Ich denke auch an die Männer, die gestorben sind, an die, die noch erschossen werden, an die Gefangenen.

Ich spreche nicht von Patrice, ich kann kaum daran denken. Auch er leidet. Ich habe nicht einmal das für ihn getan, was ich hätte tun können. Seine Rückkehr macht mir Angst, genau wie vor zwei Jahren. Ich will nicht daran denken, es gibt so viele Dinge, die uns trennen. Armer Patrice. Aber warum ist er auch nicht zurückgekommen? Er ist selbst schuld.

Ich bin müde, mir ist eiskalt. Wie traurig und seltsam das Leben doch ist!»

«Dienstag, 10. Oktober, Mitternacht

Es ist so weit, ich werde ihn nicht mehr sehen. Zum ersten Mal in meinem Leben hat ein Mann aus lauter Schmerz vor mir geweint. Ein weinender Mann, das geht einem nahe. Ich hätte nie geglaubt, dass es so schön sein könnte. Heute Nachmittag waren wir zusammen am Strand. Das Meer war wunderschön, und wir waren traurig.

Morgen, Abreise um sechs Uhr früh! Adieu Béziers.»

Claire klappt ihr Tagebuch zu, legt es in den Koffer, zu den fertig gepackten Kleidern und den Büchern, die zu lesen sie nie die Zeit gefunden hat. Morgen wird sie in Uniform, das kleine goldene Lothringer Kreuz* am Revers ihrer Jacke, auf die Reise gehen. Ein Lothringer Kreuz, das General

* Das Lothringer Kreuz wurde von den zum Widerstand entschlossenen französischen Streitkräften als Symbol gewählt, unter diesem Zeichen zogen sie in den Kampf. (A. d. Ü.)

de Gaulle jedem der vier Kinder von François Mauriac geschenkt hat – sie ist sehr stolz darauf. Claire möchte als Rotkreuzhelferin, als Kämpferin erkennbar sein. Sie lässt die Karten von Frankreich, Italien und Russland, die sie sich bei ihrer Ankunft an die Wände gepinnt hatte, um das Vorrücken der alliierten Truppen zu verfolgen, in ihrem Zimmer hängen. Aus dem *TSF* ertönt Vivaldis *Mandolinenkonzert*. Claire spürt, wie ihre Bedrückung nachlässt. Es stimmt, was sie eben geschrieben hat. Es sind die Tränen dieses Mannes, die sie beeindrucken. Ohne das, scheint ihr, wäre sie gleichgültiger. Sie sammelt die Fotos ein, steckt sie in ihre Handtasche. Das von Patrice versetzt sie in schlechte Laune. Was würde er tun, wenn sie ihn verließe? Wäre er imstande, zu weinen, sich vor ihr seinem Schmerz hinzugeben, seine Verletzlichkeit zu zeigen? Sie denkt, er würde sich genauso geben wie bei jeder anderen Gelegenheit: tapfer und würdevoll. Fast nimmt sie es ihm übel, dass er dem Ruf zu den Fahnen vorausgeeilt ist, den ganzen Krieg in deutscher Gefangenschaft verbracht hat. Sie erinnert sich plötzlich, wie er ihr anfangs etwas fade, etwas langweilig erschienen war. Aber dann meldete er sich als Freiwilliger, um ein Strafbataillon zu führen, und sie sah ihn mit anderen Augen: Was für ein Mut! Und dass dieser Held sich unsterblich in sie verliebt hatte, imponierte ihr, betörte sie. In seiner Nähe würde sie über sich hinauswachsen, er würde ihr helfen, stark zu werden, nicht mehr die «reizende kleine Mauriac» zu sein. Heute, nach vier Jahren Krieg, ist sie gerührt von der Zerbrechlichkeit eines anderen Mannes ... Patrice weiß nicht, dass sie nicht mehr das junge Mädchen ist, das er gekannt hat. «Ich war ein Kind, jetzt bin ich eine Frau», wie sie sich immer wieder sagt. Und er, was ist aus ihm geworden? Seine Briefe lassen keinerlei Veränderung erkennen.

Ihre Gedanken reißen unvermittelt ab, sie fühlt sich wie gelähmt, überwältigt von tierischer Angst. Eine Migräne bahnt sich an, sie kennt die Vorzeichen. Migräne, ihre alte Feindin ... Während des Sommers waren die Anfälle beinahe verschwunden, Anfang September sind sie wiederaufgetreten, erst in großen Abständen, dann immer häufiger. Oft gefolgt von entsetzlicher Übelkeit, die sie ans Bett fesselt, sie bis zu vierundzwanzig, manchmal achtundvierzig Stunden in die Dunkelheit verbannt. Ihr ist klar, dass die Zugfahrt am nächsten Tag nicht besser verlaufen wird als zu Kriegszeiten, es wird Verspätungen geben, unplanmäßige Aufenthalte, zu viele Leute für zu wenige Sitzplätze. Wie Paris erreichen, wenn die Migräne, die sich gerade einrichtet, wieder diese elende Übelkeit auslöst?

Am nächsten Morgen kann Claire den Zug nicht nehmen. Geplagt von ihrem Leiden, bleibt sie zwei Tage im Bett. Die anderen Mädchen bringen ihr abwechselnd heißen Tee nach oben, das ist alles, was sie zu sich nehmen kann. Sie haben gelernt, zu schweigen: Das geringste Geräusch bohrt sich Claire in den Kopf. Den Rest der Zeit organisieren sie das Hin und Her zwischen dem Gefängnis und dem Krankenhaus, um die am schwersten erkrankten Häftlinge zu verlegen. Man befürchtet den Ausbruch einer Typhusepidemie.

Nur die Hündin Freddy, das Maskottchen der Rotkreuzbelegschaft, darf in Claires Zimmer bleiben. Einen Meter vom Bett entfernt liegt sie da, die Schnauze auf den Vorderpfoten, und wacht über diejenige, die sie halb verhungert, mit Wunden bedeckt, bei den ersten Bombardements der Alliierten aufgelesen hat. Die schmachtenden Blicke der Hündin sind unverwandt auf Claire gerichtet, die in ihrer Anwesenheit ungeniert jammert.

Ein Wagen, der Medikamente und chirurgisches Material aus Paris besorgen soll, wird Claire zu ihren Eltern bringen. Noch geschwächt, hat sie das Steuer ihrer Kameradin überlassen und sieht, auf der Rückbank liegend, die Landschaften vorbeidefilieren. Sie hatte nicht erwartet, Regionen mit einem solchen Ausmaß an Verwüstung zu durchqueren, so viele Trümmer, kaputte Straßen, fast überall Spuren von Bombardierungen und Bränden. Vorbeihuschende Gestalten, denen immer noch Angst und Hunger ins Gesicht geschrieben stehen. Der Regen und der tief hängende, düstere Himmel verstärken den trostlosen Eindruck. «Armes Frankreich», murmelt Claire beklommen. Ihre Gefährtin vorn schweigt, ganz auf das schwierige Fahren konzentriert. Sie wird es schaffen, sie ist es gewöhnt. Aber Claire nimmt an, dass ihre Gefühle die gleichen sind.

Je weiter Béziers in die Ferne rückt, umso mehr verliert Paris, das sie so dringend wiedersehen wollte, seine Anziehungskraft. Was soll sie eigentlich im Schoß ihrer Familie? Wozu wird sie gut sein? Sie kann sich kaum vorstellen, ihre alten Stenokurse wiederaufzunehmen, wie damals, bevor sie zum Roten Kreuz gegangen war. Die Hauptverwaltung hat noch nicht auf ihre Bitte um Versetzung zu den Truppen im Osten Frankreichs, wo der Krieg weitergeht, reagiert. Claire fürchtet keine Ablehnung, nein, das Rote Kreuz braucht Personal. Sie wünscht sich nur, es möge schnell gehen, damit ihr gar nicht erst die Zeit bleibt, sich von der Familienroutine, den Annehmlichkeiten oder Zerstreuungen, die Paris zu bieten hat, einholen zu lassen. Ihre Freundin Martine teilt diesen Standpunkt. Im Augenblick kümmert sie sich um ihren Verlobten, der bei der Befreiung von Paris verwundet worden ist. Sie pflegt ihn im Haus ihrer künftigen Schwiegereltern, aber sobald er kann, will er zu seinem Bataillon zurück. Martine möchte es ihm gleichtun, sich denselben Gefahren aussetzen, dieselben Entbehrungen teilen, für eine freie Welt kämpfen. Claire beneidet ihre Freundin um diese Sicherheit – die Selbstverständlichkeit, mit der Martine ihr Leben in die Hand nimmt, so einfach die richtigen Entscheidungen trifft, das Gute vom Schlechten unterscheidet und auf immer den Jungen liebt, der ihr den ersten Kuss gegeben hat.

Gleichgültig betrachtet Claire den Kleinmädchenring an ihrem Finger, dann zieht sie ihn ab und steckt ihn in die Jackentasche. Unter dem Einfluss der schrecklichen Übelkeit, die sie auf ihrem Zimmer ausgestanden hat, ist der junge Mann, der vor ihr geweint hatte, aus ihren Gedanken verschwunden. Er gehört jener Episode ihres Lebens an, die sie «Béziers» getauft hat, und diese Episode ist beendet. Worin das nächste Kapitel bestehen wird – hinten im Wagen liegend, weiß sie es nicht. Ihr Wunsch, wieder bei den Truppen zu sein, mischt sich mit der Furcht vor Patrice' Rückkehr. Sie möchte nicht auf ihn warten, Paris verlassen, ehe er mit seiner Liebe vor ihr steht und ihr einen Heiratsantrag macht. Zeit gewinnen, sich ihrer Gefühle vergewissern.

Der Regen hat aufgehört, als der Wagen nach manchen Umwegen Paris erreicht. Es ist schon lange dunkel, durch die geschlossenen Fensterläden schimmert nur spärliches Licht, und die Straßenlaternen sind nicht alle erleuchtet. Einige wenige Autos verkehren noch auf den menschenleeren Straßen. An der Place de la Concorde brechen die beiden jungen Frauen gleichzeitig in Jubel aus: Zum ersten Mal sehen sie den Platz ohne die deutschen Verkehrsschilder in Frakturschrift. Natürlich hatten sie schon Fotos in den Zeitungen gesehen, man hatte es ihnen erzählt, sie wussten Bescheid, aber das war nicht real. Claire richtet sich hinten im Auto auf. An einer roten Ampel schlingt sie ihre Arme um die Schultern ihrer Kameradin, die sich zu ihr umwendet, mit einem triumphierenden Ausdruck auf dem von äußerster Erschöpfung gezeichneten Gesicht. Die eine gibt der anderen den Einsatz, und gemeinsam schmettern sie aus voller Kehle *Das Lied der Partisanen*:

Ami, entends-tu le vol noir des corbeaux sur nos plaines?
*Ami, entends-tu les cris sourds d'un pays qu'on enchaîne!**

* Dt.: Freund, hörst du den Flug schwarzer Raben im Zug überm Lande?
Freund, hörst du, es klirrt eine Kette, man schirrt uns in Bande!

Claires Tagebuch:

«Sonntag, 22. Oktober 1944

Jetzt bin ich also in Paris, seit elf Tagen schon. Ich muss zugeben, glücklich war ich hier noch nicht. Ich empfinde keine Freude. Überhaupt keine.

Kürzlich habe ich von Jocks Tod erfahren und es tut mir unendlich weh. Ich wusste, dass ich ihn nicht wiedersehen würde, aber die Hoffnung war trotzdem da. Er ist in Italien gestorben, in der Gegend von Cassino, glaube ich. Er befand sich in einem Jeep und wurde enthauptet. Armer Jock, wie es scheint, haben ihn alle verehrt. Während die anderen ganz ruhig über seinen Tod sprachen, war ihnen nicht bewusst, wie sehr mich das getroffen hat. Jetzt weiß ich mit Sicherheit, dass ich ihn nirgendwo mehr an der Front wiederfinden, ihm nicht mehr auf der Straße begegnen, keinen Brief mehr von ihm bekommen werde, und ich bin so traurig wie am ersten Tag. Jock ist der einzige Mensch, den ich geliebt habe. Neulich, als ich abends im Lido war, hätte ich am liebsten losgeheult. Von all diesen tanzenden Leuten wurde mir ganz schlecht. Ich sah Jock im Sarg liegen, ich stellte ihn mir vor, wie ich so viele andere gesehen hatte, und fand es grauenhaft. Wirklich, ich hätte fast geweint.

Seit ich in Paris bin, habe ich einen Haufen alter Freunde wiedergesehen, aber am liebsten hätte ich allen gesagt: ‹Euch wollte ich gar nicht sehen, nur Jock.›

Ich denke nie mehr an meinen Verehrer aus Béziers. Ich habe immer gewusst, dass ich ihn nicht liebe.

Adieu Jock.»

Claire hört, wie in der ganzen Wohnung nach ihr gerufen wird, sie hört andere Ausrufe und Gelächter: Ihre Schwester Luce hat ein zweites kleines Mädchen zur Welt gebracht, sie ist gekommen, um das Baby ihren Eltern vorzustellen. Claire hat keine Lust, sich in die Runde zu stürzen. Sie wird hingehen, natürlich, das muss sein, aber etwas später. Seit der Rückkehr hat sie Schwierigkeiten, ihren Platz in der Familie, in dem noch dünn gesäten Freundeskreis wieder zu finden. Im Übrigen sind alle und jeder dermaßen beschäftigt, dass sich niemand dafür interessiert, was sie beim Roten Kreuz erlebt hat. Das gilt besonders für ihren Vater und für ihre Brüder. Claires, wenn auch minimaler, Beitrag zur Résistance hat nicht die erhoffte Bewunderung ausgelöst, die sie so sehr gebraucht hätte. Sind Männerleben nicht immer wichtiger? Zuerst wollten alle sie überzeugen, ihr Platz, ihr wahrer Platz als Frau sei daheim, bei ihren Eltern. Sie hat standgehalten. Seither wird nicht mehr davon gesprochen. Jetzt wartet sie auf ihren Einsatzbefehl. Sie weiß, irgendwann in den nächsten Wochen, vielleicht schon Tagen, wird sie, gemeinsam mit Martine, am Steuer eines Sanitätswagens nach Belfort aufbrechen, wo der Krieg weitergeht. Claire ist bereit, ihre gereinigte

Uniform, das Lothringer Kreuz am Revers, wartet wie neu im Kleiderschrank.

Die Vorstellung, wieder unterwegs zu sein, bei Kälte, Nacht und Nebel auf der Straße, gibt ihr das Gefühl zu leben zurück. Aber ein scharfer Schmerz zerreißt ihr Innerstes. Sie wird Jock nie wiedersehen. Sie hatte ihn während der Ferien in Montgenèvre kennengelernt, nahe Briançon, wo er 1938 seinen Militärdienst leistete. Er war einer von den beiden, die sie immer Clarinette nannten. Der andere, André, lebt und kämpft noch irgendwo an der Front im Osten Frankreichs. Sie wünscht sich inständig, ihn wiederzusehen, ihm zu sagen, wie sie um ihn gebangt hat, ihn in die Arme zu schließen, sich dafür zu entschuldigen, dass sie nicht begriffen hatte, was für ein Held er war, ein wahrer Held.

Jener Tag im Oktober 1943, als sie ihn an der Gare de Lyon erwartete, wird ihr unvergesslich bleiben. Sie hatte ihn aus dem Zug steigen sehen. Sie war ihm entgegengerannt, aber ein stummes «Nein» in seinem Blick hatte sie abrupt zum Stehen gebracht. Eine Sekunde später hatten vier Gestapo-Männer ihn umringt, in Handschellen gelegt und brutal vorwärtsgestoßen. Er hatte keinerlei Widerstand geleistet und die Augen hartnäckig gesenkt gehalten, als sie an Claire vorbeigekommen waren. Sie, zuerst wie vor den Kopf geschlagen, hatte zu ihm laufen wollen, aber die Hand eines Unbekannten packte sie am Ellbogen. Eine Stimme flüsterte ihr in den Nacken: «Tun Sie nichts, gehen Sie weg ... Sie bringen sein Leben in Gefahr.» Sie hatte keine Zeit gehabt, das Gesicht zu sehen, so schnell war er in der Menge der Fahrgäste untergetaucht. Ihr blieb nur ein flüchtiger Eindruck von der aufgeschossenen Gestalt eines, wie ihr schien, sehr jungen Knaben.

Claire hatte den Bahnhof verlassen und die Metro genommen, ohne sich etwas anmerken zu lassen. Wie hätte sie auch – sie stand unter Schock. Erst zu Hause brach sie in Schluchzen aus. Ihr Vater, aufmerksam geworden, rief sie nach oben in sein Arbeitszimmer und erklärte ihr, wovon sie nichts gewusst hatte: Ihr Freund André war Mitbegründer der Résistance, ein Mann der ersten Stunde, die Gestapo war ihm schon mehrfach dicht auf den Fersen gewesen. Er sagte weiter, der Ärmste würde bestimmt gefoltert, aber er kenne seinen Mut und sei sich seines Schweigens sicher. Dann hatte er gemurmelt: «Aber um welchen Preis, mein Gott ...» Und, wieder mit normaler Stimme, hinzugefügt: «Durch dieses Zeichen hat er dir das Leben gerettet. Sie hätten dich zu Tode gefoltert, um ihn zum Reden zu bringen, und dann wäre er wohl weich geworden ... Du darfst ihn nie vergessen.» Im Mai 1944 war André die Flucht gelungen. Er hatte sich zu einer Widerstandsgruppe durchgeschlagen und sich an der Befreiung von Paris beteiligt.

Beim Gedanken an Jock und André fallen ihr zwei andere Freunde ein, Michel und Minko. Sie haben von sich hören lassen, sie sind an der Front im Osten Frankreichs, am Leben. Wie lange noch?

In ihren Pelzmantel eingemummelt, eine Mütze auf dem Kopf und einen langen Wollschal um den Hals gewickelt, kämpft Claire sich gegen den eisigen Wind über die Esplanade des Invalides. Sie hat eine Woche in Belfort, an der Front im Osten, hinter sich und kommt gerade aus der Wohnung von Patrice' Eltern. Genau wie vor einem Jahr haben die beiden Claire so herzlich empfangen, dass sie länger als beabsichtigt geblieben ist. Sie schätzt ihre schlichte Art, diese Liebe zu ihren drei Söhnen, von denen der jüngste, Laurent, da war; ihren Patriotismus. Für sie ist Claire die Verlobte von Patrice, und sie behandeln sie wie ihre eigene Tochter – eine lang ersehnte Tochter, da sie selbst nur Jungen in die Welt gesetzt haben. Sie begrüßen und respektieren ihr Engagement beim Roten Kreuz. Sie begreifen, dass Claire kaum zum Schreiben kommt. Aber durch eine Bemerkung haben sie ihr zu verstehen gegeben, dass Patrice über die seltenen Briefe doch sehr beunruhigt ist.

Er ist immer noch in Deutschland in Gefangenschaft, gesundheitlich geschwächt, er weiß nichts von den Truppenbewegungen der Alliierten und leidet umso mehr unter der Kälte, dem Hunger und einem schmerzlichen Gefühl des Verlassenseins. In seiner letzten Nachricht, vom Oktober, erwähnt er, möglicherweise in ein anderes Lager verlegt zu werden, über das er nichts weiß. Diese Neuigkeit hat Claire berührt. Sie wirft sich vor, so wenig an ihn gedacht, ihn vergessen zu haben, als hätte sie ihn, fern von Paris, einfach ausgeklammert. Plötzlich, in dieser Wohnung, wo er vor dem Krieg bei seinen Eltern gelebt hatte, die ihm ähnlich sind, ist er wieder Mensch geworden.

Claire überquert den Pont Alexandre III und stützt sich einen Augenblick auf die Brüstung. Sie gewinnt diesem Menschen wieder so viele gute Seiten ab, dass sie ihn zu lieben glaubt. Sie will ihm helfen. Ihm zumindest schreiben, ihm erzählen, was sie macht. Aber wohin schreiben, wenn er verlegt worden ist? Die Überlebensbedingungen der Gefangenen müssen grauenhaft sein: Die Deutschen wissen mittlerweile, dass der Krieg für sie verloren ist. Was steht den Gefangenen bevor? Werden sie lebend übergeben? Werden sie befreit? Und wann? Zum ersten Mal geht Claire der Gedanke durch den Kopf, dass sie den Truppen weiter folgen möchte, bis ins Herz des Deutschen Reichs, bis nach Berlin.

Der Wind hat sich gelegt, aber ein feuchter Nebel lässt alles um sie her verschwimmen. Sie kann die Place de la Concorde, den Louvre, mehr erahnen als erkennen. Paris erscheint ihr traurig und feindselig, ganz wie das trübe Wasser, das die Seine mit sich führt. Es drängt Claire, diese eingeschlafene, versteinerte Stadt schleunigst wieder zu verlassen. Die wenigen Passanten gehen schnellen Schritts, mit hochgezogenen Schultern und geduckten Köpfen ihrer Wege. Nach Belfort zurückkehren heißt auch, sich mit Patrice solidarisieren – das ist es, was sie ihm schreiben muss.

Trotz ihrer warmen Kleidung, Fausthandschuhen und pelzgefütterten Stiefeletten dringt die feuchte Kälte in sie ein. Sie beschließt, nach Hause zu gehen, in die Avenue Théophile-Gautier.

An der Ecke zum Quai begegnet ihr eine Frau mit einem kleinen Jungen an der Hand. Der Knirps versinkt so tief in dicken Schals, dass Claire kein Gesicht erkennen kann. Aber kaum dass sie vorbei ist, hört sie seine Stimme: «Mama, Mama, die Frau eben ...» Claire erstarrt, fürchtet das Ende des Satzes, das Urteil, das er über sie fällen wird: « ... sie war so schön, die Frau!»

Claires Tagebuch:

«Dienstag, den 7. Dezember, Paris

Alles, was ich über die Front geschrieben habe, ist vollkommen uninteressant. In der Erinnerung stehen mir ganz andere Dinge vor Augen. Beim täglichen Schreiben vergisst man das Wichtigste, so offensichtlich ist es. Wenn ich jetzt daran denke, sehe ich den Matsch, unaufhörliche Konvois, einen nach dem anderen, Jeeps, Jeeps und noch mal Jeeps, im Schlamm watende Soldaten, nächtliche Feuer, umringt von Männern, die sich daran wärmten. Notdürftig reparierte Brücken, über die man nie vorsichtig genug fuhr, unglaublich nette Kerle, immer bereit, einem ein Lächeln zu schenken, ein paar Worte zu reden und einen bei Gelegenheit zu überholen. Und in diesem Matsch, diesem grässlichen Schneetreiben, plötzlich ein schöner, kalter, aber lichter Tag. Dann wieder zerstörte Häuser, nicht dem Boden gleichgemacht wie nach einem Bombenangriff, sondern Häuser, in denen gekämpft worden war, mit Spuren von Kugeln und Mörsern. Jetzt erinnere ich mich auch an die Behaglichkeit eines mollig warmen Zimmers und die schneidende Kälte, sobald man nach draußen ging.

Ich kann es kaum erwarten, wieder dort zu sein. Meine Ankunft zu Hause war nicht angenehm ...»

Claire legt den Stift nieder, klappt ihr Tagebuch zu und fasst sich – eine Geste kindlicher Verzweiflung – mit den Händen an den Kopf. Sie hat gerade versucht, die für sie so wichtige Woche in Belfort zu rekonstruieren. Es will ihr nicht gelingen. Die Worte entgleiten ihr, das erniedrigende Gefühl, die schlechteste Schülerin der ganzen Klasse zu sein, beschleicht sie, als wäre es gestern gewesen. Sie hat die Kommentare der Lehrer noch im Ohr: «Unglaublich, die Tochter von François Mauriac, und so viele Schreibfehler, Französischfehler ... Schämen Sie sich nicht?» Sie erinnert sich an schreckliche Migränen, die sie plötzlich überfielen, sie lähmten, sie vor den Erwachsenen, vor ihren Mitschülern wie blöd dastehen ließen. Ihre Eltern weigerten sich hartnäckig, ihr Leiden für echt zu halten. Hätte sie wenigstens Fieber gehabt, wäre sie vielleicht ernst genommen worden. Aber Migräne geht nie mit Fieber oder anderen äußerlich sichtbaren Symptomen einher. Danach hatte die Übelkeit eingesetzt, ganze Tage im Bett, die Entscheidung, sie von der Schule zu nehmen. Man war zum Schluss gekommen, sie würde das Baccalauréat nicht schaffen, man wolle ihr einen weiteren Misserfolg lieber ersparen. Als wäre es gestern gewesen, erinnert sich Claire an ihre Erleichterung und an die Scham, die sogleich folgte.

Aus der Nachbarwohnung dringt das Geklimper einer verhunzten Chopin-Sonate durch die Wand. Claire weiß nicht, welche Familie auf der anderen Seite hinter ihrem Zimmer wohnt, aber von dort hat sie noch nie ein sauber gespieltes Stück gehört. Man möchte meinen, Generationen von Kindern hätten einander abgelöst, um das arme Klavier zu zerstören und Claire die Musik zu verleiden.

In Wirklichkeit ist ihr diese Rückkehr in die elterliche Wohnung einfach unerträglich. Alles irritiert sie, verletzt sie, lässt die schlechten Kindheits- und Jugenderinnerungen wieder in ihr aufsteigen. Der Krieg nimmt eine seltsame Wende, und an einen sicheren Sieg, in greifbarer Nähe, kann niemand mehr glauben. Das ist der Grund, darum quält es sie so, nicht dort zu sein, an dem einzigen Ort, wo sie gebraucht wird.

Die kleine Pendeluhr auf dem Nachttisch zeigt an, dass es bald Zeit zum Abendessen ist. Claire sehnt sich plötzlich nach der physischen Nähe ihres Vaters, nach einem Moment unter vier Augen. Wenn sie den Mut hätte, würde sie an die Tür seines Arbeitszimmers klopfen. Wahrscheinlich brütet er über einem Artikel für den *Figaro* oder schreibt Regieanweisungen für die Aufführung seines Stücks *Die Ungeliebten*. Die erste Vorstellung soll im Januar oder Februar in der *Comédie-Française* stattfinden. Claire hat keine Ahnung, wie die Proben laufen, wie die Schauspieler heißen. Sie erinnert sich an seine Wut, als Jean-Louis Vaudoyer das Stück zuerst, 1941, abgelehnt hatte. Ja, es würde ihr guttun, mit ihrem Vater über Theater zu reden, das würde ihre unfreiwillige Anwesenheit in Paris ein wenig rechtfertigen. Aber sicher wird er keine Minute Zeit haben, um sich ihr zu widmen.

«Komm herein.»

Leise schließt Claire die Tür und geht wie auf Samtpfoten in den Raum. Ihren Vater schreibend an seinem Arbeitsplatz zu sehen, beeindruckt sie wie jedes Mal.

«Störe ich? Ihr arbeitet?»

«Ich bin fertig. Setz dich einen Augenblick, bevor deine Mutter zum Essen ruft.»

Etwas eingeschüchtert lässt Claire sich auf dem Besuchersessel nieder. Ihr Vater beobachtet sie schweigend, mit einem milden, rätselhaften Lächeln. Die schweren Samtvorhänge sind schon lange zugezogen, die Lampen verströmen ein gedämpftes, beruhigendes Licht. «Ein geschützter Ort», schießt es Claire durch den Kopf. Sie weiß nicht, wie sie mit ihren Fragen zu den *Ungeliebten* beginnen soll, aber er lässt sie auch gar nicht erst zu Wort kommen.

«Warst du bei Patrice' Eltern? Haben sie etwas von ihm gehört?»

Claire erzählt von ihrem Nachmittagsbesuch und von seiner Sorge, er könne in ein anderes Lager gebracht werden. Ihr Vater reagiert betroffen.

«Armer Junge, wie ungerecht, das Schicksal all dieser französischen Gefangenen in Deutschland ... Patrice hat mir im Lauf des Sommers einige Male geschrieben, Briefe von bewundernswerter Tapferkeit. Er ist ein guter Mann, sehr gut sogar. Aber das weißt du ja selber, nicht wahr?»

Vom unteren Stockwerk her ruft eine Stimme. Claire und ihr Vater erheben sich gleichzeitig. Ehe er einen Schritt zurück macht, um ihr den Vortritt zu lassen, streicht er seiner Tochter kurz über die Wange.

«Ich bin froh, dass du ihn heiratest, er wird es verstehen, dich glücklich zu machen. Schwierig, wie du bist, das muss man sagen, mein Töchterchen, sehr schwierig.»

Die Nachrichten von der Front sind beunruhigend, von Tag zu Tag mehr. Die Deutschen leisten unerwarteten Widerstand, gewinnen an den Grenzen, im Osten Frankreichs, wieder die Oberhand. In der Avenue Théophile-Gautier ist Claire mit ihren Eltern allein. Claude steht General de Gaulle zur Seite, Jean hat sich bei einer Einheit der Gebirgsjäger verpflichtet, Luce kümmert sich um ihre Kinder und um ihren Ehemann, Alain, einen der Helden von Vercors*. Es war Luce, die Claire gebeten hat, ihre Abreise zu verschieben. Die beiden Schwestern nehmen besondere Rücksicht auf die Verzweiflung ihrer Mutter, die Angst, die ihr keine Ruhe lässt. Seit Oktober wird François Mauriac von den Rechtsextremen um Darnand, den Führer der *Milice française*, mit dem Tod bedroht. Tag und Nacht schrillt das Telefon, erschreckende, rachsüchtige anonyme Anrufe suchen sie heim. Das Schlimmste erscheint wieder möglich.

An diesem Tag schneit es. Claire gibt ihr Vorhaben auf, Patrice' Eltern zu besuchen. Sie hat sich sein Foto auf den Nachttisch gelegt und betrachtet es abends, vor dem Einschlafen. Sie hat jetzt das Gefühl, ihm nahe zu sein, ihn zu lieben. Sie schreibt ihm wieder regelmäßig. Lange Briefe,

* Vercors war ein wichtiges und besonders schwer umkämpftes Zentrum der französischen Résistance. (A. d. Ü.)

in denen sie vom harten Winter in Paris erzählt, von der Niedergeschlagenheit, die sie manchmal überkommt, gegen die sie ankämpft. Um ihm etwas Ablenkung zu verschaffen, erzählt sie auch von Filmen, die sie gesehen hat, oder von den Proben der *Ungeliebten* in der *Comédie-Française*. Sie schreibt ihm gewissenhaft die Namen des Regisseurs, Jean-Louis Barrault, und der drei Hauptdarsteller, Madeleine Renaud, Renée Faure sowie Aimé Clariond, auf.

Sie starrt an ihrem Tisch sitzend, eine Zigarette in der einen und den Stift in der anderen Hand, auf den Schnee, der ihren Balkon bedeckt und immer weiter rieselt. Missmutig denkt sie an die Straßen, die geräumt werden müssen, wie schwierig es geworden ist, von einem Ort zum anderen zu gelangen, an den Matsch, die unweigerliche Folge. Und sie wundert sich darüber, was für Sorgen sie beschäftigen, wo sie doch in Belfort sein müsste. Eine leise Wut kommt in ihr auf: Sie hätte nicht auf ihre Schwester hören sollen; ihr Platz ist nicht hier, in der elterlichen Wohnung, sondern dort, mitten im Krieg, wo sie nicht einmal Zeit hätte, Angst zu haben. Hier greift die Angst ihrer Nächsten auf sie über, nagt an ihrem Tatendrang. Sie legt den Stift nieder, steckt sich eine neue Zigarette an. Danach wird sie in den Salon gehen: Gleich kommen die *TSF*-Nachrichten. Außerdem ist es der einzige Raum, in dem ständig ein Kaminfeuer brennt. Wenigstens wird ihr dort warm sein.

Claires Tagebuch:

«Dienstag, 19. Dezember 1944

Samstag haben die Deutschen an der Grenze zwischen Luxemburg und Belgien eine Großoffensive begonnen. Sie sind auf dem Vormarsch. Man weiß, dass sie massenhaft Streitkräfte und Material zusammengezogen haben. Wie sollte man also nicht beunruhigt sein, schrecklich beunruhigt. Man wähnte die Deutschen am Ende ihrer Kräfte, dabei haben sie nur fleißig Truppen konzentriert und bergeweise Nachschub angehäuft.

Das konnten wir nun wirklich nicht gebrauchen. Was für ein Graus – entsetzlich!

Selbst wenn dieser Angriff am Ende zurückgeschlagen wird, denke ich an all das Blutvergießen, an all die kleinen Dörfer und die Repressalien, die folgen werden. Ich denke an die abertausend Menschen, die verzweifelt sind, und an all die Franzosen, die immer noch auf einen deutschen Sieg hoffen. Ich denke an diesen nicht enden wollenden Krieg und an Patrice in seiner trostlosen Lage.

Ich kann gar nicht sagen, mit welcher Zärtlichkeit und welcher Traurigkeit ich in diesen Tagen an ihn denke. Wie ungerecht! Er hat sein altes Lager gegen das von Lübeck eingetauscht, wo sie zusammengepfercht sind. Was soll er anderes tun, als an mich zu denken und sich zu fragen, ob ich auf ihn warte, wo er doch keinen einzigen Brief bekommt? Ich wünsche mir, dass er wiederkommt. Ich möchte ihn heiraten und ruhig im Schatten seiner Liebe leben.

Aber leider kommt Pläneschmieden nicht in Frage.

Man fürchtet immer noch die Wunderwaffe, über die man schon so lange redet, ohne wirklich daran zu glauben. Man fürchtet den braunen Maquis, der zum Angriff bereit ist, sobald Darnand den Finger hebt. Man fürchtet die Deutschen, die im Westen Frankreichs geblieben sind.

Ich habe Angst um Papa, Darnands Leute werden ihn erschießen, wenn Maurras zum Tode verurteilt wird – und das ist absehbar.

Die Zukunft sieht düster aus. Wahrscheinlich wird dieses Weihnachten noch schrecklicher als in den letzten Jahren.»

Claire schließt ihr Tagebuch. Während sie hineingeschrieben hat, was sie Patrice nicht schreiben will, was sie ihren Eltern verschweigt, weil die Anstandsregeln der Familie es gebieten, sich nicht zu beklagen, hat ein Gedanke Gestalt angenommen, der sich jetzt als Gewissheit aufdrängt: Sie muss zu ihrer Rotkreuzstaffel im Elsass zurück.

Claires Tagebuch:

«Mittwoch, 27. Dezember 1944

Jetzt bin ich schon wieder in Paris! Es ist unglaublich, aber wahr. Sinnlos zu weinen – es musste sein. Am Weihnachtstag, ich wärmte mich gerade am Ofen unseres Zimmers auf, kam Minko herein und sagte mir, er brauche dringend einen Sanitätswagen.

Also bin ich die Nacht durchgefahren, und als es hell wurde, war ich in Paris. Was für ein Empfang beim Roten Kreuz! Aus alledem hat sich also ergeben, dass ich wieder in Paris bin und nicht weiß, wie es weitergeht.

Ich fange noch einmal mit meinem Heiligabend an.

Eine traurige Messe, die in der kleinen Kirche eines elsässischen Dorfs wunderschön hätte sein sollen, aber missraten war, weil die Orgel einen Schluckauf hatte und das Liedersingen jämmerlich ausfiel. Ich dachte, dieses Weihnachten sei noch trostloser als die anderen, ich dachte an jene, die in dieser eisigen Nacht starben, ich dachte an die Gefangenen, an die Verzweiflung meines armen Patrice, und ich weiß, ich habe für ihn gebetet, dass dieser schreckliche Krieg ein Ende nehmen möge.

Kaum war die Messe zu Ende, da saßen wir auch schon

in zwei vollgestopften Sanitätswagen und fuhren in ein anderes Dorf, wo eine ganze Schar von Offizieren auf uns wartete, um anständig Weihnachten zu feiern. Der Mond war prächtig, und ich habe diese kleine Reise, singend aneinandergedrängt, in schönster Erinnerung. Beim Tanzen fragte ich mich: Und was, wenn die Deutschen angreifen? Gegen sechs Uhr trat ein Mann ein. Es gab flüsternde Beratungen, dann sagte mir ein Offizier: Wir haben Alarmzustand. Fast überstürzt war alles im Aufbruch.

Zum Glück war die Nacht kurz, sie war schrecklich genug. Ich glaube, ich habe noch nie im Leben so gefroren. Und der Weihnachtshimmel am nächsten Tag – ein Bild, das ich nie vergessen werde: Alles war so prachtvoll, dass ich mich glücklich fühlte, beinahe stark.

Kurz vor dem Mittagessen klopfte mir jemand auf die Schulter. Ich wandte mich um und sah Minko ins Gesicht.

‹So ist das›, sagte er, ‹mein Bataillon steht einen Kilometer von hier entfernt. Uns droht eine deutsche Offensive, und ich habe keinen Sanitätswagen.›

Ich war sehr zögerlich, wie es sich gehört, und blieb es auch während des Mittagessens, das er mit uns einnahm. Alle Mädchen drängten mich, ich solle es machen. Kurz nach dem Essen ging ich zu unserem Offizier und bat ihn, mich bei dem Kommandeur zu entschuldigen.

Unsere Sachen waren schnell in Minkos Auto gepackt, und wir fuhren schon eine ganze Weile, als mir immer noch nicht ganz bewusst war, was ich getan hatte.

Eine gute Fahrt, trotz der Kälte. Herrlicher Mondschein, ich liebte es, ihn die Bäume entlanggleiten zu sehen. So fuhren wir dieselbe Strecke durch dieselbe Landschaft wie de Gaulle, der uns – auf dem Rückweg von der Front – überholte. Seinetwegen wurden wir unzählige Male angehalten. Wir kamen an einem brennenden Auto vorbei, und ich sagte: «Hoffentlich ist das nicht der Wagen des Generals.» Es war nicht seiner, sondern der von Lattre de Tassigny, der die Aufforderungen der *FFI* nicht gehört hatte und eine Kugel abbekam, die das Benzin in Brand setzte.

Wir erreichten Paris gegen acht Uhr morgens.

Heute gibt es gute Nachrichten von der Front, die Moral ist deutlich besser. Es sieht so aus, als wären die Deutschen gestoppt.

Ich habe Lust, wieder zurückzufahren.»

Claire beginnt, wie sie es sich zur Gewohnheit gemacht hat, einen Brief an Patrice und schreibt aus Bequemlichkeit einiges von ihren Berichten aus dem Tagebuch ab. Nicht alles.

Sie findet es überflüssig, den verführerischen Minko zu erwähnen, der – anders als ihr Verlobter – eine freie Kämpfernatur ist. Minko verwandelt sich in einen anonymen Offizier. Und soll sie Patrice gestehen, dass sie selbst die Initiative ergriffen hat, ihren Posten zu verlassen, um einen Sanitätswagen aus Paris zu holen? Dass dies in den Augen gewisser Personen beim Roten Kreuz ein Fehler war? Dass ihr deswegen eine vorübergehende Suspendierung droht? Er würde nicht einmal verstehen, worum es geht ... Vorsorglich beschränkt sich Claire auf den Heiligabend und versichert Patrice wieder ihrer ganzen Zärtlichkeit und wie sehr sie sich nach seiner Rückkehr sehnt, ihre Zukunftsträume, in denen er an erster Stelle steht. Die Sätze fließen ihr leicht aus der Feder, sie schreibt einfach gern Liebesbriefe. «Viel lieber, als welche zu bekommen», denkt sie amüsiert.

Claire verlässt die Metrostation Jasmin und geht eilig die Rue Ribera hinunter. In der überfüllten Metro hätte sie sich, angewidert von den menschlichen Gerüchen, den manchmal zu schweren Parfüms der Frauen, der Angst der Fahrgäste, beinahe übergeben. Die Furcht vor einer sich anbahnenden Migräne verfolgt sie, seit sie aus dem Kino gekommen ist, und hat ihr das Stündchen im Café de la Paix mit Martine und deren Verlobtem verdorben.

Seit zwei Tagen hat die Kälte Frankreich fest im Griff. In Paris steht das Thermometer auf null, die Meteorologen sagen für den ganzen Januar eine weitere Verschlechterung voraus. Der Winter wird mindestens so verheerend wie der von 1940. Claire kann nicht umhin, darin ein böses Omen zu sehen. Anders, als sie gestern glaubte, ist die deutsche Offensive in den Ardennen noch nicht zurückgeschlagen, und an diesem letzten Tag des Jahres zieht der Schrecken allen in die Knochen. In einer Stunde wird General de Gaulle seine Neujahrsansprache halten. Was wird der Inhalt seiner Rede sein? Genau wie Claire wird kein Franzose es versäumen, ihn im *TSF* zu hören.

Wieder zu Hause, klopft Claire an die Zimmertür ihrer Mutter und trifft sie an, wie sie, ohne irgendeine Beschäftigung, ein Buch oder eine Handarbeit in Reichweite, auf dem Bett liegt. Es brennt nur eine einzige Lampe, die Vorhänge sind nicht geschlossen. Dieses Sichgehenlassen sieht ihr so wenig ähnlich, dass Claire annimmt, sie sei krank.

«Geht es Euch nicht gut, Mama?»

Eine Kopfbewegung, begleitet von einer schmerzlichen Grimasse – beunruhigend. Claire glaubt zu verstehen: «Wieder ein Anruf?»

«Nein.» Mit geschwächter Stimme fügt ihre Mutter hinzu: «Jetzt rufen *sie* nachts an.»

Aus ihrem Ton spricht eine so reale Angst, dass Claire sich an ihr Bett setzt, ihre Hand nimmt und sie mit Küssen bedeckt. Eine schlanke, zarte, gepflegte Hand, die nach Eau de Cologne mit einem Hauch Zitrone duftet. Eine Hand, die einst das Fieber, die Ängste der Kindheit zu besänftigen verstand.

«Von der Sicherheitspolizei werden diese Drohungen sehr ernst genommen ...»

«Ihr seid nicht allein im Haus, Mama.»

«Wolltest du nicht mit deiner Schwester ausgehen?»

«Ich habe keine Lust mehr. Und jetzt müsst Ihr aufstehen, gleich spricht der General.»

Claire küsst ihre Mutter auf die Stirn, legt ein Plaid für sie auf den Stuhl und geht nach oben, in ihr Zimmer, um sich ein neues Päckchen Zigaretten zu holen.

«... *Wir sind verwundet, aber wir stehen aufrecht!*

Und der Feind erwartet uns! Ein Feind, der im Westen, im Osten und im Süden nach und nach zurückgewichen, aber immer noch bedrohlich ist, ein Feind, der sich jetzt in blinder Wut aufbäumt und der im Lauf des Jahres 1945 rücksichtslos auf die letzten Trümpfe setzen wird, die ihm noch bleiben.

Ganz Frankreich kann ermessen, welche neuerlichen Prüfungen diese blindwütige Verbissenheit mit sich bringen wird, für uns wie für unsere Alliierten.

Aber ganz Frankreich begreift, dass das Schicksal ihm so die Chance eröffnet, durch noch größere Kampfanstrengungen in diesem Krieg den herausragenden Platz, den es innehatte, wieder einzunehmen …»

Die Stimme des Generals hallt in der Stille des Salons, des Hauses, des ganzen Viertels wider. Es scheint, dass sich alle Bewohner in einer gemeinsamen Regung lauschend vor den *TSF*-Sendern versammelt haben. Claire hört das Atmen ihrer Eltern, die ihr, in ihren Sesseln sitzend, den Rücken kehren; das diskrete Hüsteln ihrer Schwester Luce, die neben ihr nahe dem Kamin kniet, wo zwei abgebrannte Holzscheite verglühen. Keine der Schwestern kommt auf die Idee, etwas nachzulegen – das leiseste Geräusch würde stören. Sie sind hochkonzentriert, um kein Wort der Rede zu versäumen. Manchmal tauschen sie, unentschieden zwischen Bangen und Hoffen, ungläubige Blicke aus. Sie rauchen so, dass der Qualm nicht direkt zu ihren Eltern zieht.

«Français, Françaises, mögen sich eure Gedanken über Frankreich sammeln! Mehr denn je bedarf es der Liebe und der Dienste unser aller, die wir seine Kinder sind. Und es hat sie so sehr verdient!»

Die *Marseillaise* ersetzt die vor Rührung bebende Stimme von General de Gaulle. Noch einige Sekunden Stille im Salon, im ganzen Haus, als hörte jeder das Echo der Rede in sich widerhallen. Dann dringt von unten Jazzmusik herauf, Türen öffnen sich und werden wieder zugeschlagen, ein kurzer Wortwechsel draußen, vor dem Aufzug. Claire schiebt mechanisch ein dickes Stück Holz in den Kamin. Sie ahnt mehr, als dass sie sieht, wie ihr Vater das Radio ausschaltet und wortlos den Salon verlässt.

Claires Tagebuch:

«Wie traurig dieses Jahr zu Ende geht!

Eben hat de Gaulle im *TSF* gesprochen: kein Wort der Hoffnung für das neue Jahr, nur dass der Feind alles Mögliche aushecken wird, dass die Franzosen nacheinander zu den Fahnen gerufen und dass wir viel zu leiden und zu weinen haben werden.

Gestern habe ich noch auf ein baldiges Ende gehofft. Heute bin ich wieder verzweifelt. Ich stelle mir die schlimmsten Gräuel vor, Gasangriffe, und ich habe Angst.

Heute Abend hätte ich mit Luce in die Oper gehen sollen, aber wegen Mamas Angstzuständen bin ich hiergeblieben. Sie hat wirklich Angst, Angst um Papa, Angst, dass wieder so ein Anruf kommt, wie Luce ihn am Heiligabend entgegengenommen hat. Eine Stimme sagte, wenn Papa weiter im *Figaro* schreibe, würde er innerhalb der nächsten vierzehn Tage liquidiert.

Wie sollte ich heute Abend glücklich sein?

Ich wünschte, Patrice käme zurück. Warum bleibt mir dieses Glück versagt? Wäre er da – er könnte mir mein Vertrauen, meine Lebenslust zurückgeben.»

«Ich werde ihn lieben, ihn lieben, ihn lieben ...»

Ein Frühlingsschauer überrascht Claire, während sie den Pont Alexandre III überquert. Sie hat ein leichtes Kostüm an, nackte Beine und einen Jersey-Pullover über die Schultern gehängt. Sie merkt nicht, dass die Leute, die ihr entgegenkommen, noch in Mäntel gehüllt sind, dass es kalt ist und regnet. Sie geht wie ein Automat, immer im Rhythmus dieser Worte: «Ich werde ihn lieben, ihn lieben, ihn lieben.» Als sie über den Quai die Esplanade des Invalides erreicht, geht ihr die Puste aus, und sie lässt sich auf eine Bank sinken. Erst da wird ihr die Absurdität ihrer Anwesenheit in Paris bewusst.

Gestern noch war sie in Südfrankreich, in Cannes, mit dem Roten Kreuz und den alliierten Truppen. Gestern noch hat sie gearbeitet, jede Nacht mit Offizieren getanzt, an der Küste den Sonnenaufgang beobachtet. Gestern war sie frei.

Aber dann kam der Anruf, den sie gefürchtet hatte: Patrice, seit Anfang des laufenden Monats April 1945 befreit, war heimgekehrt und in der Wohnung seiner Eltern, wo er sie erwartete. Claire tat so, als sei sie darauf vorbereitet. Aber diese Rückkehr war dermaßen abstrakt, dermaßen fern von ihr und von dem Leben, das sie führte ... Sie erinnerte sich daran, wie sie von Patrice zu sprechen pflegte. Sie gestand ihren Verehrern von vornherein, dass sie verlobt war und demnächst heiraten würde. Das erlaubte ihr, bei einem leichthin begonnenen Flirt nicht zu weit zu gehen, diejenigen, die sich mehr von ihr erhofften, nicht unnötig leiden zu lassen. Manche haben sie gewarnt: «Du liebst ihn nicht!» – «Ich habe ihm mein Versprechen gegeben.» – «Das ist typisch für den Krieg, diese Art Versprechen. Verlobungen lassen sich lösen ...»

Der Schauer hat aufgehört. Claire merkt, dass sie durch den Regen gelaufen und nass geworden ist. Ihr beigefarbener Rock hat von der Holzbank Flecken bekommen. Ein Blick auf die Uhr zeigt ihr, dass sie zu spät ist, aber sie kann sich nicht rühren. Als sie sich schließlich einen Ruck gibt und aufsteht, hat sie keinen Entschluss gefasst, sie tut es nur, weil sie vor Kälte zittert.

Ein großer Wandspiegel in der Eingangshalle des Hauses, in dem Patrice' Eltern wohnen, präsentiert Claire, als sie eintritt, das gestochen scharfe Bild ihrer selbst. Ihr sonnengebräuntes Gesicht, die nackten Beine, das leichte Kostüm – wie frisch aus dem Urlaub, als hätte sie nie etwas vom Krieg gesehen. Ihr Besuch bei Patrices Eltern kann nur unpassend, nur missverständlich wirken. Ein animalischer Fluchtinstinkt treibt sie wieder auf das Trottoir hinaus. Da hört sie, wie jemand ihren Namen schreit, wendet den Kopf und sieht Patrice, der ihr von seinem Balkon im dritten Stock mit großen Gesten Zeichen gibt.

Patrice erwartet sie auf dem Treppenabsatz. Er ist tränenüberströmt, wie Claire gerade noch erkennen kann, und seine Eltern, in der Türöffnung, sind es ebenfalls. Dann schließt er sie fest in seine Arme.

«Laurent ist auf einer Mine hochgegangen, in Deutschland.»

Hilflos wohnt Claire der Verzweiflung dieser Familie bei, die bald die ihre sein wird. Sie findet keine Worte, um ihrem Kummer Ausdruck zu verleihen, sie kann nur mit ihnen den Tod des jungen Mannes, der Patrice' kleiner Bruder – ihr Liebling – war, beweinen. Anfang des Jahres hatten sie seinen zweiundzwanzigsten Geburtstag gefeiert. Claire hatte ihn bewundert für seinen Mut, seinen Patriotismus. Sie hört kaum zu, was Patrice ihr mit einer Stimme, die sie nicht wiedererkennt, zu erzählen versucht. Er hält sie immer noch in seinen Armen. Sie fragt sich, wer dieser Fremde ist. Sie empfindet nichts, als sie seinen Körper berührt. Sie fühlt sich wie aus Stein. Auch die Eltern sprechen mit ihr, und das dringt eher zu ihr durch. Sie sagen ihr, wie sehr Laurent sie geliebt hat, wie stolz er war, dass er ihr Schwager werden würde. Sie beteuern, wie viel Trost Claires Sanftmut diesem Trauerhause spenden werde. Das Wort Hochzeit wird mehrfach ausgesprochen. Plötzlich überschlägt sich alles in ihrem Kopf, und sie begreift, dass sie angesichts dieses großen Unglücks ihre Verlobung niemals wird lösen können.

Patrice hat darauf bestanden, sie nach Hause zu begleiten. In der Metro täuscht Claire eine Migräne vor, um ihr

Schweigen zu rechtfertigen. Patrice steht gequält, steif, gekünstelt neben ihr. Er stellt ihr überhaupt keine Fragen, etwa, was sie beim Roten Kreuz gemacht hat. Claire konstatiert ernüchtert, dass er sehr abgemagert ist, dass sein gespenstisches Aussehen ihn nicht schöner macht. Immer noch schweigend, steigen sie bei der Rue Ribera aus. Vor der Nummer 38 in der Avenue Théophile-Gautier küsst er sie zum Abschied auf die Wange und sagt nur: «Bis morgen.»

«Nun, wie geht es ihm?»

Ihre Mutter hat gehört, wie sich der Schlüssel in der Eingangstür gedreht hat, und ist aus dem Salon gekommen. Die Blässe, der verstörte Ausdruck ihrer Tochter beunruhigen sie sofort, und sie wiederholt ihre Frage. Claire würde sich ihr am liebsten in die Arme werfen, ihr gestehen, dass sie Patrice nicht mehr heiraten will, wie schrecklich das Wiedersehen war; sie anflehen, ihr zu helfen. Aber wie erklären, was sie selbst nicht versteht? Tränen fließen ihr über die Wangen, und sie hört sich antworten:

«Laurent ist in Deutschland gefallen.»

Claire weint ebenso über die Rückkehr von Patrice wie über den Tod des jungen Mannes.

Abends, in der Dunkelheit ihres Zimmers, lässt sie den Film dieses Tages noch einmal vor sich abspulen und kommt zu dem bitteren Schluss, ihr Leben, ihr wahres Leben, sei vorbei. Für alle ist sie bereits verheiratet, auch wenn die Trauer eine Verschiebung der Zeremonie verlangt. Ihre Eltern waren erschüttert über das tragische Schicksal dieser befreundeten Familie, sie haben nicht gemerkt, dass Claire eine andere geworden ist, dass vier Jahre Krieg ihre Gefühle verändert haben. Sie – ja, *sie* sind bereit, Patrice aufzunehmen, ihm, wie er es erwarten darf, ihre volle Zuneigung zu schenken.

Claire steht aus dem Bett auf, öffnet die Balkontür. Ungeachtet der kühlen Nachtluft stützt sie sich mit den Ellbogen auf die Brüstung. Fünf Stockwerke unter ihr ist die Straße menschenleer. Seltsam gleichgültig denkt sie, wie leicht es ihr fiele, ins Leere zu springen. Sie sieht ihren Körper im Nachthemd auf dem Trottoir ausgebreitet. Vielleicht hätte jemand aus dem Haus gegenüber den Sturz bemerkt und vor Entsetzen geschrien. Ein Schrei, der ihre Familie, die Nachbarn aufgeschreckt hätte. Ein Schrei, der sie lange verfolgt hätte. Für alle wäre es ein Unfall gewesen. Eine junge Frau, so kurz vor der Hochzeit, kann sich nicht das Leben nehmen, unmöglich.

Es ist Sommer, der erste Sommer seit Kriegsende. Paris hat seine Pracht, seine Touristen, seine Lebensfreude wiedergefunden. So zumindest empfindet es Claire, während sie die Avenue Mozart hinuntereilt. Ihr scheint, dass all diese Frauen in blumigen Kleidern, mit nackten Armen und Beinen, genauso glücklich sind wie sie; im Glücksrausch auch die Alten auf den öffentlichen Bänken, die Ball spielenden Kinder. Sie sieht nicht den Himmel, der sich bedeckt, nicht die aufziehenden Regenwolken. Für sie ist es der schönste Tag des Sommers. Sie spürt wieder Leben in sich, sie ist frei.

Rue Ribera, Rue François-Gérard, Avenue Théophile-Gautier – endlich. Claire kann es kaum erwarten, in ihrer Wohnung zu sein und den Bericht über die letzten Monate zu schreiben, über das Warum ihrer ausgelassenen Fröhlichkeit. Ihr Tagebuch wartet seit Dezember 1944 auf sie, sie wird es ein letztes Mal herausholen.

Claires Tagebuch:

«Mittwoch, 22. August 1945

Ich weiß nicht, wo ich anfangen soll.

Heute Abend bin ich nach so vielen Jahren wieder an genau demselben Punkt wie vor dem Krieg. Ich bin frei, ich werde Patrice nicht heiraten! Es hat Tage um Tage gedauert, bis ich den Gedanken fassen konnte, dass ich im Grunde nicht gezwungen bin, ihn zu heiraten.

Aber ich möchte mein Leben kurz zusammenfassen.

Am 5. März wurde ich als Fahrerin nach Fréjus geschickt, anschließend nach Cannes.

Ich habe diese Zeit in herrlicher Erinnerung, ich ging täglich mit Jean-Pierre aus, einem reizenden jungen Mann, genannt Pierrot, der sich wahnsinnig in mich verliebt hatte. Und ich, ich tat nichts, um ihn zu bremsen. Ich erzählte ihm nur, dass ich Patrice aus Deutschland zurückerwartete, gestand aber auch, dass ich ihn nicht liebte.

Mit Pierrot besuchte ich jeden Abend einen Offiziersclub der amerikanischen Marine. Diesen wunderbaren Ort werde ich nie vergessen, ebenso wenig die Offiziere, alle sehr schön und sehr sympathisch. Sie tranken viel, spielten Klavier, tanzten und lachten. Man fühlte sich wie im Himmel, und ich gehörte bald zu den Stammgästen. Das einzig Ärgerliche war, dass ich kein Englisch sprach! Wir kamen immer erst spät aus dem Club, und den Rest der Nacht fuhren wir durch die Gegend. Ich werde nie vergessen, wie schön es war – das Cap d'Antibes! Am nächsten Morgen musste ich um sieben Uhr aufstehen und zur Arbeit. Überflüssig, zu sagen, wie erschöpft ich war.

Eines Tages kam das Telegramm, das ich am meisten fürchtete: Patrice war in Paris.

Also quittierte ich meinen Dienst beim Roten Kreuz,

sagte, ich müsse nach Paris zurück. Aber ich hatte solche Angst davor und so wenig Lust, dass ich noch ein paar Tage blieb. Ich war so von dem Gefühl durchdrungen, meine letzten Ferien zu erleben, dass ich mich hemmungslos hineinstürzte. Ich verbrachte die ganze Zeit mit Pierrot. Wir fuhren endlos mit dem Auto, von der Küste weg ins Hinterland, um den Sonnenaufgang oder -untergang an diesem oder jenem Ort zu sehen.

Doch am 2. April nahm ich das Flugzeug und kam im Lauf des Tages bei Patrice' Eltern an. In diesem Augenblick, da bin ich mir sicher, habe ich ihn nicht geliebt, ja ich nahm ihm sogar übel, dass er mir im Grunde so viel Platz gestohlen hatte – nicht in meinem Herzen, aber in meinem Leben.»

Die Erinnerung an diesen Tag ist über drei Monate später noch so lebendig, dass Claire plötzlich erstarrt. Ihr steht alles wieder vor Augen: der Regen, der Schmerz der Familie, ihr eigener Kummer über den Tod des charmanten Laurent. Sie spürt es wieder unmittelbar, körperlich, dieses Gefühl eines gehetzten, in die Falle getriebenen Tieres. Sie ist nicht in ihrem Zimmer, sondern liegt auf einer Couch unten im Salon. Ihre Eltern sind bei Freunden zum Abendessen, Claire hat die Wohnung für sich allein. Am Boden eine Obstschale und kalter Tee. Durch die offenen Fenster dringen die Rufe der Schwalben, die fernen Geräusche der Stadt zu ihr herein. Der Anblick der Gemälde an den Wänden, die altvertrauten Möbel, das Klavier, überall verteilt die von ihrer Mutter heißgeliebten Nippes, die ihren

Vater regelmäßig auf die Palme bringen – die ganze Umgebung beruhigt sie. «Es ist vorbei, ich bin frei!», sagt sie laut. Aber nach dieser kurzen Unterbrechung fährt sie fort mit ihrem Bericht über jenen scheußlichen Monat April.

«Ich hätte sterben mögen, so unglücklich war ich, weil ich mir nichts anderes vorstellen konnte, als dass alles verloren war. Ich schlief mit beklemmender Angst ein und wachte genauso wieder auf, mit einem dicken Kloß im Hals, im Magen, im Herzen. Obendrein wurde ich, wurden meine Gesten und Worte von der ganzen Familie argwöhnisch beobachtet. Am liebsten wäre ich schreiend davongelaufen.

Und dann, eines Tages ... Aber in der Zwischenzeit war am 8. Mai der Waffenstillstand eingetreten. Nie bin ich so tief in Angst versunken wie an diesem Tag. Am Vorabend war ich, umgeben vom Freudentaumel der jubelnden Menge, mit Claude und Luce auf den Champs-Élysées gewesen und hatte angesichts der allgemeinen Freude, die nicht meine war, für mich allein sehr still geweint. Was für ein trauriger, trauriger Tag.

Und dann, eines Tages, ein Anruf von meiner Abteilungsleiterin:

‹Mauriac, Sie fahren nach Deutschland, heute Nachmittag geht's los.›

‹Das ist unmöglich, Mademoiselle!›

Ganz unerwartet war sie sehr nett und vor allem sehr geschickt: ‹Ich verstehe das ja allzu gut, aber wir brauchen Sie in Deutschland, eine sehr interessante Sache ...›» Ich muss gestehen, dass sie kaum aus der Leitung war, als ich schon anfing, meine Abreise zu planen. Dann bekam ich die Vorsitzende des ganzen Roten Kreuzes an den Apparat:

‹Hören Sie, Mauriac, was ist denn das für eine Geschichte! So sehr lieben Sie diesen Jungen doch wahrhaftig nicht! Wenn Sie nicht fahren, sind Sie jedenfalls nicht mehr mein Mädchen!›

Und so weiter.

Kurz, innerhalb von fünf Minuten fasste ich meinen Entschluss und ging schnurstracks zu Patrice, dem gegenüber ich von der Pflicht als dem obersten Gebot sprach.

Für mich selbst dachte ich mir diese Reise nach Deutschland als einen letzten Urlaub vor der Ehe, die mir ein Graus war, die aber sein musste und sein würde.

Ich blieb drei Monate in Deutschland, drei herrliche Monate. Tolle Arbeit, und wie nützlich. Das Glück all der Gefangenen, die wir transportiert haben, wird mir unvergesslich bleiben.

Der ganze Norden dieses Landes ist wunderschön. Gar nicht mit Frankreich zu vergleichen. Alles kommt mir größer und gewaltiger vor, trauriger, aber schöner. Eindrücke, die ich nie vergessen werde, diese unendlichen Wälder mit riesigen Bäumen, Kiefern, so dicht an dicht, dass kein Sonnenstrahl eindringt, dazu die langen, mit Birken gesäumten Straßen, rötliche Heide, so weit das Auge reicht, die von sattem Grün umgebenen Seen, dann die Elbe, das Meer und vor allem die in Trümmern liegenden großen Städte, Bremen, Hamburg ...

Innerhalb von drei Monaten habe ich fast zwanzigtausend Kilometer zurückgelegt.

Das musste ich in meinem Beruf als Fahrerin erst einmal erleben, um zu wissen, was es heißt, am Steuer einzuschlafen. Es ist etwas Grässliches, jede Sekunde muss man sich zusammenreißen, es tut richtig weh. Ich erinnere mich, wie ich einmal, nachdem ich einen ganzen Tag und eine Nacht pausenlos gefahren war – in die russische Zone und wieder zurück –, meinem Beifahrer gesagt habe, er solle mich ordentlich durchboxen.»

Claire fährt plötzlich hoch, als sie das Telefon klingeln hört. Einen Moment steckt ihr der Schrecken der anonymen Anrufe von Ende 1944 und Anfang 1945 wieder in den Gliedern, die Todesdrohungen gegen ihren Vater. Auch dieser düstere Teil ihres Lebens ist vorbei. Sie verspürt den Impuls, nicht zu antworten, aber es klingelt beharrlich. Und wenn einem ihrer Nächsten etwas zugestoßen wäre? Der Angstreflex hat sich tief in sie eingeprägt.

Mit zitternder Hand nimmt sie den Hörer ab und erkennt sofort die Stimme. Eine, die sie nicht mag, die ihr affektiert vorkommt, eine Grabesstimme: die von Patrice.

«Hallo. Ist Mademoiselle Mauriac zu sprechen?»

«Nein, Monsieur, sie ist abgereist.»

«Aufs Land, zu ihrer Großmutter?»

«Nein, sie ist heute Nachmittag nach Deutschland gefahren.»

Das Gespräch wird augenblicklich abgebrochen. Mit immer noch zitternder Hand legt Claire wieder auf. Sie stellt sich Patrice vor, seine Erniedrigung, seine Steifheit, seine bissige Häme ihr gegenüber. Hat er es seinen Eltern schon gesagt? Wie müssen sie enttäuscht und traurig sein! Ein Anflug von Mitleid überkommt sie bei diesem Gedanken. Aber ein wilder Überlebenstrieb bringt sie sehr schnell wieder zur Besinnung. Patrice ist an allem schuld, er hat sein Kriegsgefangenendasein ausgenutzt, um ihr ein Versprechen abzupressen. Das Einzige, was sie sich selber vorzuwerfen hat, ist ihre Lust am Schreiben. Sie hätte sich nicht dazu hinreißen lassen dürfen, aus Spaß an der Freude Liebesbriefe zu verfassen.

Die Glocken von Notre-Dame d'Auteuil schlagen halb zehn, Claire greift wieder zu ihrem Tagebuch. Draußen verfinstert sich der Himmel, ein feiner Sprühregen hat eingesetzt.

«Heute Abend regnet es, aber ich bin glücklich, weil ich mich frei fühle. Ich denke wenig an Patrice, wie sehr er leidet. Ich bin abscheulich, und ich widere mich an, aber auch daran denke ich wenig.

Ich bin noch nicht sehr alt. Meine Abreise nach Berlin steht bevor, und ich kann mir alles vom Leben erhoffen.

Man darf mich nicht bestrafen, ich wusste es nicht besser.»

Claire klappt ihr Tagebuch zu, fest entschlossen, Patrice zu vergessen. Sie überlegt, ob sie Mistou anrufen soll, ihre neue Freundin, mit der sie nach Berlin fährt. Mistou ist sehr hübsch, jederzeit zum Feiern aufgelegt und, wichtiges

Detail, eine hervorragende Fahrerin. Die beiden jungen Frauen sind der mobilen Gruppe Nummer fünf zugeordnet worden, die für die Repatriierung französischer Gefangener in Deutschland zuständig ist.

Das Klingeln des Telefons lässt sie aufschrecken. Claire will nicht das Risiko eingehen, noch einmal Patrice zu hören. Vielleicht hat man ihm gesagt, dass sie noch in Paris ist. Vielleicht ruft er noch einmal an, um eine letzte Aussprache zu verlangen. Das Treffen morgens war schwierig genug, eine neuerliche Diskussion, das schafft sie nicht. Sie weiß, hier ist sie noch verwundbar, erst in Berlin wird sie wirklich in Sicherheit sein.

Um das Telefon nicht mehr zu hören, schaltet sie das Radio an. Es kommt Jazzmusik, ein Stück, das sie bei ihren amerikanischen Offiziersfreunden lieben gelernt hat, sie erkennt die Trompete wieder, Louis Armstrong. Da niemand in der Wohnung ist, dreht Claire den Ton auf volle Lautstärke, öffnet sämtliche Türen, vom Salon über das Esszimmer bis vorn zum Eingang, und fängt an zu tanzen. Sie ist überzeugt, dass ein neues Leben beginnt, ein unbekanntes, prickelndes Leben, fern von allem, was sie kennt. Der Name der besiegten Stadt, Berlin, hallt wie eine Verheißung in ihr wider.

Brief von Claire:

«31. August 1945

Lieber Papa, liebe Mama!

Was für eine schreckliche Sache, Berlin! Man kann sich die Trostlosigkeit dieser Riesenstadt, in der kein heiles Haus mehr steht, überhaupt nicht vorstellen. Und was noch tausendmal schrecklicher ist, sind die Berliner, die in Kellern leben und vor Hunger sterben.

Ich habe schon gesehen, wie ein Mann auf der Straße umgefallen ist. Die Belgierinnen, die seit vierzehn Tagen hier sind, haben uns erzählt, dass sie bei ihren Erkundungsgängen durch die Häuser sehr oft Leichen von Erwachsenen und Kindern finden, die noch nicht lange tot sind. Obendrein grassiert eine schlimme Ruhrepidemie, die Menschen sterben wie die Fliegen.

Heute habe ich den ganzen Tag mit der Suche nach verschwundenen Arbeitern in halb zerstörten Fabriken verbracht. Ich will Euch lieber keine Einzelheiten schildern, aber komisch war es nicht.

Vorhin, an einem Bahnhof in der russischen Zone, sprach mich ein Soldat auf meine Uhr an, die er gegen seine tauschen wollte. Als ich Nein sagte, wollte er sie mir bezahlen. Glücklicherweise kam ein anderer Russe dazu, und als er merkte, dass ich Französin bin, sagte er ihm, er solle mich in Ruhe lassen.

Morgen früh muss ich um sieben aufstehen, zum Militärflugplatz.

Ich bin müde und furchtbar traurig über alles, was ich sehe. Die Berliner sehen kaum noch wie menschliche Wesen aus.

Es ist elf Uhr. Zehn Uhr bei Euch.

Wir haben vier Tage gebraucht, bis wir hier waren, weil die anderen so stümperhaft gefahren sind.

Am ersten Abend haben wir in Lüttich übernachtet, mir war übel, Anzeichen von Migräne. Ihr könnt Euch vorstellen, wie unglücklich ich war. Am nächsten Tag ging es bei unerträglicher Hitze weiter, über die Ruhr. Das hat den ganzen Tag gedauert, alles ist zerstört, alles kaputt, und es kommt eine Stadt nach der anderen, dazwischen Fabriken mitten auf dem Lande. Köln hat mich unwahrscheinlich beeindruckt. Das muss eine prachtvolle Stadt gewesen sein. Jetzt ist nur noch der Fluss wunderschön, und vor allem der Dom, der von Weitem nicht sehr beschädigt scheint und unwahrscheinlich erhaben, in seiner ganzen Größe, aus den Trümmerhaufen ragt.

Hier haben wir schrecklich viel Arbeit. Amüsieren kommt gar nicht in Frage, aber was wir tun, ist wirklich nützlich.

Wasser trinken bedeutet den Tod. Wir essen ausschließlich Konserven.

Heute Morgen, beim Aufwachen, war mir etwas der Mut

vergangen, aber inzwischen geht es schon viel besser. Es ist trotz allem unglaublich spannend!

Ich umarme Euch innig, meine geliebten Eltern.

Claire Mauriac

French Red Cross – British Control Commission –

DP Section – Berlin Area – BAOR*»

Claire klebt den an ihre Eltern adressierten Umschlag zu. Am nächsten Tag geht ein Flugzeug nach Paris, irgendjemand an Bord wird die Post weiterleiten. Die Passagiere sind Franzosen, die zwangsweise zum *Service du travail obligatoire*, kurz *STO* genannt, eingezogen worden waren und den geschlagenen deutschen Truppen bis zum Schluss als Geiseln gedient hatten. Diejenigen, die die Einnahme Berlins durch die Sowjets überlebt hatten, waren von den Siegern den Besiegten zugeschlagen und als Kriegsgefangene in Lager gesperrt worden. Sie wiederzufinden und zu befreien sei keine einfache Sache, hat man den Neuankömmlingen vom Französischen Roten Kreuz erklärt.

Claire schreibt auf einem Feldbett sitzend, den Papierblock auf den Knien. Um sie herum bereiten sich fünf junge Frauen für die Nacht vor. Da noch keine geeignete Unterkunft aufgetrieben werden konnte, hat das Rote Kreuz sie vorläufig im Refektorium eines ehemaligen Knabenkollegs untergebracht. Sie wissen, das ist nur provisorisch, und stellen sich dementsprechend aufeinander ein. Claire, der das Gemeinschaftsleben am meisten widerstrebt, lernt,

* *DP, Displaced Persons*; *BAOR*, British Army of the Rhine (A. d. Ü.)

geduldig zu sein. Dabei hilft ihr eine junge Frau, Rolanne, die sich schon unterwegs, bei der Übelkeit vor drei Tagen, um sie gekümmert hat: Ein Blick auf Rolanne, die rechts neben ihr auf der Pritsche liegt, genügt, damit Claire wieder Vertrauen schöpft. Trotz des Lärms, des kaum geflüsterten Geredes, ist Rolanne überwältigt von der Müdigkeit eingeschlafen.

«Noch einen Brief, einen einzigen! Könntest du nicht an meine Eltern schreiben, wenn du schon dabei bist?»

Mistou, ausgestreckt auf ihrem Feldbett, sehnt künstlich gähnend den Schlaf herbei. Sie trägt einen eleganten Seidenpyjama und hat sich das Gesicht mit einer dicken, nach Gurke duftenden Creme eingeschmiert. Trotz der viertägigen Reise von Paris nach Berlin, der unbequemen Unterkunft, ohne Bad und auf engem Raum mit fünf anderen, bleibt ihre Schönheit unangetastet, wie für die Ewigkeit geschaffen. Claire lächelt ihr zu und, auf Rolanne deutend, sagt sie:

«So sollten wir es auch machen.»

Der ehemalige Speisesaal, in dem sie sich befinden, hat weder Fensterläden noch Vorhänge. Draußen geht der Tag zur Neige, langsam wird es dunkel. Hier und dort blinken Taschenlampen. Auf dem einzigen Baum im alten Pausenhof zwitschern Amseln. Claire wundert sich über ihre Anwesenheit. Wie überleben sie in dieser Trümmerstadt? Claire will die Leichen vergessen, die sie mit Mistou und Rolanne aufgesammelt hat; die so grauenhaft gespenstischen Gestalten der Berliner, die schattenhaft vorbeihuschen, weil die meisten sich immer noch in Kellern verstecken; die umherstreifenden Horden ausgehungerter Kinder, die sich mit Tricks und Schmuggel aller Art durchschlagen; und vor allem die Berlinerinnen, deren unübersehbares Leid sie jedes Mal in Schrecken und Empörung versetzt; die Stummheit dieser Frauen. Claire und ihre Gefährtinnen haben Hilfe von einer Berlinerin bekommen, die fünf Sprachen spricht, darunter Französisch, Englisch und Russisch. Sie hat alles kommentarlos übersetzt, ohne ein einziges persönliches Wort, ohne die Bereitschaft, irgendetwas mitzuteilen, in sich verschlossen, anderswo. Am Ende des Tages, als sie ihren Anteil an amerikanischen Konserven und eine Flasche Brandy bekam, sagte sie nur: «Für die ganze Welt sind wir *Trümmerweiber** – Schutt, Dreck und Asche.» Dann ging sie fort, mit unbekanntem Ziel.

In dem jetzt fast dunklen Schlafsaal wird es langsam still. Die Amseln draußen hören nicht auf zu singen, und ihr Gesang hilft Claire, die Bilder dieser beiden Tage in Berlin zu vertreiben. Er klingt wie ein Hoffnungslied, sie will nichts anderes mehr hören.

Briefe von Claire:

«10. September 1945

Liebe Mama!

Allmählich gewöhne ich mich an die Trümmer, und das

* Deutsch im Original: *Trümmerweiber*

Leben in Berlin ist spannend, solange man nicht selbst Berliner ist.

Vor ein paar Tagen gab es zur Feier des Kriegsendes in Japan hier eine tolle Militärparade: 1000 Russen, 1000 Franzosen, 1000 Briten und 1000 Amerikaner!

Der russische Aufmarsch war unglaublich: eine kompakte Mauer, ein einziger Mann. Wahrscheinlich habt Ihr es im Kino gesehen, aber das ist nichts gegen die Wirklichkeit.

Für uns war es wunderbar, dass die Franzosen den gleichen Platz einnahmen wie die anderen, genauso viele Männer, genauso viele Fahnen. General Schukow kam auf einen Meter Abstand an mir vorbei, mit Orden behängt wie Göring.

Vor uns die Musik aller vier Länder. Stellt Euch nur vor, wie wir uns gefreut haben, auf der Prachtstraße, wo Hitler so viele große Paraden abgenommen hat, unser altes *Vous n'aurez pas l'Alsace et la Lorraine* zu hören.»

«11. September 1945

Eben habe ich Euren Brief bekommen, und in einer Stunde startet das Flugzeug.

Ich kann Euch sagen, ich befinde mich an einem seltsamen Ort, im Krankenhaus, am Bett eines jungen Russen, der nach schweren Verletzungen morphiumsüchtig geworden ist. Heute Nacht musste Rolanne sich mit ihm prügeln. Zum Glück hat er keine Pistole, aber seit heute Morgen ein Messer. Ich wollte nicht allein hingehen und bin mit Mistou zusammen. Es ist ziemlich scheußlich anzusehen.

Wir verbringen einen großen Teil unserer Zeit im russischen Sektor. Vorgestern waren wir in Leipzig. Die Russen sind überaus charmant, aber Einsätze, die wir in Lüneburg an einem Vormittag erledigen, dauern mit ihnen zwei Tage. Man wartet vier Stunden, um ein Zimmer zu bekommen, vier Stunden, um das Lager zu betreten, usw. Am Anfang regt man sich furchtbar darüber auf, dann findet man sich damit ab. Wir lassen uns bei den Einsätzen immer von einem russischen Offizier begleiten. Erzählt nicht alles weiter, was ich schreibe, weil wir die Einzigen sind, die überhaupt in die russische Zone dürfen. Dafür werden wir von den Briten, den Amerikanern und den Franzosen, die keinen Zutritt haben, sehr beneidet. Nicht einmal das Internationale Rote Kreuz wird reingelassen.

Glücklicherweise gibt es vor den Toren von Berlin tolle Clubs, wo wir sehr angenehme Abende verbringen.

Wenn Ihr Leute kennt, die in Berlin oder Umgebung verschwunden sind, schickt mir alles, was es an Informationen gibt. Ich verbringe einen großen Teil meiner Zeit mit Nachforschungen. Tag um Tag nichts als Anfragen, oft ohne Ergebnis. Schrecklich!

Gestern habe ich die Reichskanzlei besichtigt. Ich habe Hitlers Raum, sein Arbeitszimmer und seinen Luftschutzkeller gesehen. Aus dem Arbeitszimmer habe ich ein paar Marmorstückchen mitgenommen. Ich werde noch einmal hingehen, weil ich ein größeres haben möchte.

Es ist sehr schönes Wetter, aber kalt. Hier, in diesem Krankenhauszimmer, bin ich ganz durchgefroren.

Meine liebe Mama, ich umarme Euch und Papa mit aller Kraft.

SCHREIBT MIR!»

Seit zwei Tagen teilt sich Claire mit Mistou das schönste Zimmer in der vierten Etage eines Gebäudes am Kurfürstendamm 96, dessen kaputte Fensterscheiben gerade ersetzt worden sind. Das angrenzende Bad wird von Arbeitern wieder hergerichtet, es dauert nicht mehr lange, dann haben die beiden jungen Frauen eine Badewanne und Heizung: Der Winter in Berlin soll sehr kalt werden. Das Rote Kreuz hat sie alle schon mit eleganten, marineblauen langen Mänteln ausstaffiert, männlich geschnitten, mit herausnehmbarem Fellfutter, und als Kopfbedeckung Schapkas. Claire hätte nie gedacht, solchen Komfort in dieser Trümmerstadt zu finden. Die Kameradinnen von ihrer Gruppe sind auf einer anderen Etage untergebracht, in kleineren Zimmern, bei deren Möblierung man improvisieren musste. Sie haben gelost, alle hatten die gleichen Chancen und Claire und Mistou einfach Glück mit dem Privileg, dieses Zimmer beziehen zu dürfen, das, warum auch immer, «Kokottennest» genannt wird. Nachdem sie alles Mögliche in Erwägung gezogen haben, haben sich die beiden Freundinnen darauf geeinigt, es könnte wegen des Betthimmels, der Vorhänge und der bonbonfarbenen rosa und himmelblauen Satinbespannungen an den Wänden sein, so total kitschig und geschmacklos, dass es ihnen schon wieder Spaß macht.

Ein kurzes Klopfen an der Tür, Rolanne erscheint.

«Komm, wir lernen gerade unsere Mitbewohner von den anderen Etagen kennen. Sie geben uns zu Ehren einen kleinen Umtrunk ...»

Claire zögert, ganz beseelt von dem Gefühl, diesen Moment der Einsamkeit zu genießen – der erste seit ihrer Ankunft in Berlin vor vierzehn Tagen. Rolanne wartet geduldig, dass sie sich entschließt.

«Na, komm schon», beharrt sie mit sanfter Stimme.

Ihr ruhiges, regelmäßiges Gesicht strahlt ein Wohlwollen aus, das bei Claire Wunder wirkt. Sie steht auf, ohne einen Blick in den Spiegel, der über dem Bett hängt. Seit ihrer Abreise aus Paris scheint ihr jede Lust auf Koketterie abhandengekommen zu sein.

Brief von Claire:

«15. Oktober 1945

Lieber Papa, liebe Mama!

Ein trauriger und regnerischer Sonntag. Dieses Wetter passt so gut zu den Berliner Trümmern, dass man nicht darauf kommt, Trübsal zu blasen.

Vorgestern musste ich weg, mich um die Organisation eines Lagers kümmern, weil Züge mit Elsässern erwartet wurden. Eineinhalb Tage lang haben wir Tausende von Kleidungsstücken, Schuhen usw. ausgeladen, geordnet, aufgeteilt und einsortiert. Gestern Abend um sieben habe ich mich auf den Rückweg gemacht. Der Zug, obwohl schon seit Tagen angekündigt, war noch nicht da. Ich bin vier Stunden lang ohne Pause durch die Nacht gefahren. Ich liebe diese nächtlichen Fahrten, die alle anderen Fahrerinnen hassen.

Ich habe in der Zeitung gelesen, dass mein Papa in Brüssel war. Wie ist sein neues Stück?

Wir leben in einem großen Haus mit vier Stockwerken. Das reinste Narrenhaus, man langweilt sich nie.

Erster Stock: Belgierinnen und Französinnen (nur Frauen). Büros, Zimmer, Speiseraum usw.

Zweiter: Büros der französischen Offiziere.

Dritter: Personalwohnung des Suchdienstes *Division des personnes déplacées*.

Vierter: mehrere Zimmer, auch das, in dem ich mit Mistou wohne. Seit zwei Tagen haben wir Heizung, und seit heute kann ich in meiner eigenen Wanne baden, weil wir – Mistou und ich – ein Badezimmer haben.

Vielleicht fahre ich morgen in die polnische Besatzungszone* …

Neulich, nach dem letzten Brief an Euch, war mir übel, eine schlimme Migräne mit sechs- oder siebenmal Erbrechen. Zum Glück konnte ich mich hinlegen.

Seitdem bin ich ziemlich erschöpft. Heute geht es mir viel besser, ich glaube, das liegt an meiner Spazierfahrt gestern Nacht. Stellt Euch vor, stundenlang auf einer schnurgeraden Straße zwischen zwei dichten Kiefernreihen, und alles schwarz, stockfinster, nur das dürftige Licht unserer schwachen Scheinwerfer. Jede von uns war allein am Steuer, aber wir fuhren im Konvoi: ein leichtes Fahrzeug mit zwei Offizieren, mein Sanitätswagen, dahinter ein anderer und ein dicker Lastwagen.

Wir haben Russen transportiert, und ein russischer Offizier, der bei den französischen Offizieren eingestiegen war, hat seine Pistole gezogen und die ganze Zeit nicht aus der

* Die so genannte polnische Besatzungszone unter Verwaltungshoheit der Briten bestand von Mai 1945 bis Mai 1947 im Emsland, wo sich im Übrigen besonders viele ehemalige Zwangsarbeiter und Kriegsgefangene verschiedener Herkunft befanden. (A. d. Ü.)

Hand gelegt. Diese Leute haben wirklich ein seliges Vertrauen!

Aber heute waren die vier Russisch sprechenden französischen Offiziere aus unserem Haus zum Mittagessen bei diesen Herren. Ein sehr, sehr gutes Zeichen.

Hier wird viel über den Krieg gesprochen. Aber so selbstverständlich, dass man überhaupt keine Angst bekommt. Nur hat man keine Lust auf irgendwelche Zukunftspläne. Nicht zu alt sterben, das würde vieles schon einfacher machen ...

Ich umarme Euch beide von ganzem Herzen und mit innigster Zärtlichkeit.»

Claire hat dem Bedürfnis nicht nachgegeben, mehr über ihre Ängste zu schreiben, über das, was sie an diesem Abend bedrückt. Sie hat beschlossen, ihren Eltern sowie ihrer gesamten Familie jene Momente tiefster Niedergeschlagenheit zu verbergen, in denen sie manchmal, wenn sie von Einsätzen nach Hause kommt, versinkt; nicht zu viel an das denken, was man nach und nach über die Konzentrationslager und die Massenvernichtung der Juden erfährt.

Doch heute Abend ist sie besonders aufgewühlt vom Tod einer deutschen Frau, die an einer Blutvergiftung gestorben ist und die sie nicht retten konnte. Sie war von Soldaten der Sowjetarmee mehrfach vergewaltigt worden und hatte eine Abtreibung versucht. Wie so viele andere. Einige wenige der Berlinerinnen, die vom Roten Kreuz versorgt werden, haben angefangen, von den Gräueln der Einnahme Berlins und der Besetzung durch die Russen zu erzählen. Claire versteht nicht, dass die Alliierten so lange gebraucht haben, um nach Berlin zu gelangen, manchmal empört sie sich darüber bei den französischen Offizieren: «Warum hat Eisenhower der Roten Armee die letzte Schlacht ganz allein überlassen? Warum hat sich niemand diesem Entschluss widersetzt?» «Das war der Krieg», ist die einzige Antwort, die sie zu hören bekommt. Am Anfang, als Claire frisch in Berlin war, hatte sie lauthals verkündet, sie habe nicht das geringste Mitleid mit den Deutschen, sie hatte geschworen, sie werde ihnen die ungeheuerlichen Grausamkeiten niemals verzeihen, und was immer sie dafür erleiden müssten, sei nur gerecht. Jetzt kann sie nicht mehr so reden. Die Frau, die ihnen als Dolmetscherin gedient hatte, ist wiedergekommen, um mit ihnen zu arbeiten. Sie heißt Hilde. Rolanne versucht ganz vorsichtig, ihr Zutrauen zu gewinnen. Was Claire von ihrer Vergangenheit ahnt, beeindruckt sie mehr als die aufkommenden Gerüchte über einen möglichen Krieg zwischen Amerikanern und Sowjets.

Rolanne, die allmählich etwas mehr von der Geographie und der neuen Einteilung des besiegten Landes zu begreifen glaubt, versucht es Mistou und Claire zu erklären. Eine der beiden ist damit beschäftigt, sich die Fußnägel zu lackieren, die andere träumt auf dem Bett liegend vor sich hin.

«Ungefähr zwei Drittel des Deutschen Reiches sind von den Sowjets besetzt, die auch Berlin eingenommen haben, ja? Aber in Berlin haben die Aliierten es wenigstens geschafft, drei kleine Zonen, drei Sektoren, zu bewahren: einen französischen, einen amerikanischen und einen britischen. Unser Haus befindet sich im britischen Sektor. Könnt ihr mir folgen?»

Aber Mistou blättert jetzt in einer alten Modezeitschrift, und Claire zieht ein Gesicht, als hätte sie einen schlechten Tag erwischt. Rolanne lässt weitere Erklärungen bleiben. Sie weiß, dass Claire imstande ist, das bockige Kind zu spielen, zu sagen, sie könne die Engländer nicht leiden, die hätten Jeanne d'Arc verbrannt und Napoleon vergiftet; sie würde lieber im französischen Sektor sein. Dabei ist ihr nicht entgangen, dass der britische Sektor in der Nähe jener Bahnhöfe liegt, wo die Gefangenenkonvois ankommen und das Rote Kreuz mit der *Division des personnes déplacées* zusammenarbeitet, einem Suchdienst, der den Auftrag hat, alle wer weiß wo im zerstörten Deutschland verstreuten französischen Gefangenen ausfindig zu machen und in Obhut zu nehmen.

Als gute Kameradin bietet Rolanne ihnen an, einen Tee zu machen, und geht zu den anderen Mädchen hinunter, wo die Gemeinschaftsküche ist.

Im Haus am Kurfürstendamm 96 leben verschiedene Gruppen unter einem Dach, die sehr gut zusammenarbeiten und dieselben Ideale teilen. Die Beziehungen zwischen dem französischen und dem belgischen Roten Kreuz sind hervorragend. Die Frauen machen unabhängig von der Nationalität gemeinsame Sache. Sie gehen auf dieselben Einsätze, kochen und essen gemeinsam. Oft sind die französischen Offiziere mit von der Partie. Wie ihr Chef, Léon de Rosen, sind sie kaum dreißig Jahre alt. Alle nehmen sich die Suche nach Verschleppten sehr zu Herzen und eskortieren die Rotkreuzkonvois. Insbesondere einer von ihnen, ein französischer Hauptmann russischer Herkunft, dem es besser als jedem anderen gelingt, die sowjetischen Befehlshaber für sich einzunehmen.

Claire beschließt, ihren Eltern zu schreiben. Ihre Mutter drängt sie zur Rückkehr und regt sich in ihren Briefen darüber auf, keine genaue Antwort, keinen Termin genannt zu bekommen. Trotz der Berichte ihrer Tochter scheint sie nicht richtig zu begreifen, wie deren Leben in Berlin aussieht. Claire denkt etwas bitter, dass ihre Arbeit immer noch nicht ernst genommen wird und dass ihr Vater sie vergessen hat. Kein einziger Brief von ihm, nur gelegentlich ein paar Worte, hastig unten auf die Seite gekritzelt.

Sie holt ihren Block heraus und setzt sich, wie sie es gewohnt ist, an den mit Intarsien verzierten Sekretär.

«23. Oktober 1945

Liebe Mama!

Gestern habe ich die Asche von 87 Franzosen abgeholt, die von den Deutschen erschossen worden sind. Im Krematorium Brandenburg wurden uns die Reste übergeben – alles blutjunge Franzosen, wegen Sabotage oder Spionage zum Tode verurteilt. Ihr könnt Euch nicht vorstellen, wie das auf mich gewirkt hat. Ein kleines Behältnis, ein Name, ein Datum: Das ist alles, was von einem lebenden Menschen übrig bleibt.

Jeden Augenblick erwarten wir Züge mit Elsässern.

Ich weiß noch nicht genau, wann ich zurückkomme. Gestern wurde beschlossen, dass wir am Ende des Monats zurückkehren sollen, aber für diese Züge will man uns unbedingt noch behalten.

Sanitätswagen werden hier dringend gebraucht, und wenn wir abreisen, werden wir durch andere ersetzt – das wollen wir auf keinen Fall. Hier ist noch viel zu tun, und für uns wäre es sehr ärgerlich, nicht zu Ende zu bringen, was wir begonnen haben.

Ihr müsst wissen, wir fühlen uns allmählich richtig wohl, das Haus ist inzwischen sehr gemütlich. Für die Berliner wird der Winter natürlich fürchterlich, aber nicht für uns, das steht fest.

Die Stimmung ist ziemlich gut, und ich langweile mich nicht. Ich kann zwar nicht behaupten, dass ich vor Freude platze, aber ich vergehe auch nicht vor Traurigkeit, immerhin!

Es ist sehr schön draußen und sehr kalt.

Liebe Mama, ich umarme Euch.»

Rolanne ist mit dem Tablett hereingekommen. Sie stellt es auf dem Bett ab, gießt drei Tassen Tee ein und bringt eine davon Claire, die ihr ein dankbares Lächeln schenkt. Rolanne ist die Einzige, die sich nicht über ihre rätselhaften Zustände lustig macht, jene Anfälle von Traurigkeit, die sie plötzlich verdüstern; die Einzige, die keine Fragen stellt, aber sie durch einen Blick, einen Druck mit ihrer Hand einfach spüren lässt, dass sie da ist, an ihrer Seite. Sie scheint zu verstehen, dass Claire nicht viel dagegen machen kann, sie urteilt nicht.

«Wir sind bei den englischen Offizieren zum Essen eingeladen», verkündet Mistou. «Gehen wir hin? Das Zeug ist sicher ungenießbar, aber danach wird getanzt. He, was sagt ihr, Mädels?»

«24. Oktober 1945

Meine liebste Mama!

Diesmal glaube ich, wir werden bleiben. Ich bedaure das nur Euretwegen, weil ich selbst es fast mit der Angst bekomme, wenn ich mir überlege, was ich in Paris wohl machen würde. Bestimmt müsste ich Patrice wiedersehen, und dazu fehlt mir der Mut. Ich habe nichts von ihm gehört und wage es nicht, an ihn zu denken, nicht einmal, wenn ich ganz für mich alleine bin. Neulich habe ich seiner Mutter ein paar Zeilen geschrieben.

Hier führe ich ein Leben außerhalb des Lebens. So ist es schon seit mehreren Jahren. Ich glaube immer, es sei zu Ende, aber das ist es nie.

Ich kann nur für die Zeit denken, die mir zum Leben bleibt.

Aber glaubt nicht, dass ich traurig bin. Ich liebe mein Leben, so wie es ist, eben weil ich weiß, dass es nicht ewig währt.

Ich habe die Handschuhe bekommen, und was sonst noch in dem Päckchen war. Tausend Dank!

Ich habe bei einem sehr guten Fotografen Fotos von mir machen lassen.

Liebe Mama, ich umarme Euch, so fest ich kann.»

Claire schreibt auf einer Tischecke in der Gemeinschaftsküche. Um sie herum machen sich zwei Sanitäterinnen vom belgischen Roten Kreuz zu schaffen, bereiten unter lautem Schwatzen Cocktails mit reichlich Alkohol zu. Sie nippen immer häufiger an den Getränken, sind etwas beschwipst, aber Claire beachtet sie nicht. Sie ist erstaunt darüber, was sie ihrer Mutter gerade geschrieben hat. Ihr scheint, dass sie sich ihr noch nie auf so schlichte Weise anvertraut hat, als hätte sie endlich die Worte gefunden, um ihre Ängste und zugleich das auszudrücken, was ihr aktuelles Leben so angenehm macht, ein provisorisches, gleichsam zeitloses Leben. Denn genau darum geht es. Sie hat

Angst, nach Paris zurückzukehren. Angst, definitiv in einem vorgezeichneten Leben zu versinken. Auf Patrice kommt es im Grunde gar nicht an. Claire denkt mit klarem Kopf, dass sie dazu bestimmt ist, zu heiraten, einen Mann vom selben Schlage wie Patrice. Sie stellt sich ihre zukünftigen Kinder vor, die regelmäßigen Besuche bei den Eltern, die Ferien auf ihren Landsitzen. Sie weiß jetzt, dass der Krieg ihr erlaubt hat, diesen Zwängen zu entkommen, dass sie es braucht, sich nützlich zu fühlen, vielleicht sogar unentbehrlich. In Caen, später in Béziers, Fréjus und Cannes hat sie gespürt, was sie jetzt in Berlin wieder empfindet: ihr eigenes Leben. Für alle hier ist sie Claire Mauriac und nicht die Tochter von, oder die Verlobte von.

«Puuh, hier stinkt's aber nach Alkohol!»

Eine junge Frau, ein Meter fünfzig, mit rundem Gesicht und gewölbter Stirn, betritt soeben die Küche. Sie ist seit Kurzem Abteilungsleiterin des Französischen Roten Kreuzes in Berlin und führt ihre kleine Schar mit einer Energie und Effizienz, die allgemeine Bewunderung finden, angefangen bei den Offizieren vom zweiten Stock. Sie heißt Jeanne, aber weil sie so klein und zierlich ist, haben die Bewohner des Kurfürstendamm 96 ihr den Spitznamen «Plumette» gegeben.

Die beiden belgischen Sanitäterinnen versuchen ihr die Mischung ihrer Cocktails zu erklären, doch Plumette lässt sie nicht ausreden:

«Die Ankunft eines Konvois mit Elsässern und Lothringern ist angekündigt, da wäre es zu dumm, wenn ihr euch ausgerechnet jetzt betrinkt.»

Und zu Claire:

«Mach den Sanitätswagen fertig, mit allem, was dazugehört. Du fährst mit Mistou wieder zum Bahnhof.»

Briefe von Claire:

«2. November 1945

Liebe Mama!

Das Paket lässt auf sich warten, wegen schlechten Wetters in Paris ist kein Flugzeug gekommen.

Hier haben wir blauen Himmel, und es ist nicht kalt.

Gestern bin ich von einer Dreitagestour zurückgekommen. Nichts Besonderes. Außer, dass wir nur Sterbeurkunden mitgebracht haben, unsere Kranken waren alle tot. In Halle haben wir einen Friedhof entdeckt, wo ein Deutscher drei Jahre lang jeden Tag zwanzig mit dem Beil Enthauptete begraben hat: Franzosen, Belgier, usw.

Wir sind durch zweiunddreißig von den Russen besetzte Dörfer gefahren. Überall lautstarke Musik, sämtliche Plätze beschallt. Und das von sechs Uhr morgens bis Mitternacht. Überall große gemalte Porträts (kindlicher Stil!) von Stalin und den anderen, rote Sterne, winzige und riesige, gewaltige rote Fahnen. Nachts wird das Ganze mit kleinen bunten Lichtern umgeben.

Es kommen weiterhin Züge mit Elsässern an.»

«7. November

Morgen geht endlich ein Flugzeug!

Bei uns ist es schön. Warum habt Ihr denn in Paris dauernd schlechtes Wetter?

Immer noch Züge mit Elsässern. Vorgestern kamen sie aus Riga. Hier ein Eindruck, wie das vor sich geht:

Um sieben Uhr abends wurden wir benachrichtigt. Ich habe fünf Minuten zum Volltanken gebraucht, zwanzig Minuten, um Hilfspakete vom Französischen Roten Kreuz in den Sanitätswagen zu laden, und auf ging's in die Dunkelheit, mit allen Schwierigkeiten, irgendwo zwischen den Trümmern am anderen Ende der Stadt (etwa 25 km entfernt) einen Bahnhof zu finden, dann Gleise. Während der Russisch sprechende Offizier mit den Russen des Konvois verhandelte, musste ich zwei Stunden in der stockfinsteren Kälte warten, ob die Herren sich bequemten, guten Willen zu zeigen. Ich war mit einem anderen Mädchen zusammen, das seinen Sanitätswagen wenden wollte und mit dem Motor an einem Weichenhebel hängen blieb (man konnte die Hand nicht vor den Augen sehen). Unmöglich, da wieder herauszukommen, das Auto war ganz dicht an den Gleisen. Natürlich kam auch gleich die Lokomotive. Zum Glück fuhr sie nicht schnell und konnte rechtzeitig halten. Am Ende bedurfte es einer Brechstange und sechs Deutscher, um das Auto herauszuholen. Und schließlich war vor allem ein riesiger Schwarm Elsässer da, denen wir die Kartons gaben. Wie jedes Mal waren wir die ersten Französinnen, die sie zu Gesicht bekamen – Ihr könnt Euch vorstellen, was das für eine Freude war!

Schließlich kehrte der Offizier zurück, leider unverrichteter Dinge. Die Russen wollten die fünf Schwerkranken und die zwanzig leichteren Fälle nicht herausgeben.

Wir kamen also niedergeschlagen nach Hause zurück, weil das, zumindest für die fünf, ein Todesurteil war. Wir aßen etwas und beschlossen, es am nächsten Tag noch einmal zu versuchen.

Um acht Uhr morgens fuhr ich wieder los, diesmal mit einem gewiefteren Offizier und ans andere Ende von Berlin, da der Zug den Standort gewechselt hatte. Erneut verteilten wir Pakete. Die Elsässer, fast alle aus Straßburg, weinten vor Freude. Endlich kümmerte man sich um sie! Man muss diese Züge wirklich gesehen haben, um zu begreifen. All die armen Jungen haben so gelitten, dass ihnen jede Hoffnung vergangen ist. Von den Russen wurden sie behandelt wie Deutsche. Keine Kleidung, kein Essen und Schnee seit Ende September. Nicht nur ohne Nachricht von zu Hause, sondern ohne alles, kein einziges Wort über Frankreich. Allesamt krank, ausgemergelt, mit großen, ernsten, tief liegenden Augen, die seit Jahren kein Lachen mehr erlebt haben (dort, wo sie herkommen, wird nun einmal nicht gelacht, das habe ich in Pommern deutlich genug gemerkt). Stellt Euch das nur einmal vor: diese Männer, und plötzlich sind da französische Sanitätswagen, mit französischen Mädchen, die ihnen Zigaretten und sonst was für Sachen bringen! Einer der Elsässer wandte sich mir zu: ‹Gestern Abend, als wir die Sanitätswagen sahen, haben wir uns gesagt: Wir sind gerettet, das Französische Rote Kreuz! Wir konnten nur noch weinen.›

Unterdessen, und es dauerte lange, diskutierte unser Russisch sprechender Offizier, bis ihm schließlich der Durchbruch gelang, indem er den Russen ein Mittagessen spendierte. Ich lud sogleich die fünf Schwerkranken ein. Ihre Augen wurden glänzend vor Freude, als ich ihnen sagte, sie bekämen ein gutes Bett, gut zu essen und, sobald es ihnen besser ginge, ein Flugzeug, das sie in drei Stunden nach Frankreich brächte.

Ich half den anderen, in den zweiten Sanitätswagen zu steigen. Einer war so schwach, dass er weinte.

Nach einem schönen warmen Bad brachten wir sie ins Bett, und sie sagten: ‹Danke, Schwester, das werden wir nicht vergessen.›

Heute Morgen habe ich ihnen Schokolade und Zigaretten gebracht, und als ich klarstellte, ich sei keine Schwester, sagten sie: ‹Für uns sind Sie eine. Eine Schwester und der Weihnachtsmann.›

Gebt zu, liebe Mama, dass es eine phantastische Arbeit ist, nicht nur ganz persönlich, sondern auch für Frankreich. Gebt zu, dass es sich lohnt, ein paar Tage länger zu bleiben!

Ein anderer Zug ist abgefahren und 150 Kilometer von hier entfernt stehen geblieben, sofort haben sich zwei Fahrerinnen auf den Weg gemacht, um die Männer zu empfangen. Sie werden an Ort und Stelle eingekleidet, wie es sich für Franzosen gehört, dann sind sie nicht mehr auf die Russen angewiesen, und ein Sanitätszug wird die Schwächsten übernehmen.

Auf dem Rückweg vom Krankenhaus musste ich heute

eine Frau auflesen, die gerade von einem russischen Lastwagen angefahren worden war. Es passierte direkt vor mir. Es war das dritte Mal, seit ich in Deutschland bin, und alle drei Male sind die deutschen Frauen in meinem Sanitätswagen gestorben.

Montag geht es wieder in die russische Zone. Sonntag gibt es ein großes Fest, zum 11. November.

Einmal mehr, Mama, muss ich mich für einen Brief entschuldigen, den ich nicht mehr durchlesen kann, denn es ist (haltet Euch fest!) vier Uhr morgens.

Ich habe das Parfüm bekommen. Tausend Dank, es ist wunderbar.

Mistou fährt Montag nach Paris, sie wird Euch Fotos von mir bringen.

Ich umarme Euch von ganzem Herzen, wie auch meinen Papa, der mich vergessen hat, aber ich habe ihn immer noch genauso lieb.

Eure kleine Claire.»

Im Nu ist Claire aus ihren Kleidern, hängt die Uniform auf einen Bügel und zieht sich den Pyjama an. Sie hat das Nachtlicht, mit dem sie schreiben konnte, ohne Mistou zu wecken, ausgeknipst, endlich kann sie unter die Decke schlüpfen.

In dem großen Bett, das sie miteinander teilen, liegt Mistou schlafend auf dem Rücken. Sie atmet regelmäßig und lächelt im Schlaf, wie Claire zu erkennen glaubt. Sie haben sich sehr gut aneinander gewöhnt, man hält sie für Schwestern oder zumindest alte Freundinnen. Claire liebt den Gedanken, dass ein einziges Jahr Krieg über zehn Jahre normales Leben aufwiegt. Was sie mit Mistou, Rolanne und Plumette durchgestanden hat, die Siege und geteilten Freuden, verbindet sie weit mehr als bloße Familienbande.

«Jetzt muss geschlafen werden», sagt sich Claire.

Aber sie findet keinen Schlaf und fängt an, sich hin und her zu wälzen. Die innere Unruhe hält an, ihre Gedanken rasen und schießen blitzartig in alle Richtungen. Innerhalb von Sekunden schlagen fast euphorische Glücksgefühle in Panikattacken um, die ihr den Atem rauben.

Sie hat ihrer Mutter nicht alles gesagt.

Sie hat das Wesentliche ausgelassen.

Sie hat ihr die letzten achtundvierzig Stunden Ringen mit den Sowjets um die Freilassung der elsässischen Kriegsgefangenen genauestens geschildert, den gescheiterten Versuch am ersten Tag, den Entschluss, am nächsten Morgen wieder hinzugehen, und schließlich den triumphalen Erfolg. Ohne diese Hartnäckigkeit wären fünfundzwanzig Männer dem sicheren Tod geweiht gewesen. Französische Elsässer, Zwangseingezogene im Dienst der deutschen Armee – *Malgré-nous*, wie man sie in Frankreich nennt. Ohne sich aufzuhalten, hat sie einen zweiten Russisch sprechenden Offizier erwähnt. Sie hat die Bedeutung seiner Rolle nicht richtig – oder jedenfalls nicht sehr genau – erklärt.

Der Brief kommt Claire wie ein Rebus vor, wie eine Zeichnung, in der irgendwo zwischen den Blättern eines Baums, in den Wolken oder im Fell eines Tieres die Hauptfigur, um die es geht, verborgen ist.

Sie hat den Abend in der Mädchenküche bis ins letzte Detail vor Augen, wie sie sich, mit Rolanne und dem ersten Russisch sprechenden Offizier am Tisch, so niedergeschlagen, so ohnmächtig gefühlt hatte. Eine echte Qual für sie alle drei. Dann war ein zweiter Offizier, der ebenfalls beim Suchdienst arbeitet, zu ihnen heruntergekommen.

Claire hat seine sichere, fröhliche Stimme noch im Ohr, den Ton, in dem er ankündigte, als handelte es sich um einen harmlosen Spaziergang: «Na schön, dann gehen wir eben morgen in aller Frühe noch mal hin. Ich schwöre euch, wir retten sie alle.» Claire war sofort aufgestanden: «Ich gehe mit.» – «Das will ich hoffen.» Claire weiß, dass sie einander genau in diesem Augenblick und mit diesen schlichten Worten endlich ihre Liebe gestanden haben. Denn jetzt, in ihrer Schlaflosigkeit, gesteht sie sich ein, was sie nicht wahrhaben wollte: Sie hat sich schon bei der ersten Begegnung in diesen Franzosen russischer Abstammung verliebt.

«Sag mal, ist dieser Veitstanz bald zu Ende? Du hast mich geweckt mit dem Gezappel!»

Claire setzt sich ruckartig auf, hält sich den Kopf zwischen den Händen:

«Mein Gott, Mistou, was soll nur aus mir werden?»

Er heißt Yvan Wiazemsky, ist 1915 in Petersburg geboren, und seine Familie ist, wie tausend andere, zur Zeit der Revolution emigriert. Lange staatenlos, haben sie in den 1930er Jahren die französische Staatsbürgerschaft erworben. Wia – so nennen ihn alle – wurde gleich mit der Kriegserklärung eingezogen und geriet kurz darauf in Gefangenschaft. Fünf Jahre Lager, fünf Jahre Entbehrungen haben seine Zuversicht, seine Lebensfreude nicht zerstört. Von den Sowjets befreit, hat er an ihrer Seite gekämpft und sich dann Léon de Rosen angeschlossen, dessen rechter Arm und bester Freund er ist. Wia ist der beliebteste Offizier im Kurfürstendamm 96, ob Frauen oder Männer, alle verehren ihn. Er ist immer der Erste, wenn zu einem Einsatz gerufen wird, immer der Erste, der ein Fest improvisiert. Da er fließend sieben Sprachen spricht, darunter Russisch, Französisch, Englisch und Deutsch, gelingt es ihm, überall Freundschaften zu knüpfen: So war es in seinem Gefangenenlager, so ist es auch in dem von den Alliierten besetzten Berlin. Diese Fähigkeiten machen ihn zu einem hervorragenden Unterhändler, und die Mädchen bitten oft um seine Begleitung, wenn sie Franzosen aus der sowjetischen Zone holen wollen.

Wie hätte Claire ihn nicht bemerken sollen, sobald sie in

das Haus gezogen war? Sie konnte gar nicht anders. Er war es, der einen kleinen Empfang organisiert hatte, um das Französische Rote Kreuz zu begrüßen, er, der für ein ständiges Hin und Her zwischen den Etagen sorgte. Schon der erste Abend hatte allen das Gefühl vermittelt, unter alten Bekannten zu sein, und den ernsthaften Wunsch entstehen lassen, miteinander zu arbeiten. Man hatte getanzt, gesungen, getrunken, mit immer neuen Sprüchen auf das Kriegsende, die Rückkehr der Gefangenen und die Versöhnung der Völker angestoßen. «Er übertreibt», hatte Claire gedacht, die ihn wie einen Marsmenschen bestaunte. «Er steckt uns alle in die Tasche! Mit dem wird uns bestimmt nicht langweilig», amüsierte sich Mistou, während Rolanne, verträumt, einen Seufzer von sich gab: «Welch ein Charme ...» Später hatten die belgischen Sanitäterinnen den Französinnen erzählt, Wia sei ein echter Fürst und stamme aus einer der ältesten russischen Familien. «Pah ...», war Claires einziger Kommentar gewesen. Doch immerhin hatte sie zugegeben, er sei sympathisch, lustig und ein guter Kamerad. Es schien ihr nicht aufzufallen, dass Wia, sehr von ihr angezogen, sich größte Mühe gab, ihr zu gefallen.

Eines Morgens, als sie im zweiten Stock war und im Büro von Léon de Rosen eine französische Zeitung nach einem Bericht über eine Reise ihres Vaters in die Schweiz durchblätterte, hatte Wia gefragt: «Wer ist das, dieser François Mauriac?» «Aber Wia, du machst dich über uns lustig! Es kann nicht sein, dass du nicht weißt, wer François Mauriac ist!», hatte Léon de Rosen sich entrüstet. «Eben doch.

Also, wer ist das?» Über so viel Ignoranz war Claire in schallendes Gelächter ausgebrochen, das erste Mal seit ihrer Ankunft in Berlin. Ein so unbändiges Lachen, dass sie sich nicht mehr halten konnte, sich auf den Boden setzen musste, und das noch schlimmer wurde, als Wia, von seinem Freund Léon aufgeklärt, zu Entschuldigungen anhub. «Lesen Sie denn keine Bücher?», hatte Claire, die sich langsam beruhigte, gefragt. «Niemals!» Erneuter Lachanfall, den die beiden Männer nicht verstanden.

Als Claire das Büro verließ, um die Treppe nach oben zu gehen, hätte sie am liebsten vor Freude gesungen: Endlich war sie einem Mann begegnet, der sich für sie und nur für sie interessierte; einem Mann, der nichts von der Existenz ihres berühmten Vaters wusste, der keinen Wert auf Literatur oder Bücher legte. Das war etwas vollkommen Neues, und es entzückte sie. Dieser Wia war tatsächlich ein Marsmensch, sie hatte schon am Anfang so eine Vorahnung gehabt. Ab sofort war sie empfänglich für die Aufmerksamkeit, die er ihr entgegenbrachte.

Als sie bei einem Einsatz mit Mistou und Plumette an Sowjets gerieten, die bestritten, Franzosen unter ihren Gefangenen zu haben, hatte Wia wieder einmal darauf gesetzt, es zu schaffen und nicht unverrichteter Dinge abzuziehen. Sie befanden sich etwa hundert Kilometer von Berlin entfernt, in einer verwüsteten Gegend, ohne ein Dach über dem Kopf. Da sie über Nacht vor Ort bleiben mussten, um gleich am nächsten Morgen die Verhandlungen fortzuführen, blieb ihnen als Quartier nur ein von der Roten Armee besetztes Haus. Wia war beunruhigt. Er wusste, dass die Soldaten tranken, bis sie jegliche Kontrolle über sich verloren, dass die Anwesenheit der drei jungen Frauen, Fremden zumal, ihre Begierde wecken würde. Die Angst vor Vergewaltigungen war nicht unbegründet, das wussten auch Claire, Mistou und Plumette. Sie nahmen Wias Rat an. Er brachte die drei in einem Zimmer unter, wo sie zusammen schlafen sollten, ohne ihre Uniformen auszuziehen. Außerdem sollten sie von innen schwere Möbel vor die Tür schieben, um sich besser gegen nächtliche Eindringlinge zu schützen. Er selbst werde in Rufweite bleiben. Aber zwei Minuten später war er wieder da. «Ich habe ein Geschenk für Sie», sagte er zu Claire. Gerührt streckte sie die Hand aus, fragte sich, was er inmitten dieser trostlosen Ruinen für sie gefunden haben mochte. «Meinen Dolch. Den können Sie brauchen, wenn es einem der Trunkenbolde trotzdem gelingt, die Tür aufzubrechen, um Sie zu vergewaltigen.» Und angesichts ihres überraschten Ausdrucks: «Zögern Sie bloß nicht, ihm das Ding einfach in die Kehle oder ins Herz zu rammen.» Dann zog er sich zurück. «Das nennt sich ein Geschenk», scherzte Mistou, und Plumette fügte hinzu: «Da wollen wir nur hoffen, dass du ihn nicht brauchst.» Claire selbst starrte fasziniert auf den Dolch. «Wias erstes Geschenk ...» Sie wusste schon, es würde nicht das letzte sein.

Sie sollte recht behalten. Wia machte ihr nun öfter kleine Geschenke, je nachdem, was für Händel er mit den Engländern oder den Amerikanern zustande brachte. Claire sammelte Militärabzeichen, die sie ins Futter ihrer Uniformjacke einnähte. Sie bekam neue Rückenschilder, doch ihr Traum waren rote Sowjetsterne. «Sehr schwierig, aber ich schaffe es schon. Gedulden Sie sich nur ein wenig, vertrauen Sie mir», hatte Wia versprochen. Und mit der ihm eigenen kindlichen Selbstsicherheit: «Haben Sie noch nicht gemerkt, was ich für ein Tausendsassa bin?»

Eine gerechtfertigte Selbstsicherheit oder nur Prahlerei? Claire kommt nicht dahinter, sie begreift die Persönlichkeit dieses Mannes nicht. Er ist anders als die, mit denen sie bisher zu tun hatte, er überrascht sie, amüsiert sie, aber er erschreckt sie auch. Manchmal findet sie ihn sehr schön, dann wieder allzu komisch mit seiner hoch aufgeschossenen Gestalt, ausgemergelt wie einer, der gerade noch davongekommen ist, mit seinen tiefblauen Augen und den großen Segelohren. Er hat Charme, das ist nicht zu übersehen, sie erfährt es jedes Mal, wenn er irgendwo auftaucht. Sobald Wia einen Raum betritt, werden die Mädchen koketter, und die Männer fühlen sich zu kameradschaftlichen Gesten herausgefordert. Bei allen setzt sich fast immer gute Laune durch. Wia selbst scheint sich seiner Wirkung nicht bewusst zu sein. Diese Art treuherzige Naivität verunsichert Claire besonders. Und wenn er einfach nur ein dummer Schwätzer ist, ein ungebildeter Idiot?

«Mein Gott, Mistou, was soll nur aus mir werden? Was ist los mit mir?»

Mistou, jetzt vollends wach und schicksalsergeben, greift nach den Zigaretten, zündet zwei an und reicht eine an Claire weiter.

«Ist es dein Verehrer, der dich in diesen Zustand versetzt?»

Claire wehrt empört ab. Wia, gleichermaßen reizend allen Frauen im Haus gegenüber, unabhängig von ihrem Alter oder ihrer Rolle, hatte seine Neigung für eine von ihnen schnell offenbart. Weder den Mädchen vom Roten Kreuz noch den Sekretärinnen der Suchabteilung war es entgangen, mit welcher Bewunderung er sie betrachtete, welche Erregung sie bei ihm auslöste.

«Was für ein Verehrer? Wovon redest du? Ich verstehe nicht.»

«Der russische Fürst mit den Segelohren.»

«Das ist wohl das Beste, was er hat, seine abstehenden großen Ohren!»

Claire ist ehrlich. Sie ist drauf und dran, sich Mistou anzuvertrauen, will ihr gestehen, welchen Schrecken die Vorstellung, verliebt zu sein, bei ihr auslöst, aber auch ihre Freude darüber – doch ein plötzlicher Schmerz macht es ihr unmöglich. Sie drückt die Zigarette aus und lässt sich stöhnend aufs Kopfkissen sinken.

«Ich spüre es, da ist sie, sie kommt ...»

«Wer?»

«Die Migräne.»

Ehe Mistou zu ihrem Einsatz aus dem Zimmer gegangen ist, hat sie sorgfältig die Vorhänge zugezogen, damit das Tageslicht ihre Freundin nicht quält. Sie hat Claire stöhnend zurückgelassen, es sich aber nicht verkneifen können, sie auf der Türschwelle zu fragen: «Was ist eigentlich schlimmer für dich? Der russische Fürst oder die Migräne?» Ihr Lachen im Treppenhaus hat Claire an den Rand der Tränen gebracht. Am liebsten würde sie nicht mehr aufstehen, ihre Kameradinnen nicht mehr sehen, Wias fragendem Blick nicht begegnen. Wie konnte sie sich zu solch heftigen Liebesgefühlen hinreißen lassen? Nach ihrem Bruch mit Patrice hatte sie sich geschworen: nur noch gelegentliche Flirts – das war der Preis für ihre teure, endlich wiedererlangte Freiheit. Und jetzt verliebt sie sich in einen Fremden, über den sie nichts weiß, einen ehemaligen Russen, der fast ein Sowjet sein könnte, ohne Beruf, aus einem Milieu, das sie nicht kennt, «kosmopolitisch», wie man es nennt. Einen Mann zu lieben, egal welchen, bringt sie unmittelbar in Gefahr, und so einen erst recht … Claire hat es immer hinbekommen, nicht sonderlich zu leiden. Sie versteht es geschickt, mit Ironie, Spott oder Entmutigung ihre Verehrer auf Distanz zu halten. Und das alles auf eine humorvolle, freundschaftliche Art, sodass man es ihr nicht übel nimmt. Sie denkt immer noch, sie sei nicht viel wert und der Mann, der sie liebe, ein Tor. Ein Tor, der sich in ihr nur täuschen kann. Offen gestanden ist es genau das, was sie bei Patrice empfunden hat – natürlich, aber auch bei André, bei dem jungen Leutnant aus Béziers, dessen Namen sie gleich wieder vergessen hatte, bei Pierrot, bei Minko. Sie korrigiert sich: Nein, Minko gehört nicht dazu. Bei ihm hatte sie es sofort geahnt, die Gefahr, die er für sie darstellte, seine Anziehungskraft. Nach der Geschichte mit dem Sanitätswagen war sie ihm erfolgreich aus dem Weg gegangen, ihr Instinkt hatte sie wunderbar geschützt. Warum nur hat dieser Instinkt hier, in Berlin, jetzt versagt?

Seit der Aufteilung der Stadt im Juli 1945 ist Berlin eine gigantische Sortiermaschine für Flüchtlinge geworden. Ungefähr eine halbe Million kommen jeden Monat in den britischen und amerikanischen Sektoren an. Deutsche, ob Frauen, Kinder oder Alte, Vertriebene aus der Tschechoslowakei, Kriegsgefangene und alle, die – warum auch immer – vor den Sowjets fliehen. Nach ersten Schätzungen wird erwartet, dass sich im Winter 1945/46 an die zwanzig Millionen Deutsche, über ein Viertel der Nation, wieder auf den Straßen des zerstörten Landes befinden werden. Dieser enorme Ansturm Not leidender Menschen erschwert die Arbeit der von Léon de Rosen geleiteten Suchabteilung und der französischen und belgischen Rotkreuzhelfer. Die Einsatzdienste vom Kurfürstendamm 96 fahren weiterhin zu den Bahnhöfen, den sowjetischen Lagern oder sonst wohin, sobald jemand die mögliche Anwesenheit französischer Staatsbürger meldet; sie fahren auch nach Frankfurt an der Oder, wo Züge voller Menschen eintreffen, die keine Nationalität, keine Identität, keinen Platz in dieser Welt mehr haben. Unter ihnen Juden, die auf wundersame Weise überlebt haben, Deutsche, die vor dem Hitler-Regime geflohen sind, aber auch ehemalige französische Freiwillige, die im Dienst der Nazis gekämpft haben und jetzt versuchen, sich als deren ehemalige Gefangene oder als elsässische Zwangsarbeiter, *Malgré-nous*, auszugeben. Kaum haben sie den Zug verlassen, werden alle ins Sammellager von Zehlendorf überführt, das ganz unter Kontrolle der Amerikaner steht. Im November 1945 wurden allein in diesem Camp mehr als fünftausend Personen aus dreizehn Nationen registriert. Etwa fünfzig andere Durchgangslager wurden auf die Schnelle in Berlin errichtet.

Claire kommt täglich mit dem tragischen Schicksal dieser abertausend Menschen in Berührung. Die persönliche Beteiligung an der Rettung einiger erscheint ihr wie eine Antwort auf die Fragen, die sie sich stellt, wie eine Rechtfertigung ihrer eigenen Existenz. Das alles hat nicht mehr viel mit dem zu tun, was sie während des Krieges, in Béziers, erlebt hat. Es geht nicht mehr darum, heroische Aktionen zu wagen, die Widerstandsbewegungen zu unterstützen. Es gilt nicht mehr, den Befreiungstruppen zu folgen, sondern einen ganz anderen Kampf zu führen, verborgener, undankbarer, einen Kampf auf unterster Ebene: verlorene Personen zu suchen, zu finden und vor dem Tod zu bewahren. Jetzt weiß sie, dass sie das Leben in Berlin von ganzem Herzen liebt. Sie findet es grausam, gemein und zugleich seltsam schön. Recht ähnlich dem Bild der in Trümmern liegenden Stadt, die dennoch wiederaufersteht. Wie während des Krieges wundert sie sich, ein Leben zu führen, das sie literarischen Figuren vorbehalten glaubte: den Heldinnen jener Romane, die sie als Jugendliche verschlungen hatte und die ihr ihren eigenen Alltag als junges Mädchen so eintönig erscheinen ließen.

«Wo ist Wias Platz?», denkt sie, während sie sich die

Zähne putzt. Sie hat keine Migräne mehr, ein paar Stunden Schlaf haben geholfen. Sie fühlt sich einigermaßen erholt, nicht gerade heiter, aber ihr Verantwortungsbewusstsein hat wieder die Oberhand gewonnen: Sie muss sich bei Plumette erkundigen, was für den Tag ansteht, was am dringendsten zu tun ist.

Mistou ist auf einen Kurzurlaub nach Paris gefahren. Claire hat ihr Briefe an ihre Familie und Fotos von sich mitgegeben, Porträtaufnahmen, die mit sehr raffinierten Lichteffekten im Studio gemacht worden sind und auf denen sie sich endlich einmal hübsch findet. «Ein echter Filmstar!», hatte eine ihrer Gefährtinnen gemeint. «Sogar deine Uniform sieht wie geborgt aus und dein Lothringer Kreuz, als wäre es aus Diamanten! Unmöglich, sich vorzustellen, welches Hundeleben du hier führst!», fügte eine andere hinzu, und Rolanne schloss: «Claire ist prima, und wir Mädels sind stolz auf sie.»

Über einen Zeitraum von achtundvierzig Stunden bringen Züge Elsässer zurück. Claire und Wia sind wieder gemeinsam da, um sie in Empfang zu nehmen. Ausnahmsweise verbergen die Sowjets diesmal niemanden, und manche Offiziere, mit denen Wia sich inzwischen angefreundet hat, erleichtern ihnen ganz offen ihre Aufgabe. Claire hat keine Zeit, sich zu fragen, was Wia und sie füreinander empfinden, aber sie bemerkt eine gewisse Veränderung in seinem Verhalten ihr gegenüber. Er ist noch aufmerksamer, besserer Laune denn je und, was ihm kaum ähnlich sieht, von erstaunlicher Diskretion. Anders, als sie befürchtet hatte, macht er keinerlei Anspielung auf irgendwelche Liebesgefühle, ja er versucht nicht einmal, mit ihr allein zu sein. Aber sie spürt seinen Blick, der dauernd auf ihr ruht. Ein seltsam vertrauensvoller Blick, als wüsste er, was die Zukunft ihnen bescheren wird, und wollte ihr, Claire, genügend Zeit lassen, es ebenfalls zu begreifen.

Am Abend des 11. November findet am Kurfürstendamm 96 ein großes Fest zur Feier des Waffenstillstands von 1918 statt. Es herrscht ein Kommen und Gehen zwischen den Etagen, die Tür zur Straße steht weit offen, laufend mischen sich neue Gäste unter die Hausbewohner. Franzosen, Engländer, Amerikaner und Sowjets gesellen sich in vollkommener Eintracht zueinander, vergessen für ein paar Stunden, was sie tagsüber trennt. Da es weitaus mehr Männer als Frauen sind, tanzen die französischen und belgischen Rotkreuzmädchen unentwegt, werden von einem Arm zum anderen gereicht. Die Französinnen tragen ihre obligate Royal-Air-Force-blaue Uniform, aber alle haben sich Zeit genommen, sich zu schminken und zu frisieren.

«Sie sind so schön», flüstert Wia Claire ins Ohr. Er hält sie fest umschlungen, wiederholt immerfort denselben Satz. Sie hat ihm schon mehrere Tänze hintereinander gewährt und achtet nicht mehr auf die anderen Offiziere. Diese sind zuerst etwas verstimmt, scheinen sie dann aber aufgegeben zu haben und halten sich wie auf Absprache zurück. Hätte sie ihre Sinne beisammengehabt, wäre ihr aufgefallen, dass niemand sie mehr anspricht, als wären sie auf einer Insel.

Claire hat nur noch eins im Sinn: Was sie, an Wia geschmiegt, empfindet, dieses Gefühl von Sicherheit, das er ihr, so neu für sie, vermittelt. Dabei tanzt er schlecht und tritt ihr ständig auf die Füße, dabei sagt er nichts als sein ewiges: «Sie sind so schön», das ihn auf die Dauer etwas lächerlich erscheinen lässt. «Er führt überhaupt kein Gespräch», denkt Claire, nicht etwa erschreckt, sondern im Gegenteil, amüsiert über diese Entdeckung. Ihr scheint, dass sich in seinen Armen alles anders anfühlt, als sie es mit anderen Männern, in anderen Armen empfunden hat. Sie spürt vor allem wieder, dass sie eine Frau ist, und das mit einer Intensität, die sie plötzlich verwirrt. In einer unwillkürlichen Abwehrreaktion versucht sie ihn zurückzustoßen: «Es ist unwahrscheinlich, wie schlecht Sie tanzen!», sagt sie. «Unwahrscheinlich?» «Ja.» «Ist das schlimm?» Statt beleidigt zu sein, lacht er. «Ja. Also, nein ...» Er legt seine Hand an ihren Kopf, drückt ihn behutsam an seine Brust. Claire spürt den rauen Stoff der Militärjacke an ihrer Wange. Wia hat ihr die Arme um die Schultern gelegt und hält sie eng umschlungen. Sie hört seinen Atem, so ruhig, so regelmäßig, seine Stimme flüstert ihr ins Ohr. «Was reden Sie da für ein Kauderwelsch?» «Ich rede kein Kauderwelsch, ich spreche Russisch mit Ihnen.» Sie verharren noch ein paar Minuten schweigend, beinahe reglos, während alle um sie herum plötzlich wie wild auf den Rhythmus eines Boogie-Woogie tanzen. Schließlich löst er sich von ihr, hält sie mit ausgestreckten Armen fest und schaut ihr mit einer seltsam intensiven Mischung aus Glück und Ernst geradewegs in die Augen: «Ich liebe Sie. Ja, genau das ist es, ich liebe Sie und will nicht ohne Sie leben.»

Mistou ist aus Paris zurück. Sie hat Post mitgebracht, warme Kleidung und die erste Nummer einer neuen Frauenzeitschrift: *Elle*. Auf dem Titelblatt eine schöne Frau in roter Jacke und schwarzem Hut, die lächelnd eine rotgescheckte Katze mit grünen Augen an sich schmiegt. Mistou ist gerade in die Küche gekommen, wo Claire, Rolanne und zwei belgische Rotkreuzhelferinnen sich bei einer Tasse Tee aufwärmen, kurz vor dem Aufbruch zu einem Einsatz. Eine heikle Angelegenheit, bei der sie sich nicht ganz wohlfühlen, geht es doch darum, deutschen Müttern ihre von französischen Vätern stammenden Kinder wegzunehmen. Dabei handelt es sich meistens um Männer, die während des Krieges zur Zwangsarbeit, dem *STO*, eingezogen worden waren.

«Hört euch das an, Mädels», sagt Mistou, indem sie sich auf die Tischkante setzt.

Sie blättert in der Zeitschrift, schlägt Seite 3 auf und liest:

«‹Seit fünf Jahren hat man sie nicht mehr gesehen. Es ist viel Zeit vergangen. Die Kleinen sind groß geworden. Jules Raimu hat eine zwanzigjährige Tochter, Paulette ...› Et cetera, et cetera ... ‹Claire Mauriac, die Tochter des Autors der *Ungeliebten*, weilt derzeit in Berlin. Als Fahrerin eines Rotkreuzwagens kümmert sie sich um die Repatriierung der letzten französischen Gefangenen, die in der russischen Zone zurückgeblieben sind. Sie hatte noch keine Zeit, darüber nachzudenken, was sie später machen wird.› Was für eine Ehre, Clarinette, das nennt sich Ruhm!»

Mistou reicht ihr die Zeitschrift, woraufhin Claire die

fünf Porträts junger Frauen schweigend betrachtet. Ihr Bild zwischen diesen Unbekannten ist ihr auf Anhieb peinlich, irgendwie schlägt es ihr aufs Gemüt. Bis zur Lektüre dieses kleinen Artikels war sie überzeugt, ihr sei gelungen, was sie sich in ihren Anfängen beim Roten Kreuz so sehr gewünscht hatte: in einer Gruppe aufzugehen. Sie hatte sich mit aller Kraft bemüht, das zu erreichen, statt «ich» eher «wir» zu sagen und zu denken. Dass diese Frauenzeitschrift nun ausgerechnet sie und nicht Rolanne oder Plumette ausgewählt hat, wirft sie auf das zurück, was sie vor dem Krieg gewesen war: «die Tochter von ...»

Die Küchentür öffnet sich, Wia kommt mit einer Stange amerikanischer Zigaretten in der Hand lärmend herein.

«Für euch, Mädels. Und das für dich, meine Claire ...»

Er hat etwas in seiner Faust, hält es Claire vor die Nase, schüttelt es und lacht vor Vergnügen.

«Was ist das?»

«Dreimal darfst du raten!»

Glücklich, bei den fünf jungen Frauen sofort im Mittelpunkt zu stehen, zögert er das Spiel hinaus. Claire legt die Zeitschrift beiseite und gibt nach: «Tierisch, pflanzlich oder mineralisch?» Wia hat seinen Spaß und steckt alle damit an, bis auf Mistou, der es langsam dämmert, dass inzwischen eine andere Atmosphäre in der Wohnung herrscht. Wia ist hier wie zu Hause. Claire strahlt vor jugendlicher Fröhlichkeit, die Mistou an ihr nicht kennt.

«Sagt mal, ihr zwei ...»

Aber niemand achtet auf sie. Die Mädchen scharen sich

um Wia, flehen ihn an, er solle endlich zeigen, was er in der Hand verbirgt.

«Als Ersatz für den Ring, den ich dir noch nicht bieten kann ...», sagt er.

Claires Geschenk, das Militärabzeichen mit dem roten Stern, wandert von Hand zu Hand, während Wia erzählt, auf welche Weise er es bei einem Gelage mit sowjetischen Offizieren ergattert hat. Wie so oft, schreibt er sich die Heldenrolle zu, manchmal, wenn es der Erzählung dient, schmückt er sich mit erfundenen Verdiensten, aber er tut es so begeistert, dass niemand auf die Idee käme, es ihm vorzuwerfen. Claire ist entzückt: Der rote Stern wird das Juwel ihrer Sammlung sein, sie wird jemanden finden, der ihn noch heute Abend in ihre Uniformjacke einnäht.

«Würdest du das für mich machen, Rolanne? Du weißt, was für eine Niete ich in diesen Dingen bin ...»

Wia entdeckt die Zeitschrift, die aufgeschlagen auf dem Tisch liegt, und greift neugierig danach. Das Foto von Claire entlockt ihm ein bewunderndes Pfeifen.

«‹Des Autors der *Ungeliebten* ...› Ist das der Schriftsteller? Dein Vater?»

Und da Claire, zugleich schockiert durch Wias Ignoranz und geschmeichelt über diese Umkehrung der Rollen, die François Mauriac nur noch als «den Vater von ...» erscheinen lässt, nicht sofort antwortet, fährt er fort:

«Wenn von dir die Rede ist, Claire, ist von euch die Rede, Mädels. Wie gut, dass die großartige Arbeit, die ihr in Berlin leistet, derart gewürdigt wird.»

Und etwas sanfter, mit einem gehauchten Handkuss:

«Ich bin stolz auf dich.»

Claire senkt den Blick, um ihre Gefühle zu verbergen. Sie denkt, dass er die Dinge immer von ihrer besten Seite sieht und das Leben mit ihm rätselhaft einfach wird.

Mistou hatte vergessen, Claire einen Brief von ihrer Mutter zu geben, den diese ihr ein paar Stunden vor der Abreise hatte bringen lassen. So liest Claire ihn erst spät am Abend, nach einem langen Tag, den sie bei deutschen Frauen verbracht hat. Das Schreiben ist die Antwort auf Claires letzten Brief, der eine etwas wirre Darstellung ihrer Begegnung mit Wia enthielt. In ihrem unbändigen Bedürfnis, von ihm zu sprechen, hatte sie weder seine russische Herkunft noch die Tatsache verborgen, dass er nicht wusste, was später, nach Berlin, aus ihm werden sollte. Jetzt bereut sie ihre Vertraulichkeiten. Wie sie es schon hätte ahnen können, zeigt sich ihre Mutter beunruhigt, sie warnt die Tochter vor diesem Unbekannten, verlangt genauere Auskünfte über dessen Familie, über deren Lebensart. Ihrer Ansicht nach verliert Claire in Berlin den Kopf, sie muss sich wieder fangen und endgültig nach Paris zurück. Die einzige Erklärung, die ihr für das einfällt, was sie einen «absurden Rappel» nennt, ist medizinischer Natur: Claire leide an Überanstrengung – ein Grund mehr, nach Frankreich zu kommen, wo sie sich behandeln lassen könne. Sie mahnt, der Krieg sei zu Ende, Claires Platz, ihr einziger und wahrer Platz sei in der Avenue Théophile-Gautier Nummer 38, im Schoß ihrer Familie.

Was sie da liest, entmutigt Claire. Ihre Mutter behandelt

sie wie ein kleines Mädchen, weist sie auf die rechte Bahn, ja schlimmer noch, sie gibt ihr Befehle. Wieder einmal wird die Frau, die Claire geworden ist, nicht respektiert. Sie weiß, hinter ihrer Mutter steht die versammelte Familie, ihr Vater, ihre Schwester, ihre Brüder, und alle sind sich einig, was Claires Zukunft anbelangt. Aber zugleich, und weil sie die Ihren liebt, macht sie sich Vorwürfe, ihnen Sorgen zu bereiten. Auch der hinter ihr liegende Tag drückt auf ihre Stimmung. In zwei Fällen mussten sie und Rolanne jungen deutschen Frauen die Babys wegnehmen. Das war ein Befehl. Die französischen Väter sind für vermisst erklärt, trotzdem müssen die Kinder ihren Müttern entrissen und repatriiert werden – nach Frankreich, wo sie vielleicht niemand haben will.

«Du grübelst zu viel, Clarinette, komm, leg dich schlafen.»

Mistou gähnt und rekelt sich in dem großen Bett. Sie hat ihre Sachen noch nicht alle ausgepackt, der geöffnete Koffer klafft mitten im Zimmer, überall fliegen Kleidungsstücke herum. Claire fühlt sich plötzlich ein wenig getröstet, dass sie ihre Freundin wieder hat, ihre unvermeidliche Unordnung und Sorglosigkeit. Ja, mit Mistou kommt wieder Leben ins Kokottennest. Claire ist müde, sie wird sich zu Mistou ins Bett legen, erst einmal schlafen. Morgen wird sie ihrer Mutter antworten.

«4. Dezember

Liebe Mama!

Soeben höre ich, dass in zehn Minuten die Post mitgenommen wird. Es ist acht Uhr morgens, gleich gehen wir zur Beerdigung von drei Elsässern, die den Rücktransport nicht überlebt haben.

Gestern Abend bekam ich Euren Brief. Macht Euch keine Sorgen, ich bin sehr glücklich.

Später, entweder heute noch oder morgen, schreibe ich ausführlicher, jetzt wollte ich Euch nur schnell beruhigen.

Wir fahren am 12. nach Paris.

Ich umarme Euch, so fest ich kann.»

Sie unterschreibt. Aber ehe sie ihren Brief in den Umschlag steckt, macht sie einen kräftigen Strich unter das, was ihr am wichtigsten erscheint: «Ich bin sehr glücklich.»

Vier Tage lang verschließt sich Claire in einer Art düsterem Schweigen, das alle überrascht. Auf Nachfragen antwortet sie ausweichend, verweist auf die Migräne. Man findet sie nervös, reizbar, kaum mehr wiederzuerkennen als die junge Frau, die jeder im Haus ins Herz geschlossen hat. Wia, der am stärksten beunruhigt ist, stellt immer neue Fragen, lässt nicht locker, fleht sie an, bedrängt sie gar. Am zweiten Abend braust er unten in der Küche auf und macht ihr in Anwesenheit der Mädchen eine Szene. Claire flieht sofort in Richtung ihres Zimmers. Wia will hinterher, aber Rolanne packt ihn am Ärmel und hält ihn zurück. «Ich bitte Sie, lassen Sie Claire in Ruhe», sagt sie sanft. Wia wirft ihr einen vernichtenden Blick zu und verlässt Türen knallend die Küche, so heftig, dass alle zusammenzucken. Am nächsten Tag schleicht er, seinerseits schweigend, wie ein geprügelter Hund umher, was komisch hätte wirken können, aber Mitleid erregt. Er stapft grundlos in der Hoffnung, Claire zu treffen, die Treppen hinauf und hinunter. Aber sie rührt sich kaum aus dem Zimmer oder erfüllt Aufgaben, die seine Anwesenheit nicht erfordern. Aus Furcht, von ihren Gefährtinnen eine Abfuhr zu bekommen, hat er aufgehört, sich an sie zu wenden. Im Übrigen scheinen Plumette und Rolanne ihn zu meiden. Nur Mistou schenkt ihm, wenn sie sich über den Weg laufen, ein strahlendes Lächeln und ein unbekümmertes: «Machen Sie nicht so ein Gesicht, es wird alles wieder gut.»

Sie ist es, die am Abend des vierten Tages nach oben geht und ihm Bescheid gibt.

«Claire hat eben mit unbekanntem Ziel allein das Haus verlassen. Wenn Sie mit ihr reden wollen, wäre das eine Gelegenheit ... Aber verraten Sie ihr nicht, dass ich es Ihnen gesagt habe.»

Wia schnappt sich einen Mantel und stürzt die Treppe hinunter.

Draußen ist es dunkel, ein eisiger Wind wirbelt den angetauten Schnee vom Boden auf. Die Straße ist menschenleer, er hat den langen Militärmantel, die Schapka und die pelzgefütterten Stiefeletten auf den ersten Blick entdeckt. Claire geht schnellen Schrittes. Er will sie rufen, hält sich aber zurück und unterdrückt einen Fluch. Was macht sie allein hier draußen? Wo geht sie hin? Berlin ist extrem gefährlich, die Frauen wissen es und bewegen sich draußen nur in Begleitung. Wia versteigt sich in den Gedanken, Claire habe ein heimliches Rendezvous. Der körperliche Schmerz, den er dabei empfindet, schnürt ihm den Atem ab. Er kennt ihre mutige, tollkühne Art. Sagt sie nicht oft genug: «Ich liebe die Gefahr!» Sicher hat sie ein Rendezvous mit jemandem, einem Mann natürlich, klar, deswegen geht sie ihm seit vier Tagen aus dem Weg. Er seufzt bei der Vorstellung, dass sie sich über ihn lustig macht, ihn betrügt.

Claire biegt plötzlich vom Kurfürstendamm nach rechts ab. Jetzt packt Wia die kalte Wut. Er wird ihr folgen, die beiden erwischen, sie zur Rede stellen. Er bleibt ihr auf den Fersen, immer dicht am Gemäuer, um nicht entdeckt zu werden, falls sie sich umdrehen sollte.

Solche Vorsicht hätte er sich sparen können. Die Gasse, in der sie sich befinden, ist in totale Finsternis getaucht. Kein Lichtschimmer dringt aus den Ruinen. Keine Spur von Menschen. Aber Wia weiß, dass Hunderte von Berlinern immer noch verborgen in den Kellern leben.

Claire ist stehen geblieben und scheint zu zögern. Dann klopft sie an eine aus Brettern und Pappe zusammengeflickte Tür. Sofort wird ihr aufgemacht, sie verschwindet. Wia bleibt wie vor den Kopf geschlagen stehen. Ein Rendezvous an so einem Ort? Unmöglich. Was macht sie nur? Er beschließt, dieses unerträgliche Geheimnis keine Sekunde länger zu dulden, ihr in die Trümmer zu folgen.

Aber da kommt Claire gerade wieder heraus. Sie stoßen zusammen, Claire rutscht aus, will sich an seinem Mantel festhalten, rutscht wieder aus, verliert das Gleichgewicht und fällt in den nassen, halb gefrorenen Schnee.

«Wia, oh, Wia!»

Gegen jede Erwartung bricht sie in Gelächter aus. Ein nervöses Lachen, teils freudig, teils schmerzlich, das er verblüfft registriert, wie versteinert, mit dem Gefühl, das alles könne gar nicht wahr sein, er werde gleich aufwachen, und dann sei der Albtraum vorbei.

«Hilf mir aufstehen, hier können wir nicht bleiben», sagt sie glucksend. «O Wia, wie schön, dich zu sehen, wie schön!»

Er hält sie an sich gepresst, während sie denselben Weg

zurückgehen. Beide kämpfen gegen den Wind an, was ihre Erklärungsversuche erschwert. Aber Wia hat das Wichtigste verstanden, den Grund von Claires Besuch in den Trümmern dieser Gasse. Was sie ihm zu erzählen versucht, nachdem er ihr schwören musste, das Geheimnis für sich zu behalten, macht ihn sprachlos. Claire hat aus eigener Initiative, ohne mit irgendjemandem darüber zu sprechen, eine junge Deutsche gewarnt, der am nächsten Tag das Baby weggenommen werden soll. Herausfordernd und trotzig behauptet sie, sie sei überzeugt, egal, was die herrschenden Militärgesetze vorschreiben, dass das Recht, das elementarste Recht, auf ihrer Seite sei. Sie beschreibt noch einmal das Leiden dieser deutschen Mädchen, junger Mütter ohne Unterkunft, ohne Heizung, die kaum etwas zu essen und außer ihrem Kind nichts mehr auf dieser Welt haben. Sie findet die Maßnahmen des Roten Kreuzes und der Suchabteilung in dieser Hinsicht grausam, barbarisch. Wia weiß, wie sehr Claire sich diesen Organisationen, in vollkommener Übereinstimmung mit deren Ideen und moralischen Prinzipien verbunden fühlt. Er findet ihr Verhalten leichtsinnig, beinahe unverantwortlich, aber er bewundert die Kraft ihrer Überzeugungen, ihre Unerschrockenheit, ihren Wagemut. «Du hast vielleicht Courage», murmelt er, als sie das Haus betreten. Und ohne ihre Antwort abzuwarten, sagt er voller Ernst: «Ich glaube, ich verstehe dich.» Claire bezweifelt das, aber sie sieht, wie sehr er sich bemüht, sich ihr zu nähern.

Auf der Treppe begegnen sie Mistou, deren Gesicht aufleuchtet.

«Nun, wieder Freunde?»

«Ja.»

«Und … verliebt?»

«Ja.»

Wia legt Claire seinen Arm um die Schultern, drückt sie an sich und erklärt in einem Ton, als forderte er die ganze Welt heraus:

«Ja, Mistou, verliebt, sehr verliebt. Für immer.»

Mistou ist schon eingeschlafen, als ihre Freundin ins Zimmer zurückkehrt. Leise legt Claire die Jacke ab, zieht die Stiefeletten aus und schaltet das Nachtlicht an. Die Wärme im Raum scheint ihr genau richtig, die Stille im Haus hilft ihr, ihre Gedanken zu sortieren. Jetzt ist sie so weit, bereit, ihren Eltern zu schreiben.

«28. November 1945

Meine liebe Mama, mein lieber Papa!

Morgen Vormittag geht ein Flugzeug, und ein Freund wird Euch diesen Brief am frühen Nachmittag vorbeibringen.

Entschuldigt, dass ich erst jetzt schreibe – ich habe vier entsetzliche Tage hinter mir. Ich wusste nicht mehr, was ich wollte, und ich glaube, ich wusste nicht mehr, wer ich bin. Aber das war sicher notwendig.

Was ich Euch zu sagen habe, ist von höchster Wichtigkeit, denn es geht um mein Glück, mein Leben.

Wia liebt mich, und ich liebe ihn.

Er geht abends gerne aus, und ich hasse das. Er trifft sich

gern mit Freunden, und ich hasse das. Er trinkt gern, und ich hasse das. Er erzählt gern komische Geschichten, und ich hasse das. Wir haben keinerlei Gemeinsamkeiten, aber ich glaube, mit ihm habe ich vielleicht eine winzige Chance, glücklich zu sein.

Ich möchte Euch um Euer Einverständnis bitten, ihn zu heiraten, und darum, mich Eure Antwort so bald wie möglich wissen zu lassen.

Ich komme, wie geplant, am 12. nach Paris, und Wia hofft auf eine Vierundzwanzig-Stunden-Genehmigung, um Euch vorgestellt zu werden.

Liebe Mama, lieber Papa, ich umarme Euch mit aller Zärtlichkeit.

Eure kleine Claire

PS: Ich frage mich nur, ob ich imstande bin, eine vorzeigbare Fürstin abzugeben.»

Claire und Wia rennen die Treppe in den ersten Stock hinunter, wo die Mädchen versammelt sind. Alle warten ungeduldig auf das Ergebnis des Telefongesprächs, das Claire mit ihrer Mutter in Paris geführt haben muss. Aber durch die Art, wie die beiden in die Küche stürmen, wissen sie sofort Bescheid, umringen sie mit Freudenschreien, Beifall, Fragen und umarmen sie. Als etwas Ruhe einkehrt, schlägt Wia vor, auf ihre baldige Hochzeit anzustoßen, und verschwindet, vermutlich auf der Suche nach einer Flasche Champagner. Rolanne wärmt Kaffee auf, alle machen es sich am Tisch bequem.

Claire fühlt sich plötzlich matt, von unendlicher Müdigkeit überwältigt, sie kann nicht einmal mehr richtig auf die Fragen ihrer Freundinnen antworten. Die Spannung der letzten Stunden wirkt nach, der Schock, die Stimme ihrer Mutter am Telefon zu hören. Sie hatte die einzige Telefonleitung nach Frankreich, den offiziellen Anschluss im Büro der *Division des personnes déplacées,* noch nie benutzt. Diese Verabredung war Léon de Rosen zu verdanken. Die Aufregung und die Angst, mit denen Claire dem Anruf entgegengefiebert hat, sind noch nicht ganz von ihr abgefallen. Ihre Eltern haben also tatsächlich eingewilligt, sie wird Wia heiraten ... Ein plötzlicher Zweifel macht sie beklommen. Und wenn sie sich täuscht, genau wie damals mit Patrice? Wenn sie auch diesmal wieder Opfer der Liebe ist, die ein Mann – Wia – ihr entgegenbringt? Opfer seiner Begeisterung, seiner Gewissheit, sie seien füreinander geschaffen?

«Was ist los, Clarinette, du bist ganz blass?», fragt Rolanne beunruhigt.

«Doch nicht etwa die Migräne?», albert Mistou, hält sich die Hände an die Schläfen und beginnt, Claires Grimassen, ihre Klagelaute perfekt nachzuahmen: «Ich spüre es, da ist sie, sie kommt, uuh, uuh, uuh ...»

«Das ist nicht komisch, dich über sie lustig zu machen. Hättest du nur einmal im Leben Migräne gehabt, wüsstest du, wie grauenhaft das ist!»

«Darf man denn keinen Spaß mehr machen?»

Dass ihre Freundinnen anfangen, sich wegen ihr zu streiten, reißt Claire aus ihren negativen Gedanken. Sie steht auf und geht zum Fenster. Draußen ist es dunkel, es fällt dichter Schnee. Sie ist sich der Wärme in dieser Küche und der eisigen Außentemperatur bewusst. Sie denkt an jene, die sie gerettet haben und die zum ersten Mal in einem Bett schlafen. Sie denkt auch, sehr unmittelbar und unwillkürlich, an ihre Freunde, die während des Kriegs gestorben sind. «Aber ich, ich lebe.» Dieses Gefühl, zu existieren, ist plötzlich so stark, dass sie sich umdreht und sich den verunsicherten Blicken ihrer Gefährtinnen stellt, die verstummt sind, seit Claire ihnen den Rücken gekehrt hat.

«Wisst ihr eigentlich, was das bedeutet, die Hochzeit einer Tochter der französischen Bourgeoisie mit einem russischen Exfürsten, der wegen einer Revolution all seine Besitztümer verloren hat?»

Wia ist in der Dunkelheit des Flurs an der Türschwelle stehen geblieben. Niemand hat ihn zurückkommen hören, neugierig beobachtet er die jungen Frauen, die Claire alle sehr belustigt lauschen. Diese gibt nämlich auf ihre Art, mit viel Witz und Komik, das Telefongespräch wieder, bei dem er dabei gewesen war. Schon als Zeuge hatte er nicht viel begriffen, aber jetzt, angesichts Claires karikierender Mimik, versteht er wirklich gar nichts mehr.

«Also, Papa traut der Sache nicht. In Paris sind alle Russen Taxifahrer oder Nachtclubmusiker, egal, ob Fürsten oder nicht. ‹Was tun, was tun?›, klagt Mama, während sie meinen Brief zum hundertsten Mal liest. Papa hat eine Idee: ‹Rufen wir Troyat an!› Troyat, Henri Troyat, ist ein guter Freund meines älteren Bruders Claude. Ein Exrusse wie Wia, ins Exil verbannt wie Wia, eingebürgerter Franzose, alles genau wie bei Wia. Nur mit dem Unterschied, dass er ein Pseudonym angenommen hat und Schriftsteller ist. Sogar ein preisgekrönter, der 1938 für ein Buch mit dem Titel *Die Giftspinne* den Prix Goncourt bekommen hat, und ich kann euch sagen, an dem Tag – das war ein Fest!»

«Erste russisch-französische Annäherung», meint Rolanne träumerisch.

«Wie du sagst ... also, Anruf bei Troyat, den Papa im Laufe des Gesprächs beauftragt, Erkundigungen über diesen angeblichen Fürsten einzuholen, der sich Yvan Wiazemsky nennt. Troyat, der ahnt, dass hier jemand höchst besorgt ist, versucht ihn zu beruhigen: ‹Der Name erinnert mich an was, das klingt mir gar nicht schlecht, wissen Sie … ich rufe zurück.› Papa gesellt sich wieder zu Mama in den Salon. Sie sind so nervös, dass sie nichts anderes mehr tun können als warten. Mama sieht, wie immer, das Schlimmste voraus, und darin ist sie Weltmeisterin. Papa regt sich auf: ‹Schweigen Sie, Jeanne, um Gottes willen, schweigen Sie.› Nebenbei bemerkt: Ich glaube, sie zu hören. Brrr, brrr, brrr! Sie stürzen zum Telefon, Papa nimmt ab und hört Troyat begeistert schwärmen: ‹Hören Sie, Wiazemsky, das ist nicht nur nicht schlecht, das ist gut, sehr gut sogar! Besser geht es nicht!› Dann die Geschichte, Yvan stamme aus einer der ältesten russischen Familien, deren Wurzeln, glaube ich, bis ins Jahr 800 reichen. Papa, immer noch etwas misstrauisch: ‹Sind Sie sicher, dass er kein Hochstapler ist?› Troyat amüsiert sich. ‹Aber ja. Vor dem Krieg hat er mit seiner Schwester und seinen Eltern in der Rue Raynouard gewohnt, ganz bei Ihnen in der Nähe. Seine Eltern sind immer noch dort, gut möglich, dass Sie ihnen schon oft begegnet sind.› Meinen Eltern fällt ein Stein vom Herzen, Mama ruft mich an und gibt mir ihre Erlaubnis, Wia zu heiraten. Papa greift nach dem Hörer, eine kleine Bemerkung zum Postskriptum meines Briefs kann er sich nicht verkneifen: ‹Wenn du eine vorzeigbare Fürstin werden willst, rate ich dir, fang gleich damit an!› Das war's, jetzt ist meine Geschichte aus!»

«Bravo, was für ein Talent!»

Laut klatschend betritt Wia die Küche. Aus der einen Tasche seines Uniformmantels ragt ein Flaschenhals. In der anderen, die dick ausgebeult ist, bewegt sich etwas, was niemand bemerkt. Claire spielt weiter den Clown, dankt ihrem Publikum. Der Champagner wird auf den Tisch gestellt, die Mädchen bringen Gläser. Wia schenkt allen zu trinken ein, und sagt, an Claire gewandt:

«Wenn ich recht verstanden habe, sollen wir unsere Heirat einem Exrussen verdanken, aber Troyat, dieser Name sagt mir nichts. Was beweist eigentlich, dass er wirklich Russe ist? Vielleicht ist er der Hochstapler, vor dem dein Vater Angst hat ...»

«Oh, Wia, versuch doch nicht, die Rollen zu tauschen! Die Erkundigungen gelten dir, nicht ihm. Es ist unwahrscheinlich, dass du noch nie etwas von ihm gehört hättest – ein junger Russe, der die französische Staatsbürgerschaft erworben hat und kurz danach mit dem Prix Goncourt ausgezeichnet wurde. Auch wenn du keine Ahnung hast, was in der literarischen Welt passiert: Darüber hat man doch in deiner Gemeinschaft sicher gesprochen! So ein Ereignis! Ihr müsst alle sehr stolz gewesen sein, es gefeiert haben!»

Angestrengt, mit gerunzelter Stirn, versucht Wia sich zu erinnern. Er möchte Claire die Freude machen oder sie zumindest nicht enttäuschen, und bei dem, was sie über diesen jungen Schriftsteller erzählt, fällt ihm nach und nach doch noch etwas ein. Allerdings nicht das, was sie sich vorstellt.

«Wenn dein Schriftsteller der Russe ist, an den ich denke, einer der Tarassow-Söhne, war unsere Gemeinschaft, wie du es nennst, nicht überall zum Feiern aufgelegt. Viele fanden es kränkend, dass er, als er Franzose wurde, seinen Namen geändert hat. Nina, meine Schwester, war vollkommen schockiert und nimmt es ihm übel.»

Wia hat langsam gesprochen, eine ungewohnte Traurigkeit verdüstert sein Gesicht. Claire denkt plötzlich, dass er ihr noch nie von seiner Familie erzählt hat, von dieser russischen Gemeinschaft, in der er groß geworden ist. Wenn überhaupt, hat er gerade einmal die Existenz seiner Eltern und seiner Schwester erwähnt, deren Vornamen sie eben zum ersten Mal gehört hat: Nina. Bisher haben sie sich nur um das Einverständnis von Claires Familie bemüht, nicht um das von Wias. Gewiss, ihr Entschluss zu einem gemeinsamen Leben ist noch ganz frisch, gewiss, die Arbeitstage sind sehr hart. «Trotzdem», denkt Claire, «wir kennen uns so wenig ...»

Ein seltsames Geräusch, halb Jaulen, halb Fiepen, lenkt sie von ihren Gedanken ab. Wie durch ein Wunder findet Wia seine Fröhlichkeit wieder. Er greift mit der Hand in seine Manteltasche, zieht ein dickes Fellknäuel heraus und setzt es mitten auf den Tisch, zwischen die Champagnergläser und Aschenbecher voller Kippen: Es ist ein Welpe, kaum drei Monate alt, der die über ihn gebeugten Menschen ängstlich anblickt.

«Fast hätte ich das Wichtigste vergessen. Von jetzt an sind wir noch vor unserer Hochzeit zu dritt, meine liebste Claire. Ein Junge von der Straße hat ihn mir verkauft. Ein echter Schnauzer, behauptet er, aber ich kann mich für nichts verbürgen. Man sagt, die Schnauzer seien ursprünglich Stallhunde gewesen, weil sie gut mit Pferden können. Wenn ich dir Reiten beibringe, wird er uns begleiten.»

Trotz Kälte und Schnee machen Claire und Wia einen Spaziergang durch einen ehemaligen Park, der nur noch ein Chaos von Bäumen, Erde und Wurzeln ist. Diese Kriegslandschaft bestärkt nur ihre Lebenslust, ihren Willen, gemeinsam etwas Neues zu beginnen. Der Welpe läuft vor ihnen her. Manchmal löst sich Claire aus Wias Armen, hebt ein Stöckchen, einen Kiefernzapfen auf und wirft sie im hohen Bogen voraus. Oder sie rennt bis zur Atemlosigkeit, den Welpen auf den Fersen.

Wia folgt ihr mit den Blicken. Er liebt ihre schmale Gestalt, die in den marineblauen Rotkreuzmantel eingeschnürt ist, ihr Gesicht mit den kindlichen runden Wangen, ihr dickes braunes Haar, das unter der Chapka hervorquillt. In diesem Moment denkt er an sie als seinen kostbarsten Schatz auf dieser Welt, und dass sie in ein paar Tagen nach Paris abreist. Er vertraut ihr, vertraut ihnen, dem, was er etwas pathetisch «ihr Schicksal» nennt. Aber da er auch sehr abergläubisch ist, kann er es nicht lassen, hin und wieder ein Stück Holz zu berühren, und trägt immer eine Jademiniatur als Glücksbringer in der Tasche.

Brief von Claire:

«5. Dezember 1945

Liebe Mama!

Nehmt es mir nicht übel, dass ich noch keine Zeit hatte, Euch zu sagen, wie glücklich ich bin, aber Ihr müsst verstehen, ich bin keine achtzehn mehr, und die Vorstellung, zu heiraten, reicht nicht, um mir vollständig den Kopf zu verdrehen. Ich bin sehr glücklich, da bin ich mir absolut sicher, aber ich denke nicht den ganzen Tag daran.

Es gibt noch den ganzen Rest des Lebens, all das grauenhafte Leid der Menschen, die schreckliche Zeit, in der wir leben, und vor allem die Gewissheit des Todes. Bei alledem kann eine Heirat nur ein besonders glückliches Ereignis sein, das vielleicht nur der Auftakt für sehr Trauriges ist, denn warum eigentlich sollte ich ewig glücklich sein und verschont bleiben, während alle anderen leiden?

Entschuldigt, liebe Mama, ich glaube, was ich da zu Papier bringe, ist nicht gerade komisch. Das liegt daran, dass dieser Vormittag so kühl und traurig war.

Kennt Ihr einen Monsieur Rose, der, glaube ich, immer für *Le Monde* geschrieben hat?

Dieser Mann hat mehrere Monate in einem Lager verbracht und dort seine Frau, seinen Sohn und, ich glaube, auch seine Tochter verloren. Er war hierher gekommen, um den Leichnam seines Sohns, der in Ravensbrück gestorben ist, zu holen. Ein Sanitätswagen war also gestern dort, Rolanne am Steuer, um mit dem Vater diese traurige Mission zu erfüllen.

Heute Morgen gab es eine kurze Zeremonie, bei der wir anwesend waren, und ich habe diesen Vater oft angeschaut. Es war unerträglich, wie er litt. Ich zitterte vor Kälte, vor Traurigkeit, ich dachte an ihn, an seine hingemordete Familie und an all jene, die das gleiche Schicksal erfahren haben. Angesichts von so viel Ungerechtigkeit dachte ich nicht mehr, dass ich glücklich bin. Habe ich überhaupt ein Recht darauf?

Das Wiedersehen mit Euch, mit Paris, wird mir sehr guttun. Ich liebe mein Leben in Berlin von ganzem Herzen, aber manchmal ist es zu schmerzlich. Ich kann es kaum erwarten, abzureisen, es reicht, und ich bin müde.

Ich umarme Euch mit innigster Zärtlichkeit.»

In Paris nimmt Claire sich Zeit, ihre Freunde zu treffen, auf der Suche nach verlorenen Erinnerungen durch die Stadt zu schlendern. Die Besatzungszeit scheint ihr noch nahe, manchmal wundert sie sich regelrecht, auf den Straßen keine graugrünen Uniformen mehr zu sehen. Es fällt ihr schwer, die ehemaligen Sieger mit den Tausenden Besiegten, die in Deutschland, in Berlin überleben, zu verbinden. Wenn sie in ihrem Umkreis davon spricht, wird ihr kaum mehr als höfliche Aufmerksamkeit zuteil. Man hört ihr eher zu, wenn sie die Mädchen vom Roten Kreuz oder die bevorstehende Heirat mit Wia erwähnt. Sie zeigt Fotos, versucht, ihre Arbeit zu beschreiben. Sie hält sich mit Aussagen darüber zurück, wie gleichgültig ihr das Leben in Paris geworden ist. In den ersten Tagen, als das freudige Wiedersehen mit der Familie alles übertraf, war das anders gewesen. Aber ihre Eltern, ihre Brüder, ihre Schwester sind sehr bald zu ihren gewohnten Beschäftigungen zurückgekehrt, und wie bei jeder Rückkehr fühlt sich Claire isoliert, ohne wirklichen Bezug zum Alltagsleben in der Avenue Théophile-Gautier 38.

Wia lässt ihr jeden Tag einen langen Brief zukommen, um sie über alle Einzelheiten des Berliner Lebens auf dem Laufenden zu halten. Auch er schreibt gern, und Claire entdeckt, wie ungezwungen er sich in der französischen Sprache bewegt. Zum ersten Mal erzählt er ein wenig von seiner Familie, von der Krim, die sie im April 1919 verlassen haben, von den Durchgangsstationen Malta und London. Aber in jedem der Briefe betont er seine französische Staatsangehörigkeit, dass er von der russischen Gemeinschaft Abstand halten möchte und der Vergangenheit in keiner Weise nachtrauert.

Endlich kommt die heiß ersehnte Nachricht: Wia wird am Vormittag des 31. Dezember da sein und gegen Abend nach Compiègne fahren, wo sich seine Eltern und seine Schwester Nina momentan aufhalten. Dieses Mal kann Claire sie also nicht kennenlernen, und sie macht keinen Hehl aus ihrer Erleichterung: Die Vorstellungsbesuche von Familie zu Familie sind ihr eine reine Last, auf die sie gern verzichten würde. Glücklicherweise teilt Wia dieses Gefühl. «Die Prüfung, die mich bei dir erwartet, reicht mir im Augenblick voll und ganz», sagt er bei einem ihrer seltenen Telefongespräche. Claire ist erstaunt, wie zuversichtlich er sich wieder einmal gibt. Er scheint überzeugt zu sein, dass ihm ein guter Empfang bereitet wird. Er begreift nicht, warum Claire so besorgt um seine erste Begegnung mit denen ist, die er bereits «meine künftigen Schwiegereltern» nennt. Derart, dass er es ihr schon vorwirft: «Du musst immer alles komplizierter machen, als es ist.» Sie gibt ihm recht, fügt aber warnend hinzu: «Du wirst sehen, wenn du erst mit mir lebst, wird es noch schlimmer werden, weil wir dann die ganze Zeit zusammen sind.» Solche Voraussagen, die wie eine Drohung klingen, gehören zu

Claires Lieblingsprovokationen, mit denen sie ihre Gesprächspartner aus der Fassung bringt. Sie weiß es, bereut es manchmal auch gleich, kann sich aber nicht beherrschen, bei der nächsten Gelegenheit wieder damit anzufangen. Doch diesmal ist sie verwirrt über Wias langes, bekümmertes Schweigen am Telefon. Ihr wird bewusst, dass sie imstande ist, Wia mehr zu quälen als manch einen anderen ihrer früheren Verehrer. Sie denkt auch, dass er in Berlin ist und sie in Paris – wie leicht könnte sich da irgendein Missverständnis einschleichen. Die Risiken eines Bruchs erwägend, überkommt sie ein solcher Schmerz, dass der Tonfall ihrer Stimme sich verändert: «Ich mache nur Spaß. Komm schnell, Yvan, komm.» Es ist äußerst selten, dass sie ihn bei seinem Vornamen nennt, und schon denkt er nicht mehr an den Satz, der ihn erschreckt hatte. Stattdessen legt er Wert darauf, etwas anderes klarzustellen. «Seit ich Franzose bin, heiße ich nicht mehr Yvan, sondern Jean. Ich bin mir sicher, deine Eltern werden meinen Franzosenstolz zu schätzen wissen. Das ist wichtig, vergiss es nicht, wenn du ihnen von mir erzählst.»

Wia irrte sich.

Claires ganze Familie ist entzückt über diesen exotischen russischen Vornamen und will keineswegs darauf verzichten. Die offene und direkte Art des jungen Mannes gefällt ihnen, sie erklären sich bereit, ihm ihr Vertrauen zu schenken und ihm Claires Hand zu geben. Es stünde also alles zum Besten, wenn es nicht einen unerwarteten Trauerfall gegeben hätte. Claires Onkel, der Bruder ihres Vaters,

Abbé Jean, ist unter noch rätselhaften Umständen gestorben. Claire sieht, wie erschüttert ihre Eltern sind, vor allem ihr Vater; wie angestrengt er sich bemüht, seinen Kummer zu verbergen, um den Neuankömmling freundlich zu empfangen. Sie weiß, unter weniger tragischen Umständen wäre ihr Vater aufmerksamer gewesen, hätte mehr Fragen gestellt, nach Wias Zukunftsplänen, seinen Vorlieben, seiner Religion. Sie weiß auch, er hätte Wias Familie kennenlernen wollen, um sich eine bessere Vorstellung von seinem künftigen Schwiegersohn zu machen.

Sie versucht, Wia darüber aufzuklären, aber er will nichts davon wissen. Für ihn war die Begegnung ein Erfolg, da Claires Eltern ihm ohne Vorbedingungen die Hand ihrer Tochter gewährt haben. Ihnen bleiben noch zwei Stunden Gemeinsamkeit, ehe Wia den Zug nach Compiègne nimmt, und sie beschließen, so lange durchs Quartier Latin zu bummeln.

Es ist sehr kalt, es soll Schnee geben. Eng umschlungen und verliebt schlendern sie die Alleen des Jardin du Luxembourg entlang, treffen dort andere Paare, die ihnen ähnlich sind, und das amüsiert sie. Claire hat ihre Befürchtungen vergessen, dieses ungute Gefühl, ihre Eltern hätten Wias Person nicht richtig wahrgenommen und könnten ein voreiliges Ja vielleicht rückgängig machen. Mit ungewöhnlicher Intensität genießt sie das körperliche Wohlgefühl in seinen Armen, die Gewissheit, trotz allem, was sie unterscheidet, an seiner Seite glücklich zu sein. Sie fühlt sich seltsam losgelöst von diesem so schön in Dezembernebel getauchten Pariser Park.

«Wo sollen wir eigentlich heiraten?», fragt sie plötzlich.

«Wo du willst.»

«In Berlin. Dort ist unser Leben. Unser wahres Leben ...»

«Aber unsere Eltern, die nicht mehr die Jüngsten sind, könnten die Berliner Ungemütlichkeit vielleicht unerträglich finden, glaubst du nicht?»

«In Berlin sind alle unsere Freunde.»

Sie gehen eine Weile schweigend nebeneinander her. Wia deutet auf eine Statue.

«Als wir Kinder waren, hat meine Mutter mich und meine Schwester zum Spielen in den Jardin du Luxembourg mitgenommen. Sie hat sich mit anderen russischen Müttern immer zu Füßen einer der Königinnen von Frankreich verabredet. Ich kenne sie auswendig: Margarete von Valois ...»

Doch Claire hört ihm nicht zu. Ihre Gedanken schweifen zu ihren eigenen Kindheitserinnerungen ab, zu jener geheimnisvollen Traurigkeit, die ein Teil von ihr ist und sie bis ins Erwachsenenalter begleitet hat, ohne je zu verschwinden. Eine Traurigkeit, die sich während der langen Sommerferien, in der Gironde oder in den Landes, ein wenig legte, aber zurückkehrte, sobald die Schule in Paris wieder begann. Unvermittelt hört sie sich sagen:

«Ich glaube, wenn unsere Aufgaben in Berlin beendet sind, möchte ich nicht wieder in Paris leben.»

«Wo dann?»

«Ich weiß nicht. In einem fremden Land. Weit weg.»

Claire begreift, dass Wia diesen Wunsch, anderswo zu sein, eher erfüllen kann als jeder andere Mann. Und wenn das der Grund wäre, warum sie ihn gewählt hat?

Seit ihrem Abschied an der Gare du Nord sind fast zwei Monate vergangen. Claire ist die Zeit lang geworden, trotz ihrer Familie und der vielen Stunden, die sie mit Freunden verbracht hat, mit Martine, ihrer Kollegin aus Béziers, die einen kleinen Jungen bekommen hat. Allein oder in Begleitung hat sie sich im Theater Aufführungen von Stücken ihr unbekannter Autoren angesehen: *Die unnützen Mäuler* von Simone de Beauvoir, *Caligula* von Albert Camus, auch eine Wiederaufnahme: *Die schrecklichen Eltern* von Jean Cocteau. Sie war im Kino, dreimal in demselben Film, der sie bezaubert hat, sie träumt davon, Wia an dieser Entdeckung teilhaben zu lassen: *Kinder des Olymp*. Sie hat Musik gehört, Einkaufsbummel gemacht und Mitbringsel für ihre Gefährtinnen vom Roten Kreuz besorgt.

Vor sich hin singend packt Claire die letzten Sachen in ihre Koffer. Morgens war sie beim Friseur und bei der Maniküre. Sie will schön sein für Wia, den sie, wenn das Flugzeug nach Berlin planmäßig abhebt, am Ende des Tages wiedersehen wird. Aber vorher gibt es noch ein Mittagessen im Familienkreis, zu dem sich alle ein letztes Mal versammeln, ihre Eltern, ihre Brüder, ihre Schwester und deren Mann mit den beiden kleinen Töchtern.

Claire holt die Royal-Air-Force-blaue Uniform, die sie anziehen will, aus dem Kleiderschrank. Sie liebt die lange, taillierte Jacke mit dem glänzenden Lothringer Kreuz, den gerade geschnittenen Rock. Sie weiß, sobald sie ihre zivile Kleidung ablegt, wird sie eine andere Selbstsicherheit, das Gefühl der Legitimität wiederfinden. Sie kann es kaum erwarten, zu ihrer Arbeit als Sanitäterin und in den Kurfürstendamm 96 zurückzukehren.

Beim Aufräumen des Zimmers, das nur noch für kurze Zeit ihr Jungmädchenzimmer ist, fällt ihr ein Fotoalbum in die Hände, das sie 1938 und 1939 nach ihrer Rückkehr aus den Ferien in Montgenèvre angelegt hatte. Langsam blättert sie die Seiten durch, lässt Erinnerungen in sich aufsteigen. Es sind die vom Frühjahr 1938, die sie am meisten interessieren. Claire und ihre Schwester wohnen in dem kleinen Hotel La Chaumière, es sind ihre ersten Ferien ohne Eltern: die Entdeckung der Freiheit, eine unglaublich aufregende Erfahrung! Sie schließen sofort Bekanntschaften und sind bald die begehrtesten jungen Mädchen am Ort. Alle reißen sich um «die süßen kleinen Mauriacs», wie es damals hieß.

Claire verweilt bei einem Foto, das sie mit Luce auf dem Holzbalkon des Chalets zeigt, im Hintergrund eine verschneite Bergkette. Sie tragen nur Hemden, offensichtlich nehmen sie ein Sonnenbad. Luce mit geschlossenen Augen, ein glückseliges Lächeln im Gesicht. Claire mit weit geöffneten Augen, träumend, wie abwesend. Woran denkt sie? Auf anderen Fotos sieht man die beiden Schwestern inmitten der Clique, die sich schnell gebildet hatte und deren Königinnen sie waren. Gerührt vertieft Claire sich lange in die Bilder eines schönen, kräftigen jungen Mannes, Jock, der immer an ihrer Seite war. Sie erinnert sich, wie sie ihm, der gerade seinen Militärdienst machte, im Nachtclub Les Rois Mages begegnet war. Sie erinnert sich an ihre Skiausflüge, an ihr Glück, zusammen zu sein, an ihr Wiedersehen in Paris, an all die Pläne, die sie geschmiedet hatten, ehe der Krieg sie auseinanderriss. Claire erinnert sich an absolut alles, was Jock betrifft. Sie versteht nicht mehr, warum sie sich mit Patrice verlobt hatte. «Jock wurde in Cassino, in Italien, enthauptet», denkt sie voller Schrecken, während sie das Fotoalbum schließt. «Das ist Vergangenheit», sagt sie laut vor sich hin. Acht Jahre trennen sie von dem jungen Mädchen aus Montgenèvre, fast ein ganzes Leben. «Vergangenheit», sagt sie abermals mit lauter Stimme. Und in der Stille ihres Zimmers, vor den fertig gepackten Koffern, klingen diese Worte, dieser Ausdruck wilder Entschlossenheit, nach.

Ein Spruchband ist über die Treppe am Kurfürstendamm 96 gespannt: «Willkommen, unser erstes Berliner Brautpaar!» Auf allen Etagen bricht Applaus aus, als Wia mit Claire an der Hand auftaucht. Er strahlt vor Freude, vor Stolz, wendet auf jeder Stufe den Kopf, um seine Braut wieder und wieder zu betrachten. Sie ist zutiefst ergriffen, ein Gefühl jenseits all dessen, was sie sich im Flugzeug hatte vorstellen können. Als Mistou, dann Rolanne sie umarmen, ihr sagen, wie beglückt sie über ihre Rückkehr sind, kann Claire die Tränen nicht mehr aufhalten. Sie flüchtet sich in Rolannes Arme und stammelt weinend wie ein Kind immer dieselben Worte: «Ich bin so glücklich, so glücklich ...» Aber schon löst Wia sie aus der Umarmung, fasst sie um die Taille und führt sie ins nächste Stockwerk, wo der Suchdienst sie erwartet. Erneutes Klatschen, erneute stürmische Begrüßungen. Léon de Rosen schließt sie in seine Arme, einen nach dem anderen, beglückwünscht sie: «Ihr habt die richtige Wahl getroffen. Alle hier sind stolz auf euch. Gott segne euch.» Sein feierlicher Ernst, diese steife Haltung – das ist zu viel für Claire, nach den Tränen bricht sie in Gelächter aus. «Sie sind zu komisch, Rosen, wirklich, zu komisch ...» Ohne dass irgendjemand so recht versteht, was sie gesagt hat, und weil ihr Lachen ansteckend ist, stimmen alle anderen mit ein. Ein Lachen, das sich bald im ganzen Haus verbreitet.

Sie feiern bis spät in die Nacht.

Es ist schon heller Tag, als Claire morgens aufwacht. Der Schnauzer, inzwischen ausgewachsen, schläft am Fußende des Bettes. Er heißt Kitz und soll auf gemeinsamen Beschluss von Claire und Mistou versorgt werden. Plötzlich öffnet sich die Tür, Plumette kommt ohne Anklopfen herein. Sie ist sehr bleich.

«Zieh dich schnell an, Wia und Léon sind da, sie erwarten dich. Es ist dringend.»

Claire schlüpft, so schnell sie kann, in ihren wollenen Morgenmantel, den sie aus Paris mitgebracht hat, und folgt Plumette zum Treppenabsatz. Alles, was sie sieht, sind zwei aschfahle Gesichter, Tränen, die über Wias unrasierte Wangen laufen.

«Ich bin aus der Armee entlassen», sagt er kaum hörbar.

Brief von Claire:

«26. Februar 1946

Lieber Papa!

Heute Morgen, beim Erwachen, eine böse Überraschung: Meyer, der Minister für deutsche Angelegenheiten, hat Rosen Befehl erteilt, Wia zu entlassen. Drei Beschuldigungen:

1. Schwarzhandel mit den Deutschen während des Krieges.
2. Unrechtmäßige Gewinne.
3. Mitglied der ‹Cagoule›*.

Ihr könnt Euch vorstellen, in welchen Zustand das den armen Wia und mich versetzt! Rosen tut selbstverständlich alles, was in seiner Macht steht, um es zu verhindern.

Ich glaube, es erübrigt sich, zu sagen, dass Wia nie Schwarzhandel mit den Deutschen getrieben hat.

* *La Cagoule* (dt. die Kapuze, offiziell *Comité secret d'action révolutionnaire*) war ein rechtsextremer französischer Geheimbund, der die Dritte Republik von 1936 bis 1938 durch Terrorakte und Putschpläne zu destabilisieren versuchte. (A. d. Ü.)

Und was die *Cagoule* betrifft, war er nur auf einigen Versammlungen und hat nie etwas gemacht. Er war damals zwanzig Jahre alt.

Lieber Papa, es tut mir schrecklich leid wegen dieser neuen Sorgen. Ich muss gestehen, ich bin ziemlich erschüttert und hoffe, dass Ihr uns irgendwie helfen könnt.

Die ganze Sache kommt natürlich von den Kommunisten. Schöne Aussichten für die Zukunft …

Was könntet Ihr tun? Kennt Ihr Meyer persönlich?

Ich frage mich, ob es nicht gut wäre, mit Bidault zu sprechen. Bedenkt bitte, dass unsere Zukunft auf dem Spiel steht.

Heute Morgen bin ich so glücklich aufgewacht. Das war wirklich eine ziemlich kalte Dusche.

Ich flehe Euch an, etwas zu unternehmen. Außer, natürlich, Ihr haltet es für besser, Euch nicht zu rühren.

Entschuldigt diesen Brief, aber ich schreibe in aller Eile. Die Post soll in ein paar Minuten mitgenommen werden.

Mein lieber Papa, verzeiht mir, aber denkt an uns!

Ich wollte schon das Flugzeug nehmen, um direkt mit Euch zu sprechen, aber Rosen möchte, dass ich bei Yvan bleibe, der sicher selbst in nächster Zeit nach Paris kommen wird.

Wenn er Berlin verlassen muss, wird auch Rosen nicht hierbleiben. Aber wir hoffen, dass sich alles noch zum Guten wendet.

Liebster Papa, ich kann mir so gut vorstellen, wie dieser Brief Euch aufregt, und weiß nicht, was ich sagen soll, um mich zu entschuldigen, aber der arme kleine Yvan ist heute so unglücklich, wie er gestern glücklich war, so unendlich traurig wie unendlich liebenswert.

Ich umarme Euch von ganzem Herzen.»

Brief von Wia an Monsieur François Mauriac, Mitglied der Académie française:

«Berlin, 26. Februar 1946

Monsieur,

ich weiß nicht, was ich Ihnen sagen, was ich Ihnen schreiben soll. Die Anrede ‹Monsieur›, mit der ich mich an Sie wende, erscheint mir grotesk und veraltet. Andere Worte, solche, die meinen Gefühlen entsprechen, vermag ich nicht zu schreiben, heute weniger denn je.

Gestern, als ich Claire wiedersah, fragte ich mich, was ich getan habe, dass der Herrgott mich so glücklich macht. Heute Morgen, unter diesem Schmutz begraben, frage ich mich, warum eine Hand mir wieder nimmt, was die andere mir gegeben hat. Erst Claires Ankunft, und über Nacht dann diese Geschichte – ein schlechtes Melodram, möchte man meinen, wenn es nicht wahr wäre, grausam wahr. Rosen hat sich leidenschaftlich, mit glühendem Eifer und dem ganzen Elan seiner Freundschaft zu mir in den Kampf gestürzt.

Ich hatte mich schon des Glücks, das sich mir bot, nicht für würdig befunden, heute erkenne ich, was für ein Tor ich war, auch nur einen einzigen Moment davon zu träumen. Wäre nur diese Anzeige nicht im *Figaro* erschienen. Dadurch werden auch Sie mit Schmutz beworfen, und das in einem Augenblick, da Sie über jeden Zweifel erhaben sein sollten, makellos wie eine Fahne.

Ich bin selbst überrascht, wie klar ich alles sehe, und möchte Sie im Bewusstsein dieser Klarheit an einen Spruch aus dem Evangelium erinnern, der sinngemäß lautet: ‹Wenn ein Arm dich ärgert, so haue ihn ab.›

Claire und ich lieben uns, und ich weiß, dass diese Affäre nichts daran ändern wird. Aber materiell, auf der Ebene der Lebenswirklichkeit, wird alles auf den Kopf gestellt, und es wäre unsinnig, das zu leugnen. Scheuen Sie sich nicht, mich notfalls über Bord zu werfen, Claire teilt diesbezüglich meine Meinung. Ich werde nicht ertrinken, und ihre Liebe wird mich beschützen.

Wenn Sie herausfinden könnten, woher der Angriff kommt, würde es mir die Verteidigung und – sobald ich gewappnet bin – meinen Gegenangriff erleichtern.

Beiliegend finden Sie eine Erklärung, die ich heute Morgen in einem Zug geschrieben habe und die meine Argumente zusammenfasst.

Ich bitte Sie inständig, verwenden Sie Ihren Namen nicht für die Verteidigung einer schlechten Sache, falls die ersten Nachforschungen Ihnen zeigen, dass sie verloren ist.

Und, was noch schlimmer wäre, verteidigen Sie mich nicht vor den anderen, wenn Sie mich in Ihrem Innersten verdammen.

Ich liebe und verehre Sie, und ich bitte Sie um Verzeihung.

Ivan.»

Ehrenerklärung von Jean Wiazemsky:

«Ich, Jean Wiazemsky, Leutnant der Reserve, ausgezeichnet mit dem *Croix de Guerre 1939-1940*, derzeit Sekretär der *Division des personnes déplacées* der französischen Abteilung des Alliierten Kontrollrats in Deutschland, gebe hiermit auf Ehre und Gewissen folgende Erklärungen ab:

1. Ich habe nie Schwarzhandel mit den Deutschen getrieben.
2. Ich habe nie unrechtmäßige Gewinne durch irgendeinen Handel mit den Deutschen erzielt.

Beide Anschuldigungen, die gegen mich erhoben werden, entbehren jeglicher Grundlage. Ich glaube, den unleugbaren Beweis liefert die Tatsache, dass ich am 7. Juni 1940 an der Frontlinie der Somme von den Deutschen gefangen genommen wurde und mich bis zu meiner Befreiung durch die Rote Armee am 21. April 1945 ununterbrochen in deutscher Kriegsgefangenschaft befunden habe.

Was mein Verhalten während dieser fünf Jahre Gefangenschaft anbelangt, so kann ich, wenn erforderlich, Bescheinigungen von ehrbaren Persönlichkeiten sowohl französischer als auch britischer oder sowjetischer Nationalität vorlegen, da die Zusammensetzung in meinem Lager gemischt war.

Nach meiner Befreiung am 21. April habe ich mich dem sowjetischen Oberkommando zur Verfügung gestellt und ein Freikorps von Partisanen kommandiert, das sich an gemeinsamen Aktionen mit der Roten Armee beteiligt hat.

Als Auszeichnung für mein Verhalten während der letzten Kriegswochen wurde ich von Oberstabsarzt Meunier, der heute Chirurg des Krankenhauses Dominique-Larrey zu Versailles ist und damals Chef des Krankenhauses war, in dem ich lag, für die Ehrenlegion vorgeschlagen.

Am 21. Mai, nachdem ich einen Monat an der Organisation von Auffanglagern für französische Gefangene aus der russischen Besatzungszone mitgewirkt hatte, wurde ich im Zuge eines Austauschs den Amerikanern überstellt und an Ort und Stelle, in Leipzig, von Kommandant de Rosen, dem Inspektor der Repatriierungsdienste, rekrutiert. Ich sollte als Verbindungsoffizier zwischen dem Hauptquartier des XXI. Amerikanischen Armeekorps und den französischen Repatriierungsdiensten auf der einen und der sowjetischen Führung auf der anderen Seite dienen.

Als mein Einsatz bei der amerikanischen Armee im August beendet war, kehrte ich am 15. August 1945 nach Paris zurück, und nachdem ich eine Woche Zeit damit verbracht hatte, meine Stellung beim Militär zu regeln, begab ich mich wieder nach Berlin, wo ich mich seitdem aufhalte.

Es war das erste Mal, dass ich französischen Boden betreten habe, seitdem ich am 7. Juni 1940 in deutsche Gefangenschaft geraten war.

Als Anlage füge ich ein Zeugnis bei, das mir vom XXI. Amerikanischen Armeekorps ausgestellt wurde und das die Grundlage für den Vorschlag der Verleihung einer *Bronze Star Medal* an mich war.

Ich glaube, der Inhalt meiner obigen Erklärungen genügt, um mich in Hinblick auf diese beiden Anschuldigungen, die gegen mich erhoben worden sind, von jedem Verdacht zu befreien.

Was den dritten Punkt betrifft, den Vorwurf meiner Zugehörigkeit zu dem gewöhnlich als ‹*La Cagoule*› bezeichneten Geheimbund, so erkläre ich auf Ehre und Gewissen folgendes:

Anfang des Jahres 1936 habe ich mich zur Teilnahme an einem ‹Studienkreis› einer neu gegründeten Partei verführen lassen, deren Propagandaplakate in meinem Viertel alle Wände bedeckten. Die Partei nannte sich, wenn ich mich recht erinnere, *Parti national révolutionnaire*.

Nachdem das Bauunternehmen, bei dem ich beschäftigt war, mich während der Monate März und April in den Außendienst in die Provinz geschickt hatte, kehrte ich irgendwann im Mai in die Rue Caumartin zurück. Ich fand den Ort von der Polizei besetzt, die mich nach einer kurzen Vernehmung wieder entließ.

Einen Monat später wurde ich zur Kriminalpolizei vorgeladen, wo man mich nach einer weiteren Vernehmung abermals auf freien Fuß setzte.

Neue Aufenthalte in der Provinz haben mich diese Angelegenheit vollständig vergessen lassen.

Vier Monate später, im Oktober 1936, habe ich meinen Militärdienst angetreten und mich im Anschluss daran 1938 weiterhin für das Militär verpflichtet, sodass ich vom

15. Oktober 1936 bis zum 15. August 1945, dem Zeitpunkt meiner Rückkehr nach Paris und meiner Demobilisierung, ununterbrochen im Dienst der Armee stand.

Ich versichere, dass ich zwischen 1936 und dem heutigen Tag nur ein einziges Mal von diesem unglückseligen Abenteuer gehört habe, und zwar 1938, als ich, damals Leutnant der 8. Kürassiere in Saint-Germain-en-Laye, Besuch von zwei Inspektoren der Sicherheitspolizei bekam, die mich über meine Mitgliedschaft bei der ‹*Cagoule*› befragten. Meine Erklärungen waren offenbar ausreichend, um die Haltlosigkeit jener Unterstellungen zu beweisen, da ich nie wieder etwas von der Sache gehört habe.

An dieser Stelle möchte ich noch einmal nachdrücklich betonen, dass ich weder vor noch während meines Militärdienstes Mitglied der ‹*Cagoule*› war und nie etwas Verwerfliches getan habe, das den Interessen meines Landes schaden könnte oder meiner Ehre als Offizier widerspricht.

Bei dieser meiner Offiziersehre, die ich nie verletzt habe, gebe ich die vorliegende Erklärung ab.

Die Jahre, während derer ich meinem Land gedient habe, das Blut, das ich für dieses Land vergossen habe, geben mir das Recht zu verlangen, dass mir Gelegenheit gewährt wird, mich öffentlich von diesen Beschuldigungen reinzuwaschen.

Ausgefertigt zu Berlin, am 26. Februar 1946

Jean Wiazemsky.»

Brief von Claire:

«4. März 1946

Liebe Mama!

Nur ein paar Worte in aller Eile, weil ich gleich nach Leipzig muss und eben gehört habe, dass jemand nach Paris fährt. Ich habe mehrmals versucht, Euch anzurufen, bin aber nicht durchgekommen.

Wir wissen noch nichts Genaues, sind aber von verschiedenen Seiten zugleich beruhigt worden. Die französische Polizei in Berlin hat die Sache in die Hand genommen und versichert, es würde alles gut.

Wia ist ein klein wenig entspannt. Nur wenig, aber immerhin. Ich brauche Euch wohl kaum zu sagen, dass ich bisher nicht im Glück geschwommen bin, wie die Leute in Paris meinten. Der arme Yvan ist wegen mir noch verzweifelter als wegen sich selbst. Solange diese Angelegenheit nicht geklärt, und zwar im besten Sinne geklärt ist, will er von Heirat nichts hören. Ich tue alles, was ich kann, damit er sein Vertrauen zurückgewinnt, ins Leben und in sich selbst, aber es ist schwierig. Sein Gesicht, das bei meiner Ankunft so glücklich schien, hat sich verschlossen, und er sieht nicht gut aus.

Was denkt Ihr von alledem? Was hat Papa unternommen?

Es gibt viel Arbeit. Es ist sehr kalt.

Bittet Papa, er möge mir, er möge uns verzeihen, aber ich versichere Euch, der arme Wia kann nichts dafür und ist wirklich unglücklich. Er ist von Natur aus unfähig, so eine Geschichte auf die leichte Schulter zu nehmen.

Seid alle ganz fest umarmt,

Eure kleine Claire.»

Es ist kaum sechs Uhr morgens. Nachdem der Umschlag versiegelt ist, geht Claire die Treppe in die Etage der Mädchen hinunter und legt ihn vor das Zimmer einer Kollegin, die nach Paris fährt, aber noch schläft. Sie hat schon ihren Mantel und ihre Stiefeletten angezogen, denn Mistou wartet, gemeinsam mit Wia, am Steuer ihres Sanitätswagens. Sie sollen im Vierer-Konvoi nach Leipzig fahren, wo in einem provisorischen Krankenhaus, das die Sowjets unter Kontrolle haben, gerade eine neue und heftige Typhusepidemie ausgebrochen ist. Noch geheimen Quellen zufolge befinden sich unter den Kranken auch französische Gefangene. Eine englische Erste-Hilfe-Gruppe, die bereits vor Ort ist, hat zahlreiche Todesfälle festgestellt und dringend geraten, Personen, die nicht mehr ansteckend sind, weil sie den Typhus schon hinter sich haben oder dessen Symptome abklingen, unverzüglich zu evakuieren.

Claire ist zurück, der Konvoi kann losfahren. Auf ihre Bitte überlässt Mistou ihr das Steuer. Wia, eine ungefähre Karte der Umgebung von Berlin auf den Knien, schimpft über den Weg, der ihnen vorgegeben wurde. Seiner Ansicht nach hätten sie eine andere Strecke mit weniger kaputten Straßen nehmen können. Die ganze Zeit regt er sich darüber auf, verflucht die Verantwortlichen für diese Entscheidung und den strömenden Regen, der nicht enden will.

Claire und Mistou hüten sich wohlweislich, ihm zu widersprechen. Dafür bedarf es keiner Absprache. Sie sehen, wie gereizt er ist, wie angespannt und ohne jeden Humor. In so einer Verfassung haben sie ihn noch nie erlebt. Wird er wenigstens die Sowjets überzeugen können, die Franzosen herauszugeben? Sie wissen, das kann Stunden dauern, und Wia wird seinen ganzen Charme, sein ganzes diplomatisches Geschick aufbieten müssen. Im Augenblick scheint er nur eins im Kopf zu haben: Zeugnisse, die ihn entlasten. Rosen und er haben einige zusammengetragen. Jetzt warten sie ungeduldig auf die Erklärungen amerikanischer Generäle.

Es ist noch dunkel, der Konvoi kommt nur langsam voran. Endlich bricht der Tag an. Verkohlte Panzerwracks versperren immer noch die Seitenstreifen einer nicht mehr existenten Straße. Schwärme hungriger Krähen fliegen über die Autos hinweg, und ihre unheilvollen Schreie verstärken den trostlosen Eindruck der Felder, der Ebenen.

Stunden später erreicht der Konvoi das Vorstadtgebiet von Leipzig, die Überreste der ersten Siedlungen tauchen auf. Manche Häuser sind vollkommen zerstört, andere stehen gerade noch, aber Dächer gibt es keine mehr. Die Mauern, soweit sie noch stehen, sind vom Rauch der Brände einheitlich geschwärzt. Auf den Straßen keine Menschenseele, niemand, der den Konvoi sehen will. Es scheint, dass sich die deutschen Überlebenden in Gegenwart der Sieger versteckt halten, genau wie in Berlin. Claire, Mistou und Wia, die schon einmal bei einem Einsatz in dieser Gegend waren, sind betroffen von dem unveränderten Bild, das sich ihnen bietet. Die Stille, die sie empfängt, ist immer noch die Stille einer toten Stadt.

Aber sie können es sich sparen, weiter ins Innere vorzudringen, das behelfsmäßige Krankenhaus der Sowjets ist ganz in der Nähe. Es besteht aus alten Baracken, die an das Gefangenenlager angrenzen, mit einem Sperrgürtel abgeriegelt und von einer großen Zahl bewaffneter Wachposten umstellt sind.

«Also los», sagt Wia. «Wir werden sehen, was wir sehen werden.»

Am späten Nachmittag, nach stundenlangen Beratungen mit den sowjetischen Befehlshabern, scheinen die Chancen, Franzosen wiederzufinden, gleich null. Claire, Mistou und ihre Kameradinnen warten im Schutz der Sanitätswagen, so stark regnet es. Sie frieren, sie sind hungrig, sie schauen beunruhigt zu, wie sich Schlamm und Wasser auf den Wegen sammeln.

Plötzlich erscheint Wia, strahlend, in Begleitung eines hochrangigen Sowjets.

«Alles klar, Mädels, holt die Pritschen raus.»

Kurz darauf fährt der Sanitätswagen, jetzt mit Mistou am Steuer, in umgekehrter Richtung ab. Wieder ist es dunkel, die Scheinwerfer sind zu schwach, um die überschwemmten Straßen zu beleuchten. Vorn, dicht an die Fahrerin gedrängt, versuchen Claire und Wia angestrengt, Gräben und Löcher zu erkennen. Hinten sind drei der vier Stockbetten mit ehemaligen Zwangsarbeitern des *STO* belegt. Sie haben den Typhus hinter sich, sie sind noch schwach, aber nicht mehr ansteckend. «Lebendig!», sagt Claire in regelmäßigen Abständen. «Lebendig!», antwortet Mistou jedes Mal. Vorübergehend haben sie den Hunger, die Kälte, die Müdigkeit vergessen.

Zwischendurch, wenn das Fahren ausnahmsweise etwas einfacher ist, erzählt Wia, wie ihm der Streich gelungen ist.

«Alexeí Gazdanow, der Offizier, der sich für uns eingesetzt und alles möglich gemacht hat, war mit mir in Kriegsgefangenschaft. Es gab dort noch an die dreißig andere sowjetische Soldaten, und wir verstanden uns sehr gut. Ob Rote, Weiße, Proletarier oder Aristokraten, das interessierte niemanden, wir sprachen alle dieselbe Sprache! Sie hatten mich so in ihre Gemeinschaft aufgenommen, dass sie mich ‹Genosse Fürst› nannten! Bei unserer Befreiung durch die Rote Armee habe ich an ihrer Seite gekämpft, dann haben sie den Obrigkeiten meinen Fall erklärt. Als sie mich den Amerikanern übergaben, boten sie mir an, mit ihnen in die UdSSR zurückzukehren ... Na, Claire?»

Claire, die eingenickt war, hat nicht gehört, was Wia erzählt hat. Ins Blaue hinein versucht sie eine Antwort:

«Ja, und dann?»

«Damals hätte ich es gern gemacht, sehr gern. Im Umgang mit ihnen, im Lager, hatte ich begriffen, dass jede Hoffnung, zurückzugehen und das Russland früherer Zeiten wieder aufzubauen, vergebens war. Ich bat um Erlaubnis, meine Eltern mit in die UdSSR zu nehmen, aber die Sowjets haben abgelehnt. In ihren Augen hatte ich durch mein Verhalten gebüßt, aber meine Eltern waren ewige Verräter … Das ist der Grund, warum ich geblieben bin.»

Er fühlt wie Claires Kopf an seiner Schulter schwerer wird, die braunen Locken kitzeln seine Wangen, er merkt, dass sie eingeschlafen ist.

Am nächsten Morgen versammeln sich Claire, Mistou, Plumette und zwei belgische Sanitäterinnen unten, in der Mädchenküche, zu einem späten Frühstück. Sie beraten den Tagesplan, sprechen über die drei französischen Zwangsarbeiter, denen ein kurzer Aufenthalt in einem Berliner Krankenhaus genehmigt wurde. Die Wohnungstür geht leise auf, ein junges Mädchen mit ausgeprägt slawischen Zügen erscheint.

Sie heißt Olga, ist russischer Herkunft und hat vor dem Krieg die französische Staatsbürgerschaft erworben. Wie Wia spricht sie fließend mehrere Sprachen. Léon de Rosen hat sie zur Verstärkung als Übersetzerin bei den zahlreichen Konferenzen mit Repräsentanten der Alliierten angefordert. Ihre Ernsthaftigkeit, ihr Engagement für die Sache der Vermissten, haben sie unentbehrlich gemacht. Seit ihrer Ankunft Mitte Januar hat sie sich schnell mit den Mädchen vom französischen und belgischen Roten Kreuz angefreundet, die sie oft zum gemeinsamen Essen einladen. Claire weiß, dass sie mit Wia dasselbe Büro teilt, hatte aber noch keine Gelegenheit, sie kennenzulernen.

«Das ist für Sie», sagt Olga. Ein Billet von Wia.

Sie reicht Claire ein doppelt gefaltetes Stück Papier,

nimmt Plumettes Angebot einer Tasse Tee an und setzt sich mit an den Tisch. Während Claire liest, wird es still in der Küche. Solch eine Stille, dass man die Geräusche von der Straße hört, die seltenen, vorbeifahrenden Autos. Claire beendet die Lektüre mit einem langen, theatralischen Seufzer, gefolgt von einem Schulterzucken. Dann, im Klageton:

«Das ist unwahrscheinlich!»

«Was, mein Liebchen?»

Da sie nicht gleich antwortet, fährt Mistou an die anderen gewandt fort:

«Es ist unwahrscheinlich, wie oft sie das sagt: ‹Das ist unwahrscheinlich!›»

Da alles lacht, gibt Claire sich einen Ruck.

«Wia schreibt, das Zeugnis eines amerikanischen Generals entlaste ihn vollkommen von allen Vorwürfen des illegalen Handels mit den Deutschen. Der General bestätigt, dass er tatsächlich während des ganzen Krieges in Gefangenschaft war, dass er an der Seite der Sowjets gekämpft hat, und was sonst noch alles. Jeder normale Mensch müsste sich darüber freuen, aber Wia, nein! Er ist besessen von seiner angeblichen Mitgliedschaft bei der *Cagoule*, spricht nur von seiner beschmutzten Ehre et cetera, et cetera.»

«Sie können das nicht verstehen.»

Es ist die Neue, Olga, die zögernd, aber mit fester Stimme das Wort ergriffen hat. Ein leichtes Erröten im Gesicht und ein unmerkliches Zittern am ganzen Körper zeigen, wie schwer es ihr fällt, zu sprechen. Das Schweigen, das auf ihre Worte folgt, scheint sie noch mehr einzuschüchtern.

Aber nach einer aufmunternden Geste von Plumette atmet sie tief durch:

«Sie sind seit jeher Französinnen. Sie können sich nicht vorstellen, was es bedeutet, wenn man alles verlassen muss, sein Haus, seine Güter, seine Heimat, alles. Sie können sich nicht vorstellen, wie es ist, von einem Land zum anderen zu irren, die Sprache, die Kultur zu wechseln. Sie können nicht eine Sekunde nachempfinden, was Staatenlosigkeit bedeutet. Man muss es am eigenen Leib erlebt haben, um es zu begreifen. Staatenlos ... Ich bin sicher, dieses Wort sagt Ihnen gar nichts ... Und wenn man endlich ein Land gefunden hat, das einen aufnimmt, das einem die Möglichkeit bietet, noch einmal ganz von vorn, bei null anzufangen, dann klammert man sich daran, will seiner würdig sein. Und wenn ebendieses Land einem die Ehre erweist, französischer Staatsbürger zu werden, ist man es sich schuldig, vollkommen zu sein, diesem Land hundertmal, tausendmal besser zu dienen als jeder gebürtige Franzose. Wia kann es nicht ertragen, dass man ihn mit dieser *Cagoule*-Geschichte verdächtigt, seinem Land Schaden zugefügt zu haben. Sie alle müssen sich anstrengen, ihn besser zu verstehen, seinen Stolz, Franzose zu sein, den Grund, warum er sich in seinem Stolz so verletzt fühlt, und dass er keine Ruhe finden wird, ehe er nicht offiziell für unschuldig erklärt ist.»

Olga hat gepresst gesprochen, ohne einmal Luft zu holen, und ihr Gesicht ist immer röter angelaufen. Leichter Schweiß perlt ihr von der Stirn. Die jungen Frauen starren sie schweigend an, wie gelähmt. Mit einem kleinen Lächeln, halb verlegen, halb entschuldigend, wendet Olga sich an Claire:

«Nehmen Sie mir mein Ungestüm nicht übel, Claire. Ich bin eigentlich sehr schüchtern, und wie alle Schüchternen platze ich dann so heraus ... ich habe übrigens die anderen ebenso gemeint wie Sie. Es ist nur aus Sorge um Wia, damit Sie ihn besser verstehen ... vor allem Sie, Claire, wo er Sie doch so liebt! Claire?»

Aber seit ein paar Sekunden scheint Claire in seltsamer Träumerei verloren. Wie so manches Mal ist sie plötzlich abwesend, wie in weite Ferne entrückt.

Der Mond, hoch am Himmel, taucht die Straße in taghelles Licht. Den deutschen Nadelwäldern folgen französische Wälder und Ebenen. Claire lenkt den Wagen ohne eine Spur von Müdigkeit, mit jener unbeschwerten Heiterkeit, die sie oft empfindet, wenn sie mitten in der Nacht fährt. Durch das einen Spalt weit geöffnete Fenster strömt frische Luft herein, manchmal mit Gerüchen von Bäumen und Erde, das hält wach. Sie pfeift die neuesten Schlager vor sich hin, dann die Nationalhymnen, die sie in Berlin gelernt hat. Sie fühlt sich, als käme sie aus dem Winter und eilte dem Frühling entgegen, einem freien, harmonischen und friedlichen Leben. Fast könnte sie vergessen, dass sie nicht allein im Auto ist.

Hinten sind Wia und Léon de Rosen fest eingeschlafen. Sie hört die Atemzüge des einen, das gelegentliche Schnarchen des anderen. Seit ihrer Abfahrt von Berlin spätnachmittags haben sie sich am Steuer abgelöst. Die letzten dreihundert Kilometer bis Paris gehören Claire. Diese Einteilung hat sie sich ausbedungen, und die beiden Männer haben sich gefügt. Jetzt, in der trügerischen Stille der Nacht, kann sie ruhiger über das Warum dieser Reise nachdenken.

Zu beweisen, dass Wia nie der rechtsradikalen *Cagoule*-

Bewegung angehört hat, ist komplizierter als erwartet. Im Pariser Justizministerium gibt es noch nicht identifizierte Personen, die es zu verhindern suchen. Léon de Rosen verteidigt seinen Freund, als ginge es um ihn selbst. Er ist ein mutiger Mann, daran gewöhnt, dass alle ihm zustimmen und gehorchen. Für ihn ist Gerechtigkeit ein konkreter Anspruch, ein täglicher Kampf, das ganze Leben lang.

Aber Léon de Rosen ist nicht immer diplomatisch. Es kommt vor, dass er sich, egal, wer sein Gesprächspartner ist, einschließlich Wia, von seiner subjektiven Meinung hinreißen lässt. Claire denkt an die Männerdiskussionen während der ersten Fahrtstunden zurück. Sie hat die Einzelheiten schon vergessen, erinnert sich aber, dass Léon darauf bestand, Wia müsse mit seinen Anklägern konfrontiert werden.

Wia fand den Zeitpunkt nicht günstig, die Situation noch zu verworren. Als Claire den Eilauftrag bekam, einen Wagen schnellstmöglich nach Paris zurückzubringen, waren sich die beiden spontan einig gewesen: Sie wollten mitfahren. Wia, abergläubischer denn je, hatte in diesem Zufall ein glückliches Vorzeichen für die Wiederkehr dessen gesehen, was er seinen «guten Stern» nannte. «Ich lasse sie raus, wo sie wollen, stelle das Auto in der Garage ab und gehe meine Eltern besuchen», denkt Claire leichten Herzens. Ihr Rückflug für den Nachmittag ist schon reserviert, sie freut sich, abends wieder in Berlin zu sein.

Die Sonne geht über einer friedlichen, von Tau bedeckten Landschaft auf. Claire durchquert Dörfer, die noch im Schlaf liegen, nur die Hähne krähen schon. Sie glaubt, Blumendüfte wahrzunehmen, einen Brotgeruch. Sie ist erstaunt, Gegenden zu sehen, die nicht mehr so deutlich vom Krieg gezeichnet oder auf wundersame Weise verschont geblieben sind. Sie liebt dieses Land, ihr Heimatland, über alles. Leise, um die beiden Männer nicht zu wecken, singt sie ein Chanson von Charles Trenet:

Le vent dans les bois fait hou hou hou
La biche aux abois fait mê mê mê
La vaisselle cassée fait cric cric crac
Et les pieds mouillés font flic flic flac.
Mais ...

Boum
Quand notre cœur fait boum

«Nein, Wia, das geht nicht, unmöglich ...»

Claire hat de Rosen in Paris abgesetzt und will gerade das gleiche mit Wia tun, als dieser sie plötzlich bittet, mit ihm seine Eltern zu besuchen. Claire wendet ein, darauf sei niemand eingestellt, sie würde nicht erwartet, eine erste Begegnung müsse besser vorbereitet und vorher angekündigt werden. Wia redet von der russischen Gastfreundschaft. Er fegt ihre Argumente weg, eines nach dem anderen, besteht darauf, mit fieberhaftem Eifer, den sie so nicht an ihm kennt, als ginge es für ihn um Leben oder Tod, als wäre es der größte Liebesbeweis, den sie ihm gewähren könnte. Claire gibt zu bedenken, sie habe nicht geschlafen, sie müsse sich erst frisch machen, sich kämmen, sich schminken, ihre von der Reise zerknitterten Kleider gegen etwas Eleganteres wechseln.

«Ich muss dir doch Ehre machen, Wia ... das ist so wichtig, der erste Eindruck, den die Menschen von einem bekommen ... Das entscheidet ... das entscheidet einfach alles!»

«Du kannst gar nicht schöner aussehen als in deiner Uniform vom Roten Kreuz.»

Claire gibt auf, zu matt, um weiter auf ihren Einwänden zu bestehen, folgt sie ihm widerstrebend in das Haus an der Rue Raynouard, wo seine Familie wohnt. Während sie vor dem Aufzug warten, umarmt er sie leidenschaftlich, bedeckt ihr Gesicht mit Küssen.

«Ich bin ja so glücklich, dass du endlich meine Eltern kennenlernst. So glücklich ...»

Ein erstes Klingeln, dann ein zweites und ein drittes, diesmal nachdrücklicher. Wia, plötzlich sehr nervös, wird ungeduldig.

«Was machen sie denn bloß ...»

Hinter der Tür sind undeutliche Geräusche zu hören, eine Art Getrappel und Getuschel. Endlich öffnet sich die Tür, und Wia betritt die Wohnung. Claire, die vor Überraschung wie angewurzelt stehen geblieben ist, entdeckt vom Treppenabsatz aus zwei alte Leute im Morgenrock, ein unordentliches Zimmer, Reste eines Essens. Ihr Blick bleibt vor allem an der Frau hängen, die mit Lockenwicklern in den Haaren und erschöpften Gesichtszügen genauso erschrocken zurückstarrt.

Auf einer Bank an der Rue La Fontaine hat Claire haltgemacht, zutiefst erschüttert und von tierischer Panik erfasst. Passanten, die glaubten, ihr sei schlecht geworden, haben ihr Hilfe angeboten, aber nur verbissenes Schweigen und feindselige Blicke geerntet, so dass sie schließlich weitergegangen sind. «Liebeskummer» hat einer von ihnen gemurmelt.

Dieses Wort, das Claire gehört hat, klingt ihr in den Ohren. Sie wiederholt es mehrmals, um seinen Sinn besser zu verstehen. Da sie sich zwingt, langsam zu atmen, löst sich die Enge in ihrer Brust, und die Erinnerungen steigen fotografisch genau auf. Sie sieht alles wieder vor sich, Wias Eltern, ihre Wohnung. Zwei Wörter drängen sich ihr immer wieder auf: Hässlichkeit und Armut, Armut und Hässlichkeit. Knapp zehn Minuten haben genügt, um die Unordnung im Raum in ihrem Gehirn zu speichern; das zusammengewürfelte Mobiliar; die Umschlagtücher, die Stiche an den Wänden, den Nippes, grauenhaft geschmacklos, wie sie findet. Aber wenn es nur das wäre ... Sie sieht vor allem das Elternpaar. Sie spürt am eigenen Leib die Demütigung, die sie empfunden haben müssen, so in ihren abgetragenen, von Zigarettenlöchern übersäten Morgenröcken überrascht zu werden. Wie hat Wia sich nur einbilden können, diese Begegnung würde ihnen Freude bereiten? Wie konnte er die Tränen in den Augen seiner Mutter übersehen, ihre unbeholfenen Versuche, diese lächerlichen Lockenwickler loszuwerden? Es war Claire, die in einem Anflug von Mitleid, echtem Mitleid, auf die Frau zugegangen ist, sie umarmt und sich für diesen unglückseligen

Überfall entschuldigt hat. Sie erinnert sich auch an den Tee, den sie angenommen hat, der in wunderschönem altem Porzellan mit abgestoßenen Rändern serviert worden war ... Danach hatte sie sich unter dem Vorwand, sie müsse das Auto in die Garage bringen, verabschiedet. Welche Erleichterung bei den beiden ... Welche Eilfertigkeit, sie bis auf den Treppenabsatz hinaus zu begleiten ... Wias seliger Gesichtsausdruck ...

«Was für ein Idiot!», sagt Claire mit lauter Stimme. «Was für ein finsterer Idiot!» Wütend und bitter sinnt sie darüber nach, dass er keinen Augenblick auch nur eine Spur von Unbehagen empfunden, weder ihren noch den Schrecken seiner Eltern wahrgenommen hat. Er hatte diesen Besuch improvisiert, er hatte entschieden, dass es eine glückliche Begegnung wäre, und in seinen Augen muss sie es wohl gewesen sein. Seine Blindheit machte diesen desaströsen Vormittag endgültig zu einem Drama, zu einem Drama, und lächerlich zugleich.

Claire zündet sich eine Zigarette an. Mit eisiger Klarsicht vergleicht sie die beiden Familien, ihre eigene und Wias. Hier geht es nicht nur um zwei verschiedene Nationalitäten, hier geht es um zwei Welten, die nichts miteinander zu tun haben. Auf der Bank an der Rue La Fontaine befindet sie sich genau auf halbem Wege zwischen den beiden Wohnungen, der 38 avenue Théophile-Gautier und der 12 *bis* rue Raynouard. Diese geographische Ironie des Schicksals bringt sie nicht zum Lachen, erinnert sie aber an ihre ursprünglichen Pläne für den Vormittag. Hatte sie sich nicht ebenfalls vorgenommen, spontan bei ihren Eltern aufzutauchen, sie mit ihrer kurzen Anwesenheit in Paris zu überraschen? In einer Art Verdoppelung stellt sie sich vor, ihnen die Auflösung ihrer Verlobung zu verkünden. Denn genau das geht ihr durch den Kopf. Andere Bilder stürmen auf sie ein. Sie sieht sich wieder vor einem Jahr, auf jener Bank am Pont Alexandre III, als ihr, damals mit Patrice verlobt, klar geworden war, dass sie ihn nicht heiraten wollte. Heute hat sie wieder das gleiche erstickende Gefühl, in einer Falle zu stecken. «Wie sich die Geschichte wiederholt», sagt sie mehrmals zu sich selbst. Sie möchte am liebsten weinen. Ihr ist, als hörte sie den Kommentar der Passanten von vorhin: «Liebeskummer.»

In Berlin zurück, im Kokottennest, findet Claire keine Ruhe. Mistou nimmt fast das ganze Bett ein und schläft unruhig, brabbelt unverständliche Worte und wimmert geplagt von schlechten Träumen vor sich hin. Auf dem Teppich liegt Kitz, der Hund, der Länge nach ausgestreckt, und gibt gelegentlich ein Grunzen von sich. Er hat Claire mit unbändiger Freude begrüßt, was sie dankbar erwidert hat. Sie hat ihre Begegnung mit Wias Eltern verschwiegen, und sie hat gelogen, was ihre eigenen Eltern anbelangt. Wie hätte sie zugeben können, dass sie gar nicht bei ihnen war, dass sie lieber allein an der Seine spazieren gegangen ist und eine Zigarette nach der anderen geraucht hat? Während dieses langen Umherirrens hat sie über alles nachgedacht, was sie von Wia trennt und ihre Verbindung vielleicht unmöglich macht. Sie hat auch beschlossen, mit niemandem darüber zu sprechen, nichts zu tun, bis Wias

Unschuld vollkommen anerkannt ist. Danach würde sie sehen, wie es weitergehen könnte.

Am Nachmittag des nächsten Tages kommt Wia zurück. Rosen, der in Paris geblieben ist, kümmert sich darum, die letzten notwendigen Dokumente zu beschaffen. Die beiden Männer sind zuversichtlich: Es wird nicht mehr lange dauern, bis die Akte geschlossen ist, dann kann der Hochzeitstermin festgelegt werden. Wia ist so beglückt, dass er Claire überredet, einen Waldspaziergang mit ihm zu unternehmen.

Nach dem langen Winter scheint der Frühling seiner Zeit voraus. In der Sonne wirken die Trümmer anders. Man sieht mehr Berliner draußen, auf den Straßen, in den waldigen Gegenden am Stadtrand.

Wia hat Claire an der Taille umfasst, unter den Tannen im Wald schreiten sie munter aus. Claire ist berauscht von den harzigen, erdigen Gerüchen, den Lichterspielen zwischen den Ästen, der unerwartet milden Luft. Zartgrüne Triebe kündigen Frühlingsblumen an. Claire schmiedet Pläne für die Urlaubstage. Demnächst, vielleicht in zwei Wochen, werden sie wiederkommen und Schneeglöckchen, Veilchen, Schlüsselblumen pflücken. Sie will sogar reiten lernen, Wia zuliebe, weil das sein Lieblingssport ist. Je tiefer sie in den Wald eindringen, umso weniger bedrohlich erscheint ihr die Zukunft. Sie hat ihre Begegnung mit Wias Eltern nicht vergessen, aber jetzt, da sie nicht mehr in Paris ist, hier, an ihn geschmiegt, in seinen Armen, verlieren die Eltern schnell an Bedeutung. Sie sind nur noch zwei arme Gespenster, während Wia aus Fleisch und Blut ist, lebendig, und wie! Kitz, der Hund, läuft weit voraus.

«Oh, wie zerstreut ich bin! Fast hätte ich vergessen, dir zu geben, was ich aus Paris mitgebracht habe», sagt Wia.

Er zieht ein abgegriffenes Kästchen aus der Tasche und überreicht es Claire. Da sie zögert, es zu öffnen, tut er es für sie und nimmt einen Ring heraus, den er ihr an die linke Hand steckt.

«Das war Mamas Verlobungsring. Sie wollte ihn nie verkaufen, weil er meiner künftigen Frau gehören sollte. Jetzt ist er dein.»

Beeindruckt betrachtet Claire den goldenen Ring mit winzigen eingelassenen Rubinen und Diamanten.

Brief von Wia an Madame François Mauriac:

«Berlin, den 28. März

Madame,

ich habe soeben gehört, dass einer unserer Offiziere gleich nach Paris aufbricht, und möchte die Gelegenheit nutzen, Ihnen in aller Eile ein paar Zeilen zu schreiben, die ich der normalen Post nicht anvertrauen würde.

Claire hat heute Morgen einen Brief von Ihnen bekommen, der sie sehr bestürzt hat, und ich selbst bin ziemlich beunruhigt, nachdem sie mir einige Passagen daraus vorgelesen hat. Genau genommen ist es vor allem ein Satz, der Verwirrung bei uns gestiftet hat, nämlich der, in dem Sie ungefähr sagen: ‹Hier sind die Dinge nicht allzu gut gelaufen.› Claire und ich fragen uns mit einer gewissen Besorgnis, ob es sich dabei, ebenso wie bei Rosens ‹Ungeschick›, um dessen Gespräch mit Monsieur Mauriac oder seine Unterredung mit dem Minister handelt.

Rosen ist eine außergewöhnliche Persönlichkeit, deren wahren Wert Sie, wie ich hoffe, noch Gelegenheit haben werden, besser schätzen und einschätzen zu lernen. Abgesehen davon ist er sehr unwirsch, aber er versteht es, oder versucht es jedenfalls, mangelndes Feingefühl oder undiplomatisches Verhalten durch seinen slawischen Charme und seine unbestreitbare Anziehungskraft wiedergutzumachen.

Darum möchte ich Ihnen, mit Verlaub, ganz offen gestehen, dass Claire und ich, so paradox es scheinen mag, hoffen, dass Rosen sich in Wirklichkeit Ihnen gegenüber ungeschickt benommen hat.

Vor seiner Abreise hatten wir, gemeinsam mit Claire, ein langes Gespräch, in dem er sich sehr optimistisch zeigte, was den Ausgang meiner ‹Angelegenheit› betrifft. In Paris wollte er eine Reihe sehr wichtiger Leute sehen, um die Sache endgültig zu regeln. Hat er es gemacht? Mit welchem Ergebnis? Lauter Unbekannte, weil ich seit acht Tagen nicht mehr mit ihm telefoniert habe. Ich tue es heute Abend, und erst dann werde ich über das Dilemma aufgeklärt, das Ihr Brief von heute morgen geschaffen hat.

Der ‹Nervenkrieg› geht wieder los, aber diesmal bin ich ruhiger, und Claire ist diejenige, die sich am meisten aufregt, darum wird sie Ihnen erst nach dem Telefongespräch von heute Abend schreiben.

Wir beide, sie und ich, stehen Ihnen gegenüber schwer in der Schuld. Claire ist eine missratene Tochter, und ich, ich bin – in Erwartung des Tages, an dem ich Ihr (wenngleich ebenfalls missratener) Sohn sein werde – schlicht und einfach ein ungehobelter Mensch, dass wir Ihnen nicht eher geschrieben haben. Aber wir mussten beide sehr viel arbeiten, und so töricht es klingen mag, ich habe schon eine meiner schlechten Eigenschaften auf Claire übertragen: meinen Aberglauben. Als nach unseren etwas aufgeregten Briefen vom ersten Tag allmählich Licht in die Sache kam, haben wir es nicht gewagt, Sie voreilig zu beruhigen, aus Angst, neues Unheil auf uns zu ziehen.

Eins steht fest, das kann ich Ihnen versichern, wie ich es Monsieur Mauriac schon am Anfang der Angelegenheit geschrieben habe: Ich werde nicht heiraten, auch wenn Claire drängt, solange ich nicht über die Ergebnisse Gewissheit habe. Aber ich glaube, sie werden vor dem 10.–15. April bekannt gegeben. Wenn sie schlecht sind, kehre ich mit Claire nach Paris zurück, und während sie sich ausruht, werde ich sehen, was zu tun ist. Ich spüre meinen Kampfgeist und werde die Zähne zeigen. Wenn sie gut sind, und nur dann, bleiben alle Heiratspläne für den Mai bestehen.

Anfang April gibt es eine ‹Neueinteilung› der Franzosen unserer Division in Berlin. Werde ich wieder ‹eingeteilt›, ist das Leben wunderbar, alles paletti, und ich glaube, das wäre Garantie genug. Werde ich nicht ‹eingeteilt›, hat die ‹schwarze Hand› vorübergehend obsiegt, und ich kehre bestens in Form nach Paris zurück und werde einen Skandal machen.

Es tut mir leid, ich muss abkürzen, mein Briefbote tritt ungeduldig wie ein Zirkuspferd von einem Fuß auf den anderen und flucht, dass er meinetwegen noch den Zug verpassen wird.

Zwei Worte zu unserem Leben hier. Claire hatte einen schlimmen Anfall von Kopfschmerzen und Übelkeit, es geht ihr wieder besser, aber sie beklagt sich bitter, dass ich sie bedränge, weil ich sie am Rauchen und am späten Schlafengehen zu hindern versuche. Wir haben herrliches Wetter, und ich sorge dafür, dass sie morgens um 6 Uhr aufsteht, damit sie um 7 Uhr 30 zum Reiten fertig ist, was sie auf die Dauer zwingen wird, früh ins Bett zu gehen. Nachmittags, wenn wir beide da sind, und fast jeden Sonntag machen wir Wanderungen durch die Wälder.

Ich habe Unmengen Arbeit, und Claire nutzt es aus, um mich zu tyrannisieren, indem sie die trauernde Witwe spielt, weil ich mich angeblich nicht genug um sie kümmere.

Entschuldigen Sie nochmals mein Schweigen, ich küsse Ihnen die Hände und möchte Sie meiner ganzen hochachtungsvollen und tiefen Zuneigung versichern.

Yvan.»

Wia hat den Brief in einem Zug geschrieben, während Claire hinter ihm stand und mitzulesen versuchte. Hier und dort haben gestohlene Sätze ihr eine Bemerkung entlockt, die Wia aber vor lauter Zeitdruck überhört hat. Der junge Offizier steht schon, seinen Koffer in der Hand, auf dem Treppenabsatz.

«Zwei Sekunden, ich bin so weit!», ruft Wia ihm zu.

Aber als er den endlich fertigen Brief gerade in einen Umschlag stecken will, schnappt ihn sich Claire und fügt neben dem Datum in wilder kleiner Krakelschrift hinzu: «Viel mehr wütend als bestürzt. Dem Himmel sei Dank, dass ich Euch erst morgen schreibe. Ich umarme Euch trotzdem. Claire.» Dann rennt sie hinter dem Boten her, holt ihn auf der Treppe ein und kehrt in Wias Büro zurück.

«Du bist viel zu nett zu ihr, fasst sie mit Samthandschuhen an, du ermutigst sie, sich dumm zu stellen, dass sie einfach nichts begreifen will, nichts ...»

Claire ist so erregt, dass ihr die Worte fehlen. Sie lässt sich auf einen Stuhl fallen, zündet sich eine Zigarette an, fixiert Wia mit ihren dunklen, zornigen Augen.

Überrascht von ihrem heftigen Ausbruch, weiß er nicht, was er antworten soll. Um irgendwie Haltung zu bewahren, schlägt er eine der vielen Akten auf, die sich auf seinem Schreibtisch türmen.

«Ich bin höflich zu deiner Mutter, sonst nichts», sagt er in neutralem Ton.

«Das hat sie nicht verdient!»

Dieser Ausruf klingt dermaßen nach rebellischem Jugendprotest, dass Wia am liebsten in schallendes Gelächter ausgebrochen wäre. Den Blick immer noch auf die Akte gesenkt, lässt er sich nichts anmerken, während Claire schmollend fortfährt.

«Nicht nur, dass Mama mir drei Seiten lange Vorwürfe schreibt, weil sie nicht genug Post von uns bekommt, nicht nur, dass sie meine Arbeit immer noch ignoriert und mich behandelt, als verbrächte ich maßlos lange Ferien in Berlin, nein, sie muss in diesen ganzen Wust auch noch einen zweideutigen Satz einschieben. Was soll das heißen, wenn sie schreibt: ‹Ich hatte Besuch von Léon de Rosen› und sich dann mit einem vagen ‹es ist nicht gut gelaufen› begnügt? Wovon redet sie? Von Rosens Gespräch mit dem Minister, unmittelbar bevor er zu ihr ging? Von ihrem eigenen Gespräch mit Rosen? Ist er nicht nach ihrem Geschmack? Und zum Abschluss dieses PS, das setzt allem die Krone auf!

Erst so ein Brief, und darunter dann lakonisch: ‹Wenn die Hochzeit stattfindet, möchten wir, dein Vater und ich, sie lieber in Paris feiern.› Wo sie doch weiß, dass wir unsere Hochzeitsreise in Deutschland machen werden, wo sie doch weiß, wie sehr wir beide an Berlin hängen, das ist ... das ist ...»

«... unwahrscheinlich!»

«Du nimmst mir die Worte aus dem Mund.»

Ihre Tirade hat Wia so amüsiert, dass er sich vor Lachen nicht mehr halten kann. Claire, die erst beleidigt ist, besinnt sich eines Besseren und setzt sich auf seine Knie.

«Trotzdem», sagt sie stolz. «Ich habe nicht mit dem gewohnten ‹Eure kleine Claire› unterschrieben, sondern einfach nur mit ‹Claire›. Ich glaube, das war das erste Mal.»

Es ist schon spätabends, als Claire und Wia den Hund Kitz ausführen. Trotz der Dunkelheit sind noch Menschen auf den Straßen. Zumeist Soldaten von den Besatzungsmächten, aber auch Berliner und Berlinerinnen. Mit dem nahenden Frühling scheint die Trümmerstadt aus einem langen Schlaf zu erwachen.

Claire und Wia gehen langsam, eng aneinander geschmiegt. Sie sind müde von der Anspannung, die sich im Lauf des Tages angestaut hat, aber glücklich und endlich beruhigt. Rosen hat angerufen: Die Akte ‹*Cagoule*› ist geschlossen, Wia endgültig für unschuldig erklärt. Es soll ein Fest geben, um diesen Sieg und das Geschick des Unterhändlers zu feiern.

«Trotzdem», sagt Claire, «er hätte es fast fertiggebracht,

dass wir uns mit Mama überwerfen ... Wenn er derjenige ist, der sich für unsere Hochzeit in Berlin einsetzen soll, befürchte ich das Schlimmste!»

«Du siehst immer alles schwarz, mein Schatz. Aber ich warne dich: Ich will eine optimistische Ehefrau und ohne Migräne.»

Brief von Claire:

«Samstag, 27. April 1946

Allerliebste Mama!

Endlich meldet Ihr Euch. Ich habe wirklich fast geglaubt, Ihr hättet Euer kleines Mädchen ganz vergessen.

Wenn ich Euch nicht geschrieben habe, so nur, weil ich bis heute Morgen praktisch keine freie Minute hatte.

Eine schöne, ziemlich fromme Karwoche: Karmittwoch und -freitag weder Zigaretten noch gutes Essen. Ich wusste nicht mehr, wohin mit mir, vollkommen verrückt. Am Gründonnerstag waren wir alle beichten. Freitag hatten wir eine sehr schöne Predigt und am Ostersonntag um 11 Uhr eine wunderbare Messe, fast die ganze 96 ist zur Kommunion gegangen.

In der Nacht von Samstag auf Sonntag haben wir gemeinsam an der orthodoxen Mitternachtsmesse teilgenommen. Sehr bewegend, denn in dieser kleinen russischen Kirche stieß man zwischen orthodoxen Deutschen auf sämtliche Uniformen, amerikanische, britische, französische, ja sogar Russen von der Roten Armee. Und trotz der verschiedenen Uniformen waren sie alle gleich, dieselben Gesichter, dieselben Stimmen. Als ‹*Christ ist erstanden*› gesungen wurde, weinte eine junge Deutsche neben mir, und ich selbst war den Tränen nahe.

Dienstagmorgen musste ich um 9 Uhr los zu einem Einsatz und kam erst um 2 Uhr nachts zurück. Ich war die ganze Zeit am Steuer und etwas müde, aber zufrieden, denn mein Sanitätswagen war voller glücklicher Heimkehrer.

Abendessen natürlich mit den Russen, und ein grandioser persönlicher Erfolg, weil sie es waren, die mir das Trinken verboten haben. Normalerweise hören sie nicht auf, einem einen Wodka nach dem anderen einzuflößen.

Aber diesmal ist es mir gelungen, mein volles Glas gegen ein leeres zu vertauschen, das ich in einem Zug heruntergekippt habe, mit allen Grimassen, die zu einer solchen Heldentat gehören. Dann habe ich unter den bewundernden Blicken der Russen verlangt, dass mir nachgegossen wurde. Aber derjenige, der mit in meinem Wagen saß, hat es mir aus lauter Angst, ich würde ihn in den Graben fahren, kategorisch verboten.

Donnerstag waren wir mit sechs Sanitätswagen und einem Laster in Frankfurt an der Oder und haben 208 Elsässer, Belgier und Holländer abgeholt, die die Russen nach tausend Bitten endlich herausgegeben haben. Stellt Euch die Gesichter all dieser Jungs bei unserer Ankunft vor. Sie hatten seit zwei oder drei Jahren keine Nachricht mehr an ihre Eltern schicken können und versicherten, es befänden sich noch viele Elsässer bei den Russen. Eine triumphale Rückkehr für alle, außer für mich, weil ich einen Anfall von Übelkeit verspürte. Es erübrigt sich, Euch von der folgenden Nacht und dem nächsten Tag zu erzählen.

Heute geht es mir wieder sehr gut, und ich schreibe Euch in aller Eile, weil gleich jemand nach Paris fliegt.

Zwischen Wia und mir läuft alles bestens. Nur sind wir beide ein wenig traurig, nicht am 5. Mai heiraten zu können. Wia war wegen seiner Angelegenheit einen Tag in Paris. Man hat eingeräumt, dass es eine Personenverwechslung gab, dass nicht er Schwarzhandel mit den Deutschen getrieben hat und dass die *Cagoule*-Geschichte nur deswegen wieder ausgegraben worden war. Außerdem hat Wias neuerliche Vorladung großen Eindruck gemacht, und er ist mit der Gewissheit abgereist, dass alles geregelt sei. Aber die Bestätigung haben wir erst, wenn sein Vertrag erneuert wird, was sehr bald geschehen soll.

Es freut mich, dass Euer Aufenthalt in Malagar so schön war. Papa ist sicher ganz sonnengebräunt und jünger denn je.

Bis bald, Mama, ich umarme Euch alle innig und schreibe demnächst ausführlicher. Entschuldigt diesen Brief, aber ich habe so wenig Zeit. Das Wetter ist herrlich. Seid alle so herzlich umarmt, wie ich Euch liebe.»

Da Claire, Mistou und Rolanne für einen nächtlichen Einsatz vorgesehen sind, haben sie tagsüber frei und beschließen, ohne männlichen Begleitschutz durch Berlin zu spazieren. Das Alltagsleben wird allmählich einfacher, die Sicherheitsmaßnahmen sind nicht mehr so streng, aber sie müssen zusammenbleiben, aufeinander aufpassen. Zum zweiten Mal gehen sie im Kostüm aus, bei der Wärme dieser letzten Apriltage kommen sie sich vor, als wären sie in den

Ferien. Sie fühlen sich jung, schön und von allen respektiert. Innerhalb von ein paar Monaten haben die Soldaten der alliierten Streitkräfte nicht nur ihren Charme, sondern auch ihre Arbeit schätzen gelernt. Das Französische Rote Kreuz genießt ein bis dahin ungekanntes Ansehen, sie wissen es und gehen stolz einher, glücklich, in ihren Uniformen eine so gute Figur abzugeben.

Von den drei jungen Frauen ist Mistou die strahlendste. Sie schenkt jedermann ein fröhliches Lächeln, um zu gefallen, um freundlich zu sein, sie weiß es selbst nicht. Aber die bewundernden Pfiffe der amerikanischen Soldaten amüsieren sie, und sie dankt ihnen mit einem trügerisch koketten Augenzwinkern. Ihre Freundinnen lachen mit ihr, ohne die geringste Eifersucht.

In der grellen Sonne nehmen die Trümmer von Berlin eine andere Gestalt an. Die Stadt zeigt ihre Wunden, die ganze Armut ihrer abgemagerten Einwohner jetzt im vollen Tageslicht. Ein grausames Schauspiel, aber von seltsamer Größe. Zwischen zwei eingestürzten Häusern, ganz hinten in einem verlassenen Hof, blühen Krokusse und Fliederbüsche. Ihr Duft erfüllt die Luft, verdrängt für einen kurzen Moment die schrecklichen Gerüche nach Kloake und Tod. Beeindruckt von dem, was sie entdecken, haben die drei jungen Frauen ihr munteres Geplauder nach und nach eingestellt. An einer Kreuzung begegnen sie Hilde, ihrer Dolmetscherin aus der Anfangszeit, die immer noch für sie arbeitet. Obwohl sie manchmal mit Rolanne redet, hält Hilde sich weiterhin sehr bedeckt, was ihre Lebensbedingungen anbelangt. Sie nickt kurz zum Gruß, beschleunigt ihren Schritt und verschwindet um die nächste Ecke.

«Schade», bedauert Rolanne. «Ich hätte sie so gern gefragt, ob sie mit uns kommen will.»

Zurück in der Wohnung, bemerkt Claire einen Brief, der an sie adressiert ist und gut sichtbar auf dem Küchentisch liegt. Sofort erkennt sie Rosens Handschrift und öffnet mit bangen Gefühlen den Umschlag. Dann liest sie das maschinengeschriebene Blatt einmal und dann noch einmal, als wüsste sie nicht recht, was sie davon halten soll.

«Es ist Rosen, der wegen unserer Hochzeit an meine Eltern schreibt», sagt sie schließlich. «Oben drüber steht: ‹Verschiedene Aspekte des Hochzeitsproblems.› Sympathisch, wortreich, pingelig und vielleicht nützlich, ich weiß es nicht.»

Mistou stellt ihr eine Tasse Tee hin, setzt sich neben sie und befiehlt mit freundschaftlicher Autorität:

«Lies uns den Brief vor, wir werden es dir sagen.»

Nach einigem Zögern gibt Claire nach.

«Aber nur Auszüge, er ist nämlich sehr lang. Ich überspringe den Anfang, wo er daran erinnert, dass ‹ab dem 1. April die Umwandlung der Stellen der Berliner Führungskräfte in Festanstellungen erfolgt. Im Klartext bedeutet das, wenn er Glück hat, wird Wia in den Staatsdienst übernommen – sichere Stellung, sonnigere Zukunft, als Schwiegersohn besser akzeptabel und so weiter. Dann erklärt Rosen dick unterstrichen, die Hochzeit müsse so früh wie möglich stattfinden. Ich lese: ‹Herzensgründe: betreffen selbstverständlich nur Wia und Claire, die allerdings dankbar wären, wenn sie berücksichtigt würden. Theoretische Gründe (nur zur Erinnerung, ohne Belang): schon ziemlich lange Verlobungszeit, viele Leute auf dem Laufenden, unnötigen Klatsch vermeiden. Praktischer Grund von entscheidender Bedeutung: Juni ist der Monat, in dem Frankreich den Vorsitz des Kontrollrats führt, das heißt, für Wia wäre es schwierig oder gar unmöglich, sich im Juni zu entfernen. Die Hochzeit müsste also entweder vor dem 15. Mai oder Ende Juni stattfinden.› Aber das Interessanteste kommt erst bei der Frage, an welchem Ort wir heiraten sollen. Ich fahre fort: ‹Berlin, Vorteile: 1) Nette Atmosphäre, lauter Freunde in Berlin, die alle nicht nach Paris kommen könnten und sehr enttäuscht wären (viele von den Alliierten). 2) Extreme Vereinfachung sämtlicher Vorbereitungen usw. Die ganze Division würde sich daran beteiligen. 3) Beträchtliche Einsparungen. 4) Französische Propaganda gegenüber den Alliierten. 5) Berlinbesuch des berühmten François Mauriac. Eventuell Gelegenheit, dort einen Vortrag zu halten. Paris, Vorteile: Die Möglichkeit, das Aufgebot beider Familien zu versammeln. Ein zweifelhafter Vorteil aus Claires und Wias Sicht, aber für die Eltern wahrscheinlich real. Paris, Nachteile: 1) Echte Enttäuschung für Claire und Wia. 2) Abwesenheit fast aller Freunde, ob Franzosen oder Alliierte. 3) Mehr oder weniger wichtige Notwendigkeit, eine ‹große Hochzeit› zu feiern, das heißt: langweilig, kostspielig, kompliziert, Anlass für Kränkungen (Leute, die man vergisst), fatale ‹Publizität›, welche Monsieur François Mauriac infolge der ‹Geschichte› zu fürchten scheint. 4) Nicht vorhandene Autos. 5) Aufwendige und komplizierte Vorbereitungen. 6) Komplikationen bei der Kirchenwahl. Ideal wäre entweder eine Trauung in beiden Kirchen, oder eine katholische Eheschließung nach orientalischem Ritus. Beides scheint sich in Paris schwieriger zu gestalten. 7) Komplikationen bei der Garderobe (vor allem für Wia). Abgesehen davon kommt es natürlich nicht in Frage, sich über ein Veto der Eltern gegen Berlin hinwegzusetzen, es geht nur darum, ihnen darzulegen, wie viel lieber Claire und Wia in Berlin Hochzeit feiern würden.› Also, Mädels, was meint ihr?»

Rolanne nickt mit dem Kopf, deutet ein verträumtes Lächeln an. Wie immer, nimmt sie die Frage ernst und lässt sich etwas Zeit, darüber nachzudenken. Mistou, die schneller reagiert, setzt eine feierliche Miene auf und sagt mit tiefer, seltsam gebrochener Männerstimme:

«Ihr Plädoyer, Monsieur de Rosen, hat uns, meine Frau und mich, überzeugt. Unsere Tochter wird Yvan in Berlin heiraten, ganz, wie sie es wünscht. Im Übrigen bin ich sehr neugierig auf diese Charme versprühende Schwadron vom französischen Roten Kreuz, die ja so sexy ...»

Prustend vor Lachen, in das Claire und Rolanne einstimmen, kommt sie mit ihrer François-Mauriac-Imitation nicht weiter.

«Störe ich?»

Die drei Freundinnen haben Olga nicht bemerkt, die diskret in der Türöffnung steht. Sie ist am Vorabend von einem Aufenthalt in Paris zurückgekehrt, wo sie Ostern mit ihrer Familie gefeiert hat. Sie streckt Claire ein winziges rosafarbenes, mit lila Band verschnürtes Päckchen entgegen.

«Das ist für Sie. Von Fürstin Wiazemsky.»

Als sei ihnen gerade eingefallen, dass sie an anderer Stelle gebraucht werden, stehen Rolanne und Mistou auf und verlassen die Küche. Olga nimmt einen Stuhl und setzt sich in gespannter Erwartung neben Claire. Ihre Augen glänzen vor Ungeduld. Claire hat das Päckchen geöffnet und lässt jetzt ein goldenes Ei in ihre Hand rollen.

«Das ist Brauch bei uns, zum Osterfest schenkt man sich kleine Schmuckstücke in Eierform. Ihres ist bescheiden, nicht mit Edelsteinen verziert, sondern nur mit einem handgemalten kyrillischen Kreuz, aber doch ein echtes Fabergé. Die Frauen nehmen sie als Anhänger und fügen ihren Ketten jedes Jahr eins hinzu. Ich weiß nicht, wie viele Ihre künftige Schwiegermutter davon besitzt, aber ich möchte wetten, dass sie dies aus ihrer eigenen Sammlung genommen hat, um es Ihnen zu schenken. Eine sehr feinfühlige Art, Sie mit unseren Sitten vertraut zu machen. Ich weiß, dass Sie ein Marienmedaillon am Hals tragen. Möchten Sie nicht dieses kleine Ei hinzufügen? Warten Sie, ich helfe Ihnen ... Da wird Wia sich freuen.»

Olga nimmt Claire die Kette ab, fädelt das kleine Goldei ein und hängt ihr das Ganze wieder um den Hals. Claire lässt es wortlos geschehen, ohne eine Geste, ohne die geringste Regung zu zeigen. Dieses Ausbleiben jeglicher Reaktion überrascht, ja beunruhigt Olga.

«Ist irgendetwas nicht in Ordnung?»

«Ich glaube, Sie sollten besser Wia heiraten, nicht ich.»

«Oh, Claire! Wie können Sie solche Dummheiten sagen?»

«Es ist wahr. Sie sprechen dieselbe Sprache, haben dieselbe Kultur, dieselbe Geschichte. Wia und ich leben auf zwei verschiedenen Planeten ...»

Claire fixiert Olga mit provozierender Miene. Sie sieht, wie sie errötet, ihren hilflosen Blick. Sie glaubt im Ernst, was sie eben gesagt hat, obwohl sie weiß, dass es vielleicht nur ein flüchtiger Gedanke ohne weitere Bedeutung war. Sie weiß auch, dass sie ungerecht ist, weil sie glaubt, ein Geheimnis erraten zu haben: Olga ist im Begriff, sich in Léon de Rosen zu verlieben. «Und sie weiß es nicht einmal», denkt sie, plötzlich müde. Aber Olga hat sich wieder gefasst, und aufrecht vor Claire stehend bricht sie das Schweigen in einem Ton fieberhafter Überzeugung.

«Ich habe Sophie Wiazemsky bei der Ostermesse in der Rue Daru getroffen. Wir haben ein Schwätzchen gehalten, sie hat mir von dem Überraschungsbesuch erzählt, unter welchen Umständen Sie einander zum ersten Mal begegnet sind.»

Claire, die bei diesen Worten aufhorcht, macht keinen Hehl aus ihrer Überraschung. Sie will etwas sagen, aber Olga hindert sie daran.

«Der kluge Wia hat sich da wie ein Idiot benommen, vollständig absurd, seine Liebe zu Ihnen macht ihn blind für eine bestimmte Realität. Wären sie vorher benachrichtigt worden, hätten sie Ihnen einen wunderbaren Empfang bereitet. Trotzdem ...»

Olga sucht nach Worten. Sie sieht Claires aufmerksamen Blick, und dieser fordert, dass sie weiter spricht.

«... trotzdem, es ist nun einmal so, seine Eltern haben

vier Jahre Krieg und Entbehrung hinter sich, sie sind arm und für immer entwurzelt. Das müssen Sie einfach wissen.»

Claire ist aufgestanden. Die beiden Frauen sehen einander an, der Bedeutung dessen, was soeben gesagt worden ist, der Besonderheit ihrer Freundschaft bewusst.

«Danke», flüstert Claire. «Wie wäre es, wenn wir uns duzen?»

Freitag, den 5. Juli 1946, morgens um halb zwölf steigt Claire am Arm ihres Vaters die Stufen zur Kirche Notre-Dame d'Auteuil hinauf. Ihr etwas verkrampftes Lächeln versucht eine schmerzhafte Migräne zu verbergen. Sie hat kein Ohr für die schmeichelhaften Kommentare der Anwohner aus dem Viertel, sie weiß nicht, wie hübsch sie ist, so braunhaarig und bleich, in ihrem weißen Kleid. Außerdem kocht sie innerlich vor Wut. Einer Wut, die sie mit ihrem Vater, mit Wia, mit ihren jeweiligen Familien und mit ihren Freunden teilt.

Weil Wia dem orthodoxen Glauben angehört, hat die katholische Kirche es abgelehnt, die Trauung zu vollziehen. Trotz der Bemühungen von François Mauriac, trotz seiner Berühmtheit bekommt das junge Paar nur einen Segen. Nicht im Kirchenschiff, sondern in der Sakristei, fast heimlich. François Mauriac ist unzufrieden, sein verschlossenes Gesicht zeigt allen, wie sehr er missbilligt, was ihm als eine zu strenge Haltung seiner Kirche erscheint.

Die Zeremonie dauert nicht lange. Wie um sich ihrer Unterstützung immer neu zu vergewissern, dreht sich Claire oft nach ihrer Mutter um. Sie ist ihr sehr dankbar für ihre Hilfe bei der Vorbereitung dieses Tages, den sie so gefürchtet hat. Sie hat ihr verziehen, dass sie die Hochzeit in

Berlin, wo alles einfacher gewesen wäre, nicht akzeptieren wollte. Sie empfindet unendliche Liebe für ihre Mutter, und an diesem Tag, in der Sakristei, wieder die Liebe eines kleinen Mädchens. Fast möchte sie weinen, dass sie sich von ihr trennen muss. Sie hat schon morgens, bevor sie das weiße Kleid anzog, krampfhaft in ihren Armen geschluchzt. Ihre Mutter hat die nötige Zärtlichkeit und die richtigen Worte gefunden, um sie zu überzeugen, *bella figura* zu machen, ein Lieblingsausdruck von ihr. «Aber wie *bella figura* machen, wenn man Migräne hat?», denkt Claire verzweifelt. Sie hört Wia, der ihr verärgert ins Ohr raunt: «Man verheiratet uns in einem Besenschrank!»

Zum Glück herrscht, als sie herauskommen, eine ganz andere Atmosphäre.

Die Mädchen vom Kurfürstendamm 96 stehen in Uniform Ehrenspalier für das junge Paar. Ihre Freude, ihre Aufregung verleihen der Zeremonie endlich etwas wirklich Glückliches. Andere Freunde, die in Berlin entbehrlich waren, drängen sich unten an den Stufen und spenden stürmischen Applaus. Es sind die französischen Offiziere von der *Division des personnes déplacées*, um ihren Chef Léon de Rosen geschart, der seinen Stolz nicht mehr verbergen kann. «Diese Hochzeit ist mein Werk!», sagt er jedem, der es hören will. Claire und Wia posieren unter einem Regen von Reiskörnern für die Fotografen, die in großer Zahl gekommen sind. Anders, als sie es sich immer gewünscht haben, wird «die Hochzeit der Tochter François Mauriacs mit einem echten russischen Fürsten» nun doch ein mondänes Ereignis.

Eine zweite Zeremonie findet später in der russisch-orthodoxen Kathedrale Saint-Alexandre-Nevsky in der Rue Daru statt. Claires Familie entdeckt die orthodoxe Liturgie, ihre Gesänge, ihre Gebete. Verstohlen betrachten sie die riesige hohe Kuppel, die Ikonostase, die Fresken, die vielen Ikonen. Der Schein zahlloser Kerzen und Lichter verleiht allen Gesichtern einen sanften Schimmer, der die letzten Spuren des Krieges, die Falten der Ältesten verschwinden lässt. Claire fühlt, wie endlich die Migräne weicht, und langsam kommt Freude in ihr auf. Die Schönheit und Inbrunst dieses Gottesdienstes vertreiben das Gefühl der Schäbigkeit des vorherigen. Gelegentliche Blicke zu ihren Eltern haben Claire endgültig beruhigt: Sie scheinen glücklich, ihre Tochter in dieser Kirche und nach diesem Ritual zu verheiraten.

Anschließend machen sich die Familien und die Freunde auf den Stufen und Wegen der Grünanlagen um die Kathedrale näher miteinander bekannt. Man spricht Russisch, Französisch oder Englisch, alle ernsthaft guten Willens und vereint um Freundlichkeit bemüht. Die Mädchen vom Roten Kreuz haben großen Erfolg. Ihre fröhliche Art, ihre engen Beziehungen zum Brautpaar beeindrucken jene, die sie zum ersten Mal erleben. Sie gehen von einer Gruppe zur anderen, achten darauf, dass niemand abseitssteht oder allein bleibt. Manchmal setzen sich Mistou oder Rolanne ab, um Claire zu umarmen. «Überall Verbrüderung!», flüstert die eine. «Was für eine wunderbare Hochzeit!», fügt die andere hinzu. Als Abteilungsleiterin hat Plumette alles im Auge. «Das hat was», sagt sie anerkennend. «Das macht was her.» Es ist schön, es ist warm, der Flieder duftet, und die Franzosen vor der Kathedrale Saint-Alexandre-Nevsky fühlen sich einen Augenblick nach Russland versetzt. In ein friedliches Russland, weit entfernt von der aktuellen UdSSR, die, wie immer häufiger gesagt wird, wieder das Gleichgewicht der Welt bedroht.

Während Olga dem Geplauder eines Exobersts der Weißen Armee zuhört, beobachtet sie aus den Augenwinkeln Claires Eltern, die sich mit Wias Eltern vertraulich unterhalten. Sie ist betroffen von dem Unterschied zwischen den beiden Paaren, der Eleganz der Eheleute Mauriac und der dürftigen Kleidung der beiden anderen. Vor allem an den Frauen fällt es auf. Claires Mutter trägt einen breitkrempigen Hut aus feinstem Bastgeflecht und ein langes graues Seidenkleid, das ihre zarte Figur, die feinen Gesichtszüge zur Geltung bringt. Wias Mutter hat sich in ein abgetragenes enges blaues Kleid gezwängt, sich trotz der sommerlichen Hitze an diesem Julitag einen hässlichen dunklen Hut aufgesetzt und einen alten Fuchs um den Hals geschlungen. «Die liebe arme Fürstin Sophie, sie weiß nicht mehr, wie man sich anzieht, wie man sich benimmt», denkt Olga, von unendlicher Traurigkeit ergriffen.

Brief von Claire:

«Berlin, 12. Juli

Allerliebste geliebte Mama!

Ich habe noch nicht geschrieben, weil das Flugzeug erst morgen früh geht.

Die Fahrt ist sehr gut verlaufen. Wir haben auf 115 aufgedreht, und das Auto hat kaum gemuckt. Schon ab der Rue Raynouard sind wir mit zurückgeklapptem Verdeck gefahren! Ihr könnt Euch unsere Gesichter bei der Ankunft in Berlin vorstellen: verbrannt, knallrot, unbeschreiblich.

Gott sei Dank hat man uns unsere Unterkunft in meinem alten Zimmer in der 96, eingerichtet. Ihr glaubt gar nicht, wie froh ich bin, dass ich nicht ans andere Ende von Berlin pendeln muss.

Bei meiner Ankunft wurde ich mit Blumen überschüttet. Unglaublich, wie nett alle zu mir sind.

Heute Abend großer Empfang. Offen gestanden finde ich das nicht gerade amüsant. Ich werde mit Léon de Rosen am Eingang stehen müssen, um die Leute zu begrüßen. Eine seltsame Arbeit!

Aller Voraussicht nach fahre ich morgen gegen zwei Uhr mit Wia los.

Gesundheitlich geht es mir nicht schlecht, wäre da nicht die Migräne, die kommt und geht, ohne dass ich wüsste, wie oder warum.

Wia ist ein Schatz, ich habe noch keine Lust, mich scheiden zu lassen.

Meine geliebte Mama, ich lasse Euch nun und umarme Euch mit aller Kraft. Ich liebe Euch, vergesst es nicht, mehr als alles andere auf der Welt.

Ich bin so glücklich, dass ich Eure Tochter bin. Ich werde mich bemühen, Eurer würdig zu sein.

Liebste Mama, seid noch einmal millionenfach umarmt.

13. Juli

Wir haben uns erst um vier Uhr schlafen gelegt. Es war ganz toll. Alle Generäle sämtlicher Länder waren da. Die Leute haben viel getrunken, und es hat ihnen gefallen. Wir fahren um zwei Uhr los. Ich liebe Euch.»

Claire und Wia haben kaum geschlafen, die Koffer sind noch nicht gepackt, und im ehemaligen Kokottennest, aus dem Mistou ausgezogen ist, herrscht ein heilloses Durcheinander. Im Badezimmer nebenan macht Wia seine Toilette und pfeift dabei die *Internationale*, die er von seinen sowjetischen Kameraden gelernt hat. Er ist als Erster aufgestanden – während Claire sich nicht entschließen konnte, das Bett zu verlassen – und sofort guter Laune und voller Unternehmungslust, die Reise lockt, das Leben. «Unwahrscheinlich, so ein Charakter», denkt Claire. Sie wundert sich immer noch, mit diesem Mann verheiratet zu sein, diesem «Russen», diesem «Marsmenschen», wie sie ihn nennt. Das versetzt sie in Träumerei. Geistesabwesend streichelt sie Kitz, den Hund, der zu ihren Füßen schlummert, und zündet sich die erste Zigarette des Tages an, die beste.

«Du rauchst zu viel und zu früh.»

Wia ist aus dem Bad gekommen. Er hat die Haare gewaschen, ist ordentlich gekämmt, frisch rasiert und riecht gut nach Eau de Toilette mit einem Hauch Lavendel. Ein Blick aus dem Fenster, auf den klaren blauen Himmel, und er dreht sich mit triumphierendem Gesichtsausdruck zu Claire um:

«Was für ein herrliches Wetter!»

«Es ist unwahrscheinlich, wie kann man nur beim Aufstehen schon so glücklich sein!»

«Ich bin glücklich, weil ich dich liebe, weil du meine Frau bist und weil wir auf Hochzeitsreise gehen.»

Bei schönster Julisonne entdecken Claire und Wia ein Deutschland, in dem die Natur ihre Herrschaft zurückerobert hat. An den für immer verkohlt geglaubten Bäumen wachsen neue Blätter, die Wiesen sind fett und grün, die Kornfelder wieder bestellt. Üppige Blumen zieren sämtliche Balkons der kleinsten Dörfer. Oft mit Claire am Steuer und offenem Verdeck, gleitet das von Freunden geliehene Auto ganz nach Lust und Laune des frisch vermählten Paares, dahin. Ein paar Zwischenstationen, die sie sich vorgenommen haben, aber auch viele spontane Besichtigungen und Spaziergänge erinnern an die Ferien der Vorkriegszeit. Sie baden in Seen und Flüssen, klettern die Berge hinauf und suchen Abkühlung im Unterholz. «Deutschland besitzt die schönsten Wälder der Welt», wie Claire zu sagen pflegt. Wia fotografiert sie in Shorts, im Badeanzug, im Sommerkleid. Er will diese Glücksmomente für immer festhalten.

Am 17. Juli sind sie in Berchtesgaden, und vom Balkon ihres Hotels aus macht Claire mehrere Fotos von Hitlers Adlerhorst.

Zwei Tage später werden sie im Haus einer Deutschen beherbergt, einer kinderlosen Witwe, die, nachdem ihr Mann an der russischen Front gefallen war, aufgehört hatte, das Naziregime zu unterstützen. Sie stellt den Hochzeitsreisenden ein bequemes Zimmer zur Verfügung und leiht ihnen ein Ruderboot, denn ihr Haus liegt am Ufer eines großen Sees, in dem sich die Berge spiegeln. Sie kocht ihnen Gerichte, an die sie sich lange erinnern werden: zum ersten Mal frisches Gemüse. Sie baut es heimlich in einer Ecke ihres Gartens an. Und schließlich gibt es noch eine Skye-Terrier-Hündin mit einem Wurf von sechs Jungen, die kaum drei Monate alt sind.

Auf einer Wiese liegend, im Schatten der Zweige einer hundertjährigen Tanne, reden Claire und Wia von ihren Freunden in Berlin, von ihrem Wunsch, sie bald wiederzusehen. In dieser prächtigen Natur haben sie die fünf Jahre Krieg und die Bedrohung eines neuen Konflikts zwischen Amerika und Sowjetrussland vergessen. Sie haben den Eindruck, wieder leben zu lernen.

«Wenn wir zurück sind, sollten wir mit den Mädels noch einmal ein paar Tage wegfahren. Es gibt keinen Grund, dass sie nicht auch ein bisschen Ferien haben dürfen», schlägt Wia vor.

«Gute Idee. Vielleicht im September, die Nachsaison nutzen? Und wohin?»

Sich alle möglichen Ziele auszudenken verschafft ihnen ein wunderbares Gefühl von Freiheit.

Am Morgen ihrer Abreise macht ihre Gastgeberin ihnen ein Geschenk: einen der kleinen Welpen, für den Wia eine besondere Schwäche zu haben schien. Und bevor die beiden protestieren können, sagt sie in einfachem Deutsch, damit Claire es versteht:

«Ein Hochzeitsgeschenk für Sie, und zur Feier des Friedens zwischen unseren beiden Ländern. Eine Verpflichtung für die Zukunft …»

Ein paar Tage noch im Wintersportort Kitzbühel, dann die Städte Salzburg und München, wo Claire Wias Cousine Missie und deren amerikanischen Ehemann Peter kennenlernt. Die beiden Paare verstehen sich gut und verabreden, sich öfter zu treffen. Der Welpe ist überall dabei, nach Wias Willen soll er Vicouny heißen und von nun an ihr Glücksbringer sein.

Brief von Claire:

«Berlin, 9. Oktober 1946

Liebe Mama!

Warum schreibt Ihr mir nie? Es kommt mir wirklich so vor, als hättet Ihr mich alle vollständig vergessen. Seid Ihr immer noch in Malagar? War die Weinlese schön? Was macht Papa? Und sonst?

Ich habe die Absicht, gegen Ende des Monats nach Paris zu kommen – wollt Ihr mich überhaupt haben? Ihr glaubt gar nicht, wie glücklich ich wäre, Euch alle wiederzusehen. Ich fühle mich, als hätte ich Euch seit ewigen Jahren verlassen, und die Zeit kommt mir allmählich lang vor.

Hier ist das Leben nicht sehr abwechslungsreich. Nach einer scheußlichen Schlechtwetterperiode ist der Himmel wieder heiter, aber es ist kalt, und seit gestern wird bei uns geheizt.

Rosen ist noch in Amerika, das Haus eher traurig und still. Wia muss wieder viel arbeiten, umso mehr, als in diesem Monat Frankreich mit dem Vorsitz an der Reihe ist.

Gesundheitlich geht es mir einigermaßen. Nur einmal ein ziemlich schlimmer Anfall von Kopfschmerzen und Übelkeit, aber den hatte ich wohl verdient.»

An dieser Stelle hält Claire inne. Kann sie ihrer Mutter erzählen, was hinter diesem Anfall steckt?

Wia und sie, sehr beliebt bei den verschiedenen Alliiertengruppen, waren von den Briten zum Abendessen eingeladen worden. Claire hatte zunächst abgelehnt, weil sie seit jeher behauptet, sie könne die Engländer nicht leiden, die hätten «Jeanne d'Arc verbrannt und Napoleon vergiftet». Aber dann besann sie sich eines Besseren: Sie hatte ein Anliegen, einen weiteren Grund, mit diesem Land zu hadern, den sie gern einmal aussprechen wollte.

Als einzige Frau an einem Männertisch scheute sie sich nicht, die Rede zu zitieren, die Churchill im März 1946 an einer amerikanischen Universität gehalten hatte, jene Rede, in der Churchill den mittlerweile berühmt gewordenen Begriff «Eiserner Vorhang» prägte. Das überraschte Schweigen, das auf ihre Worte folgte, hatte Claire eingeschüchtert. Aber Wias vertrauensvoller Blick ermutigte sie, fortzufahren, und nachdem sie kurzerhand zwei Gläser Whisky hintereinander geleert hatte, war sie aufgestanden, um der ganzen sitzenden Männergesellschaft ihren Standpunkt vorzutragen.

Claire zufolge hatte Churchill Frankreich absichtlich ausgeschlossen, als er von der notwendigen angloamerikanischen Allianz zum Kampf gegen den Kommunismus in Europa sprach. Das sei erniedrigend, ungerecht. Das heiße, den Aufruf General de Gaulles vom 18. Juni 1940 zu vergessen, die Schattenarmeen, die Résistancebewegung … Unter dem Applaus der Engländer hatte Claire ihre Rede nicht zu Ende bringen können und sich wieder hingesetzt.

«Ich bin stolz auf dich», hatte ihr Wia ins Ohr geflüstert, während ein General sich nun seinerseits erhob, um in ziemlich gebrochenem Französisch einen Toast auf «die *fitness* der hübschen Französin, der Frau *of my dearest* Wia» auszubringen.

Und dann? Was war dann passiert? Claire erinnert sich nur noch sehr verschwommen. Von ihrem Erfolg, von der immer überschwänglicheren Herzlichkeit der Runde berauscht, hatte auch sie das Glas auf die englisch-französische Verbrüderung erhoben. Sie hatte das Trinken nicht nur vorgetäuscht, wie bei den Russen, sondern tatsächlich getrunken. Viel weniger als die Männer natürlich, aber genug, um völlig beschwipst auf den Tisch zu steigen und auf Trafalgar anzustoßen, jenen glorreichen Sieg der von Nelson befehligten britischen Flotte über die vereinigte französisch-spanische Armada.

Seit diesem Abend sind drei Tage vergangen. «Mein Gott», denkt Claire, «eine Schande, was für eine Schande ...» Zum Glück hatte Wia sich verständnisvoll gezeigt, ja, wie sie heute findet, geradezu ritterlich. «Mach dir nichts draus», hatte er ihr am nächsten Morgen gesagt, als sie endlich aufgewacht war. «Wir waren tausendmal betrunkener als du und haben alles vergessen. Aber du musst mir versprechen, dass du von jetzt an vorsichtiger und etwas zurückhaltender bist»

Nein, diese Episode darf Claire ihrer Familie nicht erzählen. Sie streichelt einen Augenblick die beiden Hunde, die ebenfalls krank waren und zu ihren Füßen schlafen, noch ein Glas Wasser und eine Zigarette, dann ist sie bereit, den Brief fortzusetzen. Sie liebt die Ruhe, die Wärme dieses Zimmers, wenn sie dort allein ist, ohne Wia, wie vorher ohne Mistou.

«Ich bin immer noch ziemlich müde. Vor allem packt mich zunehmend die Sehnsucht nach Südfrankreich, sogar nach Malagar. Manchmal könnte ich weinen, so sehr fehlen mir hier die Gerüche (ich meine nicht die der Leichen). Ich träume stundenlang vom Nebel, von der Sonne, vom Geruch der Bodenbrände und vieles mehr, vom September in Malagar. Wenn ich daran denke, wie kurz das Leben ist und dass man nicht einmal dort lebt, wo man sein möchte, was für ein Jammer.

Gestern habe ich mir ein entzückendes kleines Akkordeon gekauft.

Neulich waren wir in einem russischen Konzert mit wunderbaren Chören, aber noch schöner fand ich die freudestrahlenden Gesichter all dieser jungen Russen.

Einmal, vor ein paar Tagen, habe ich Euer Abendkleid getragen. Es steht mir wirklich gut und war trotz der Farbe das schönste. Allerdings muss man sagen, dass die Engländerinnen und sogar die Amerikanerinnen eine seltsame Art haben, sich anzuziehen. Sie sind so hässlich, dass es einem leid tut um die Zeit, als nur die Uniform erlaubt war.

Liebste Mama, ich schließe mit einer zärtlichen Umarmung, obwohl Ihr so garstig zu mir seid.

Hoffentlich auf bald.

6 Uhr.

Endlich ein Brief, er ist gerade eben angekommen. Ich habe mich riesig gefreut. Wie ich Euch beneide, in Malagar zu sein, immer noch mit schönem Sommer. Ich habe das Foto vor Augen. Es sind nicht die Duhamels, nicht Claude, ja nicht einmal Papa, deren Anblick ich schrecklich begierig in mich aufsauge, es ist die weiße Mauer mit den Schatten jener großen Blätter, die ich so sehr liebe.

Doch jetzt zu mir, wo Ihr mich danach fragt. Ich glaube tatsächlich, dass ich ein Kind erwarte, aber ich bin mir nicht ganz sicher; darum wollte ich noch nicht mit Euch darüber reden, und ich bitte Euch inständig, es niemandem zu sagen. Ich bin am Anfang des zweiten Monats ohne meine Tage. Wenn es das ist, bin ich nicht zu beklagen, mir ist zwar andauernd ein bisschen schlecht, aber wirklichen Brechreiz hatte ich noch nie. Ich bin noch nicht dicker geworden, außer an der Brust, die mir enorm vorkommt und ziemlich schmerzhaft ist.

Ich passe natürlich sehr auf. Kein Sport, kein Sanitätswagen, höchstens alle tausend Jahre, wenn gar niemand anders da ist. Ich bin so müde, dass ich sehr früh schlafen gehe und spät, sehr spät aufstehe.

Nur aus diesem Grunde, versteht Ihr, habe ich es nicht gewagt, nach Malagar zu kommen. Ich hatte Angst vor der Reise. Wenn Ihr wüsstet, wie gern ich dort gewesen wäre. Deswegen habe ich Paris auch für Ende des Monats geplant, weil ich glaube, dass es dann Zeit wird, einen Arzt aufzusuchen.

Abgesehen davon wundere ich mich, dass mir nicht öfter schlecht ist, vielleicht existiert das Kind ja nur in meiner Einbildung.

Ich weiß selbst noch nicht, ob ich mich richtig freuen werde. Im Augenblick bin ich verzweifelt, einen Körper zu haben, der nicht auf das Leben reagiert: keine Lust zu laufen, keine Lust, mich zu amüsieren. Mein Körper spürt das Leben nicht mehr, sein eigenes Leben, ich erkenne ihn nicht wieder und fühle mich, als wäre er abgestorben, verschlungen von etwas Unbekanntem, das mir, ob ich will oder nicht, alles nimmt. Im Augenblick bin ich eifersüchtig auf dieses kleine Nichts, das mich verunstalten wird, und ich hasse die neun Monate, in denen ich mich verlieren und vielleicht nie wiederfinden werde, schon im Voraus.

Aber dann sehe ich plötzlich ein kleines Kind und bin verrückt vor Freude. Im Grunde fehlt es mir an Vorstellungsvermögen. Ich kann dem, was ich im Moment empfinde, kein Gesicht und keine Seele geben.

Und im Übrigen, wohin mit diesem Kind? Wo werden wir in neun Monaten sein? Hätte ich ein eigenes Haus, könnte ich es liebevoll einrichten. In drei, vier Monaten, wenn ich mich wie ein Ungeheuer durch die Gegend schleppen werde, kann ich unmöglich hierbleiben. Jedenfalls sehe ich mich nicht in Uniform und mit dickem Bauch die Treppe zwischen den Stockwerken der 96 rauf und runter laufen. Vielleicht ändert sich mein Schamgefühl, wenn es einmal so weit ist, aber im Moment reicht der bloße Gedanke schon fast für eine Fehlgeburt. Wohin mit mir?

Ich kann Euch doch schließlich nicht dauernd mit diesem Umstandsbauch belästigen, und vor allem brauche ich einen Ort, wo ich ihn ruhen lassen kann, wenn er erst so dick ist, dass es dicker nicht mehr geht. Also werde ich eine andere Wohnung brauchen. Ich habe keine Ahnung von den Preisen. Wie gern hätte ich einen eigenen Ort, wo ich es erwarten und ihm eine Bleibe geben könnte.

Schluss für heute Abend. Seid ganz herzlich umarmt. Würdet Ihr Euch freuen, einen Enkelsohn zu bekommen?

Umarmt Papa, Claude, Jean und Luce ganz fest von mir.

Bis ganz bald, liebste Mama.

PS: Ich habe mich noch nicht daran gewöhnt, dass ich jetzt anders heiße. Wo ist mein so geliebter Name Mauriac geblieben?»

In der näheren Umgebung des Kurfürstendamm haben einige Cafés eröffnet, die ihren Gästen ein Gefühl von Luxus und Komfort zu vermitteln suchen.

Wia hat sich für einen Teesalon mit bunten Fensterscheiben und einer reichen Auswahl an Gebäck entschieden, wo im Kamin permanent ein großes Feuer brennt. Hübsche junge Berlinerinnen in schwarzem Kleid und weißer Schürze bedienen unter dem wachsamen Blick einer älteren Frau. Sie kommen und gehen, schweigsam und lächelnd, von einem Tisch zum anderen. Claire beobachtet sie interessiert und vernachlässigt dabei ein wenig Wias Gast, seine Lieblingscousine Tatiana, die am Anfang des Krieges den Fürsten Paul von Metternich geheiratet hat.

Tatiana ist eine große und sehr schöne Frau, die sich in einen luxuriösen Pelzmantel gehüllt hat, den sie trotz der molligen Wärme im Raum nicht ablegt. Mit der Selbstsicherheit einer Person, die es gewöhnt ist, dass man ihr zuhört und sie bewundert, redet sie wie ein Wasserfall, in drei oder vier Sprachen. Von Zeit zu Zeit wirft sie Claire einen kurzen Blick zu, wie um sich ihrer Anwesenheit zu vergewissern, dann stürzt sie sich wieder in die Beschreibung der Arbeiten, die sie ausführen lassen möchte, um ihr Schloss Johannisberg wieder aufzubauen.

«Sprich Französisch», protestiert Wia, «du weißt doch, dass Claire sonst nichts versteht.»

«Ich sagte, dass Johannisberg durch einen Bombenangriff im August 1942 zerstört wurde. Die Feuerwehrleute und Nachbarn haben alles getan, um den gigantischen Brand zu löschen, aber vergeblich. Am anderen Ufer des Rheins, in Bingen, war das Volk angesichts dieser Tragödie zusammengeströmt. Viele weinten, weil Johannisberg der Stolz der ganzen Gegend ist und überhaupt eines der Prunkstücke Deutschlands.»

Claire ringt sich ein mitfühlendes Lächeln ab, während Wia genauer nach den Lebensumständen seiner Cousine in den Kriegsjahren fragt. Er erinnert sich mit Dankbarkeit, dass sie ihn besucht hat, als er in Gefangenschaft war. Claire ist nicht entgangen, welche Aufmerksamkeit er der Cousine Tatiana entgegenbringt, was ihre von Anfang an unguten Gefühle gegenüber dieser Person noch verstärkt. «Sie geht mir mit ihrem Schloss auf die Nerven, unerträglich», denkt Claire, während sie sich eine Zigarette anzündet. Aber Tatiana hat sie schon vergessen und setzt das Gespräch auf Russisch fort, unterstreicht ihre Sätze mit Lachsalven und spielt mit ihrer langen Perlenkette, ihren Ringen, ihren Armreifen.

«Ich habe dich doch gebeten, Französisch zu sprechen», wiederholt Wia.

«Das ist nicht so wichtig», sagt Claire eilig.

Diese Begegnung langweilt sie in zunehmendem Maße. Am liebsten würde sie die Flucht ergreifen, Cousin und Cousine ihrem Wiedersehen, ihren gemeinsamen Erinnerungen überlassen. Tatiana, durch Claires Antwort kurz zum Schweigen gebracht, betrachtet sie nun mit einer Art besorgter Neugierde. Dann sagt sie in einem heiteren und welterfahrenen Ton:

«Sie sind nicht wirklich kosmopolitisch, meine Liebe.»

«Nicht wirklich, nein.»

«Aber sicher doch entschlossen, es zu werden, nehme ich an?»

«Ganz und gar nicht.»

Claire zieht ein Gesicht wie ein schmollendes Kind. Sie täuscht leidenschaftliches Interesse an einem Pärchen vor, das soeben hereingekommen ist: ein amerikanischer Offizier in Begleitung einer jungen Deutschen, sehr abgemagert und offensichtlich hungrig. Tatiana gibt ein paar Bemerkungen über die Leiden des besiegten Volkes von sich, dann kommt sie mit gönnerhaftem Wohlwollen auf Claire zurück.

«Als Fürstin Wiazemsky müssen Sie mindestens drei Sprachen lernen. Vor allem Russisch, das ist wichtig, weil Sie das in Zukunft mit Ihren Kindern sprechen müssen. Nicht wahr, Jim?»

«Jetzt nennt sie ihn auch noch bei seinem Spitznamen von vor dem Krieg und schließt mich endgültig aus ihrer Welt aus», denkt Claire, die nicht gleich antwortet.

Es ist Wia, der es an ihrer Stelle tut.

«Claire hat schon beschlossen, Russisch zu lernen. Sie fängt diese Woche damit an.»

Tatiana schenkt dem frisch vermählten Paar ein glückliches Lächeln, beginnt einen Satz auf Deutsch, entschuldigt sich, wiederholt ihn auf Englisch und prustet vor Lachen.

«Pardon, meine Liebe, pardon, aber für uns ist dieser fliegende Wechsel von einer Sprache zur anderen einfach so selbstverständlich ... Im Übrigen nehme ich an, dass Sie stolz sind, Fürstin zu werden, und sicher fest entschlossen, Ihrem Rang Ehre zu machen. Habe ich recht?»

«Claire ist es vollkommen egal, Fürstin zu werden.»

Der gut gelaunte Ton, in dem Wia geantwortet hat, bringt Tatiana aus der Fassung. Um ihr tolles Selbstgefühl wieder ein wenig aufzubauen, hat sie ein Puderdöschen und einen Lippenstift aus ihrer Handtasche gezogen. Claire schaut ihr mit düsterer Miene bei ihrem Machwerk zu, denn sie glaubt, die Gedanken der Cousine ihres Mannes erraten zu haben: «Sie hält mich für eine Kleinbürgerin, die sich einen Adligen geschnappt hat.» Sie überlegt, was sie tun soll: aufstehen und den Teesalon wortlos verlassen, sich über Tatiana lustig machen oder den Inhalt ihrer Teetasse absichtlich über den Pelzmantel verschütten. Aber dann sieht sie Wias vertrauensvollen Blick und verzichtet auf ihre Pläne.

Tatiana ist mit dem Nachschminken fertig. Auch wenn Wias und Claires Äußerungen sie schockiert haben, lässt sie sich nichts anmerken.

«Claire ist die Tochter eines berühmten Schriftstellers, François Mauriac», beginnt Wia voller Stolz.

Tatiana schneidet ihm das Wort ab und wendet sich Claire zu:

«Wissen Sie, dass bei uns auch geschrieben wird? Meine

Mutter vollendet gerade ihre Memoiren, meine Schwester Missie hat bis zu ihrer Ehe ein bemerkenswertes Tagebuch geführt, und ich selbst beabsichtige später ebenfalls meine Memoiren zu schreiben. Ganz abgesehen von all den Briefen, die wir untereinander austauschen und die ausgesprochen amüsant sind!»

Abends, beim Essen, unterhält Claire ihre Freundinnen glänzend, indem sie das Gehabe ihrer angeheirateten Cousine imitiert. Sie hat das Gefühl der Demütigung, das sie während der Begegnung im Teesalon empfunden hat, nicht vergessen und weiß schon jetzt, dass sie es nie vergessen wird. Schade, wenn Wia darüber betrübt ist, aber was hilft's.

«Soll er sie doch allein auf ihrem Schloss besuchen, diese aufgeblasene Besserwisserin!»

Claire hat unwillkürlich die Hände auf ihren Bauch gelegt. Ihre Freundinnen, die nichts von ihrem Zustand wissen, bereiten den Arbeitsplan für die nächsten Tage vor. Und auf einmal, ohne es geplant zu haben, platzt Claire heraus:

«Mädels, ich muss euch etwas sagen: Es ist unwahrscheinlich, aber ich bin schwanger!»

Brief von Claire:

«18. Oktober 1946

Lieber Papa und liebe Mama!

Gleich geht wieder ein Flugzeug. Darum beeile ich mich, ein paar Zeilen zu schreiben, nur um Euch zu sagen, dass ich endlich Gewissheit habe und Euch, wenn alles gut geht, in sieben Monaten einen Enkel schenken werde.

Jetzt, da ich es weiß, bin ich fast verrückt vor Freude und denke nicht mehr an meinen bevorstehenden dicken Bauch.

Wenn es ein Junge ist, soll er François heißen, und ich hoffe, lieber Papa, dass Ihr gern sein Pate werden wollt.

So weit für heute, da ich schnell machen muss, schreibe ich im Augenblick nicht mehr, außer dass Wia sich genauso freut wie ich.

Ich umarme Euch beide, so fest ich kann.

Bis ganz bald.»

Das Zimmer, das Claire jetzt mit Wia teilt, wird nicht mehr Kokottennest genannt, sondern «das Zimmer der Frischvermählten». Fotos von ihrer Hochzeitsreise, unter den Rand des Spiegels gesteckt oder an die Wand geheftet, sollen demnächst gerahmt werden. Kein einziges Kleidungsstück liegt mehr auf den Möbeln herum, Wia ist sehr ordentlich. «Und jeden Tag wachst er seine Stiefel selbst!», wiederholt Claire oft voller Bewunderung.

In zwei Wochen muss sie sich für zusätzliche medizinische Untersuchungen nach Paris begeben, sie wird ihre Familie sehen, sich ausruhen. Obwohl sie sich in Berlin zu Hause fühlt, fehlt ihr die Familie oft. Sie braucht das Wiedersehen mit ihrem Vater und ihrer Mutter, sie muss wissen, was ihre Brüder machen, muss ihre Schwester nach den Unwägbarkeiten der Schwangerschaft ausfragen: Luce, schon Mutter von zwei kleinen Mädchen, erwartet ihr drittes Kind. Claire ist sich sicher, dass es, genau wie bei ihr selbst, ein Junge wird. «Sie werden mit zwei Monaten Abstand geboren», rechnet sie sich aus. Und dann träumt sie eine ganze Weile von den beiden kleinen Cousins, die sich in den Sommerferien in Malagar treffen, zusammen aufwachsen werden und die das Leben niemals voneinander trennen wird.

Brief von Claire:

«Berlin, 2. Dezember 1946

Liebe Mama!

Nur kurz, um Euch zu sagen, dass wir die Reise gut überstanden haben – trotz der sechs Stunden Verspätung und einer starken Migräne, die vierundzwanzig Stunden gedauert hat. Außerdem habe ich meine Cremedose zerbrochen, was sehr ärgerlich ist.

Berlin ist genauso, wie ich es verlassen hatte. Es war ein Riesenspaß, meine beiden Hunde wiederzusehen, aber Kitz hustet immer noch.

Ich komme gerade von einem großen Mittagessen, das die Amerikaner von Wias Direktorium zu einem traditionellen Fest gegeben haben, bei dem Gans gegessen wird. Man glaubt es kaum, wie schlecht sie war. (Versucht Euch das Ergebnis einmal vorzustellen, wenn Amerikaner eine Gans braten!) Wir waren fünfzehn am Tisch: sämtliche Franzosen, Amerikaner, Engländer und Russen, die zum Direktorium der Abteilung gehören.

Es ist unwahrscheinlich, aber die Franzosen sind die absoluten Lieblinge, sowohl der Amerikaner als auch der Engländer und der Russen. Unter ihnen war ein charmanter

Kaukasier, der fand, ich sähe den Mädchen seiner Heimat so ähnlich, dass er mir eine Tracht mitbringen will.

Alles ist gut außer der Ernährung hier, die ich fast nicht mehr ertrage. Gestern war mir tagsüber dermaßen schlecht, dass ich alles erbrochen habe. Heute Morgen wäre es beinahe schon wieder so weit gewesen.

Ich hatte Pech, weil am Tag vor meiner Ankunft die Heizkessel geplatzt waren. Kein warmes Wasser und keine Heizung mehr in meinem Zimmer. Das Wasser war heute Morgen wieder da, aber mit der Heizung wird es mindestens noch vierzehn Tage dauern.

Rosen kommt erst am 23. zurück. Das macht mir Sorgen: nicht seinetwegen, sondern wegen Wia, der immer schlechter aussieht. Trotzdem ist er begeistert von dem, was er tut. Freilich, alle lieben ihn. Und die Russen erst, unwahrscheinlich, wie die ihn hofieren!

Liebe Mama, bevor ich schließe, möchte ich mich von ganzem Herzen für alles bedanken, was Ihr – und Papa ebenso – während meines Aufenthalts in Paris für mich getan habt. Es hat mich wirklich sehr glücklich gemacht, wie früher bei Euch beiden zu sein.

Ich umarme Euch inniglich, auch Papa.

PS 1: Sagt Papa, dass der Amerikaner von seinem Buch mit der Widmung ganz hingerissen ist.

PS 2: Ich werde Samstag an Claude denken, und besonders die folgenden Tage. Ich bin sehr stolz und erzähle allen, dass mein Bruder nach England fährt, um Vorträge zu halten!»

Rolanne hat sich geweigert, Claire ans Steuer zu lassen, endlich einmal ist sie es, die den Sanitätswagen fährt. Claire hat nicht widersprochen. Seit sie weiß, dass sie schwanger ist, ergreift sie einige Vorsichtsmaßnahmen: Sie nimmt nicht mehr an weit entfernten Einsätzen teil, vermeidet Autofahrten, soweit sie kann. Sie fühlt sich unnütz, das versetzt sie in äußerst schlechte Laune, sie klagt es ihren Gefährtinnen. Sie beschwert sich auch darüber, dass sie Wia so wenig sieht: Solange er Rosen als Leiter der *Division des personnes déplacées* vertritt, muss er sehr früh aufstehen und kommt sehr spät nach Hause.

Aber an diesem Tag ist alles anders.

Der Sanitätswagen transportiert vier Männer, zu deren Übergabe an das Rote Kreuz die Sowjets sich nach besonders langen Verhandlungen endlich bereitgefunden haben: zwei Belgier, einen Franzosen und einen jungen Griechen.

Wegen des Letzteren wollte Claire unbedingt dabei sein. Sie hat das Gefühl, sie habe sich noch nie so sehr gewünscht, ein Menschenleben zu retten, sich noch nie so dafür eingesetzt, erst Wia zu überzeugen und dann, durch seine Vermittlung, die Befehlshaber des Gefangenenlagers, in dem er sich befinden sollte.

Man weiß wenig über diesen etwa achtzehnjährigen Jungen, der von den Deutschen gefangen genommen worden war und dann von den Sowjets zu deren Komplizen erklärt wurde, das heißt ohne Gerichtsurteil, ohne eine Möglichkeit, seine Unschuld zu beweisen, zur Deportation bestimmt. Als Claire und Rolanne ihm geholfen haben, sich in den Sanitätswagen zu legen, war ihnen sofort klar, dass er Tuberkulose hatte und sich in einem sehr kritischen Zustand befand. Er muss dringend stationär behandelt werden. Aber wo einen Platz finden? In Berlin sind alle Krankenhäuser voll. «Versuchen wir es trotzdem», haben die beiden Frauen wie aus einem Mund beschlossen.

Im ersten Krankenhaus gelingt es ihnen, die beiden Belgier und den Franzosen für ein paar Stunden unterzubringen. Aber beim dritten Versuch und einer weiteren Absage, den Griechen aufzunehmen, wissen sie nicht mehr, was sie tun sollen.

«Geh noch einmal rein», bittet Claire inständig, «bleib hartnäckig. Du kannst das doch so gut, wenigstens radebrechen in mehreren Sprachen ... Wenn man ihn am Leben halten will, zählt jede Minute.»

«Du hast recht.»

Rolanne verzichtet darauf, den Sanitätswagen ordentlich zu parken, zupft ihren Mantel und ihre Schapka zurecht und steigt wieder aus. Seit dem Vorabend ist die Temperatur unter null gesunken, eine dünne Eisschicht bedeckt den Boden. Niedergeschlagen betrachtet Claire die Häuser, die in diesem Viertel von Berlin immer noch in Trümmern liegen, und gibt der Mutlosigkeit einen kurzen

Moment nach. Sie erwartet ein Kind, und neben ihr stirbt ein Junge, ohne dass sie versuchen könnte, ihn zu retten. Versuchen – wirklich nicht? Wenigstens bei ihm sein, ihn nicht alleinlassen mit der Angst, sterben zu müssen.

Sie öffnet die Tuchplane einen Spalt, schlüpft ins Wageninnere. Der junge Grieche liegt reglos auf der Pritsche, genauso, wie man ihn gebettet hat. Trotz der beiden Militärdecken zittert er vor Kälte, vor Fieber. Seine Augen sind geschlossen. Aber als er Claires Hand auf seiner Stirn spürt, schlägt er die Augen unvermittelt auf. Sein verzweifelter Blick ist ein Hilfeschrei. «Es wird alles gut, es wird alles gut», wiederholt Claire, indem sie ihm das Gesicht streichelt. In diese einfache Geste legt sie das ganze Feingefühl, zu dem sie sich fähig weiß, wenn sie mit dem Elend der Welt, den Gräueln des Krieges konfrontiert wird. Die großen glänzenden schwarzen Augen sehen sie unverwandt an, sie hat das Gefühl, dem Jungen etwas von ihrem Leben zu übertragen. Aber das dauert nicht an. Er bekommt Schüttelfrost.

«Wie dumm ich bin!» Claire zieht ihren Mantel aus, legt ihn über die Militärdecken. Ist es Einbildung? Ihr scheint, dass der Junge weniger zittert, dass er das Parfüm, nach dem ihr Mantel riecht, begierig einatmet. *«Après l'Ondée»*, klärt sie ihn auf. Sie fängt an, ihm von Paris zu erzählen, von der Kreuzfahrt nach Griechenland, die sie vor dem Krieg mit der ganzen Familie unternommen hat. Sie würde wer weiß was erzählen, um diesen kleinen, diesen winzigen Lebensfunken in den Augen des Jungen zu erhalten.

Aber da ist er es plötzlich, der mit leiser, von heftigen Hustenanfällen unterbrochener Stimme zu sprechen versucht. «Nicht, sei still, das strengt dich an.» Er gehorcht. Tränen beginnen zu fließen, ob aus Schmerz oder Verzweiflung, Claire weiß es nicht. Sie hat nichts von dem verstanden, was er ihr sagen wollte, aber sie glaubt es zu erraten. Schon bei ihren ersten Einsätzen in den sowjetischen Lagern war ihr und den anderen Sanitäterinnen aufgefallen, dass all die jungen Leute eine Schreckensvision teilten: «Lasst mich nicht hier sterben», sagten sie. Hier, das hieß in Berlin, in Deutschland, fern ihrer Heimat. «Du wirst nach Griechenland zurückkehren», murmelt Claire, die ihre Zweifel daran hat, aber ihm weiter etwas Leben einhauchen will.

Über eine Viertelstunde ist Rolanne schon fort. Ohne Mantel wird es Claire allmählich bitterkalt. Aber sie streicht dem Jungen weiter über das Gesicht und über die Haare, sie hört nicht auf, mit ihm zu sprechen. Er weint nicht mehr, er scheint an ihren Worten, an der Berührung der Hand auf seiner Haut wie am seidenen Faden zu hängen. Claire weiß sehr wohl, dass er kein Französisch spricht, dass er sie nicht versteht, aber sie redet weiter. Sie erzählt, dass die Sanitätswagen des Roten Kreuzes in Berlin ursprünglich für den Krieg in Libyen bestimmt waren, dass sie deswegen nur mit Tuchplanen ausgestattet und so kalt sind.

«Vor dem Krieg, während des Krieges besaß das Rote Kreuz kleine Amilcars. Da hättest du mich am Steuer sehen sollen, ich sah mächtig stolz aus.»

Die Augenlider des Jungen schließen sich, er reagiert nicht mehr auf die Worte, die Liebkosungen. Claire bekommt es mit der Angst: Es wäre nicht das erste Mal, dass jemand in ihren Armen stirbt, sie erkennt die Vorzeichen der Agonie. Aber da hört sie Rolannes Stimme, die ihren Vornamen ruft, das Geräusch von Stiefeln auf dem gefrorenen Boden neben dem Auto.

Wieder in ihrer Wohnung, treffen sich Claire und Rolanne am Küchentisch zu einer Tasse Tee, nachdem beide ein heißes Bad genommen haben, um sich aufzuwärmen. Sie versuchen sich einzureden, dass der junge Grieche gerettet ist, dass er genesen wird. Sie wollen die negative Diagnose des Militärarztes, der ihn ins Krankenhaus aufgenommen hat, nicht wahrhaben.

«Er wird es schaffen», beharrt Claire. «Es ist wie ein Pakt zwischen uns, als hätte er es mir versprochen, als wir beide hinten im Sanitätswagen so gerungen haben, und danach. Erinnerst du dich?»

«Ja, Clarinette.»

Kaum war der Junge aus dem Wagen gehoben worden, war er wieder zu Bewusstsein gekommen und hatte Claire mit den Augen gesucht. Dann hatte er urplötzlich mit ungeahnter Kraft ihre Hand gepackt und nicht mehr losgelassen. Während des ganzen Transports, bis zu seinem Bett in einem überfüllten Krankensaal, hatte Claire weiter mit ihm gesprochen, ihm irgendwas erzählt, was ihr gerade einfiel, um ihn wach zu halten. Sie hatte versprochen, am nächsten Tag, jeden Tag, wiederzukommen.

«Wie töricht, sich gefühlsmäßig so an ein unbekanntes Kind zu binden … Wenn er es nicht schafft …»

«Nein, Clarinette, das ist normal, das ist es doch gerade, was unsere Arbeit manchmal so schmerzlich macht.»

Briefe von Claire:

«22. Dezember 1946

Liebe Mama!

Ich weiß, dass es in Paris sehr kalt ist. Hier schwankt es seit zehn bis vierzehn Tagen zwischen minus 10 und minus 15. Obwohl die Heizung öfter mal kaputtgeht, sind wir wirklich nicht zu beklagen. Und Ihr, hoffentlich friert Ihr nicht allzu sehr?

Von hier nichts Neues. Die Zeit vergeht mit rasender Geschwindigkeit, aber mir kann das nur recht sein.

Ein paar Worte zu mir, weil ich glaube, dass es Euch interessiert.

Ich halte mich sehr gut bei meinen geschlagenen vier Monaten. Seit Paris hat sich äußerlich nicht viel an mir verändert, und wer es nicht weiß, merkt noch gar nichts. Abgesehen von diesem Zusammenbruch, den ich der armseligen und schlechten Ernährung hier verdanke, geht es mir gut, und ich habe fast nie Migräne.

Meine Schmerzen haben sich auf die Nieren verlagert. Es hat so weh getan, dass ich mich nicht mehr rühren konnte. Inzwischen lasse ich mich jeden Morgen massieren, und es geht viel besser.

Und nun, liebste Mama, möchte ich Euch schöne Weihnachten wünschen. Ich bin etwas traurig, an diesem Tag so fern von Euch zu sein. Rosen kommt heute Abend aus Paris zurück. Wir haben schon vier Weihnachtsbäume im Haus, und ich glaube, wir werden ein sehr nettes Fest haben.

Wia bittet mich, Euch ganz zärtlich von ihm zu umarmen. Er steht im Augenblick an der Spitze der Division und spielt furios den wichtigen Mann.

Noch einmal: Schöne Weihnachten, meine allerliebste Mama.

Eure klitzekleine Claire.»

«30. Dezember 1946

Meine liebe Mama!

Ein frohes neues Jahr. Dieser Brief wird Euch natürlich mit Verspätung erreichen, aber ich war in den letzten Tagen ziemlich erkältet und konnte mich nicht aufraffen, zur Feder zu greifen. Ich hoffe, Ihr habt schön Weihnachten gefeiert und genießt den 1. Januar!

Heute ist genau ein Jahr vergangen, seit Ihr Wia zum ersten Mal gesehen habt. Ich kam nach Paris und hatte zwei ganze Monate vor mir, die ich mit Euch verbringen konnte. Ich weiß noch nicht, wann ich Euch besuchen komme. Ich weiß nicht einmal, ob Wia Urlaub nimmt. Er hat viel zu tun, will sich aber weder helfen noch vertreten lassen. Er spielt ein bisschen den Unentbehrlichen. Im Grunde ist das ja sein Problem, wenn er das so toll findet. Aber er sieht schlecht aus, verliert seine Haare und altert so schnell, dass man fast dabei zuschauen kann. Trotzdem ist er ganz reizend, und wir streiten uns nie.

Abgesehen von der Erkältung geht es mir gesundheitlich gut. Innerhalb von zwei Nächten bin ich schrecklich dick geworden. Ich weiß nicht, ob Ihr Euch an einen Stich aus Großmutters dicker Bibel erinnert, die immer auf dem Tischchen hinten im Salon lag. Er zeigte Samson, mit beiden Händen auf die Säulen des Tempels gestützt, der unter seinem Druck zusammenbrach. Ich hatte genau so ein Gefühl. Das Kind drückte nach allen Seiten, und in mir brach alles zusammen. Ich glaube, es wird ein starker Bursche, weil ich hart und zäh bin und er furchtbar kämpfen muss, um sich Platz zu schaffen. Außerdem ist er höllisch zappelig, kurz, er scheint alles zu haben, um der würdige Sohn seines Vaters zu sein.

Ich habe wirklich Glück, dass ich so ein Leben führen kann, wie es mir im Augenblick vergönnt ist. Ich weiß nicht, was ich machen würde, wenn ich arbeiten müsste. Stellt Euch vor, morgens wird mir das Frühstück ans Bett gebracht, und nachdem ich mich unter den Händen einer guten Masseuse entspannt habe, nehme ich ein schönes Bad. Ich kann nicht sagen, dass ich mich riesig amüsiere, aber wer amüsiert sich schon? Ich werde schnell müde, und auszugehen ist jedes Mal ein Drama. Apropos ausgehen, da fällt mir die Jacke ein. Das Grün ist nicht schlecht, aber zu was sollte ich es anziehen? Ich glaube, im Grunde bräuchte ich etwas für abends, und was könnte ich unter diesem Grün tragen? Im Übrigen hoffe ich, dass Ihr bei der großen Kälte guten Gebrauch von meinem Pelzmantel macht!

Meine geliebte Mama, seid ganz herzlich umarmt. Ich wünsche Euch und Papa ein wunderschönes neues Jahr.

Eure kleine Claire.»

Gläser, leere Flaschen, allerhand Teller stehen noch hier und dort, über alle Stockwerke verstreut, im Kurfürstendamm 96 herum. Es sind die Reste der Silvesterfeier vom 31. Dezember 1946, zu der die Franzosen viele amerikanische, englische und russische Verantwortliche der alliierten Streitkräfte eingeladen hatten. Wie Claire ihren Eltern schrieb, waren die Hausbewohner hocherfreut, zu spüren, wie beliebt sie waren, wie weit das Frankreich der Kollaboration in den Hintergrund getreten und einem anderen Frankreich gewichen war, dem des Bündnispartners kurz nach Kriegsende, dem ihrigen, hier, in Berlin. Für eine Nacht hatten sich Amerikaner und Russen wieder verbrüdert. Man hatte die immer realer werdende Bedrohung eines neuen Krieges zwischen den beiden Großmächten vergessen.

An diesem Morgen des 1. Januar 1946 sind alle spät aufgestanden. Rolanne und Plumette nehmen ihr Frühstück in der Küche ein. Sie haben Mistou nicht geweckt, die letzte Langschläferin und umjubelte «Festkönigin», die bis zum Morgengrauen, bis zur Erschöpfung getanzt hat.

Claire, die sich gerade zu ihnen gesetzt hat, döst noch vor sich hin. Sie hat unter großem Beifall Akkordeon gespielt, die ganze Gesellschaft der Hausbewohner und ihrer

Gäste in allen Sprachen zum Singen gebracht. Sie hatte heimlich dafür geübt und mit ihren Fortschritten alle überrascht.

«Wir wussten gar nicht, dass du so musikalisch bist …», beginnt Rolanne.

«… reif fürs Armeetheater», ergänzt Plumette.

«Bei den Amerikanern? Mit meinem dicken Bauch? Nie und nimmer!»

«Dann komm und führ ihn spazieren, deinen dicken Bauch!»

Wia ist hereingeplatzt, gefolgt von seinen beiden Hunden. Er hat schon einen Ausritt mit seinem Lieblingspferd gemacht, seine Wangen sind von der Kälte, der Geschwindigkeit, der Lebenslust gerötet: Es ist sein freier Tag, der erste seit Langem, und er hat die Absicht, ihn zu nutzen. Claire tut so, als wollte sie protestieren.

«Das ist unwahrscheinlich, dass du, nach allem, was du heute Nacht getrunken hast, so in Form bist.»

Aber sie erhebt sich von ihrem Stuhl, schlüpft in die Stiefeletten, den gefütterten Mantel und zieht sich die Schapka bis zu den Augenbrauen herunter: Es ist genauso kalt wie gestern, wieder minus 15 Grad, sie hat es auf dem Thermometer draußen vor dem Küchenfenster überprüft. Dies ist der Moment, in dem Léon de Rosen die Küche betritt. Auch er ist schon lange auf den Beinen, er hat sogar schon begonnen, seine Runde für die Neujahrswünsche zu machen, und einige Mitglieder seines Direktoriums aufgesucht.

«Ein gutes neues Jahr allerseits! Und was ich sagen wollte, Claire, Ihr kleiner Schützling, der Grieche, hat die

Nacht gut überstanden. Sie glauben, dass er überleben wird.»

Claire und Wia machen einen Spaziergang im nächstgelegenen Park, der mit einer dicken Eisschicht überzogen ist. Sie gehen langsam, um nicht auszurutschen und hinzufallen. Die Hunde rennen weit voraus und geraten regelmäßig aus der Spur. Sie sind die helle Freude einer Horde von Kindern mit altmodischen Schlittschuhen an den Füßen, die sich auf einem kleinen See eine Eisbahn geschaffen haben. Die Luft ist trocken und schneidend, ab und zu lugt eine blasse Sonne zwischen den Wolken hervor. Gelegentlich begegnen Claire und Wia anderen Paaren, Berlinern, die auf Deutsch «Frohes Neujahr» wünschen. Dank der Kälte bildet sich vor jedem Mund ein Nebelhauch.

«Mein kleiner Grieche ist gerettet, und diese Kinder, die den Krieg vergessen haben – das heißt mein Sohn wird in eine bessere Welt geboren», freut sich Claire.

«Wer sagt dir eigentlich, dass es ein Junge wird? Ein Mädchen ist genauso …»

«Es wird aber ein Junge. François wird im Mai geboren und …»

Wia unterbricht sie mit einem Kuss.

«Ich habe vergessen, es dir zu sagen. Gestern habe ich meinen Vater am Telefon erreicht. Er bittet uns, unsere beiden Heimatländer zu berücksichtigen und entsprechende Vornamen zu wählen.»

«Verstehe ich nicht.»

«Aber ja doch. Keinen François, wenn es ein Junge ist,

keine France, wenn es ein Mädchen ist, sondern Vornamen, die Frankreich und Russland gemeinsam sind wie Léon, Alex, Pierre, Serge, Jean Marie, Anne, Hélène, Nathalie und so weiter. Man hat wirklich nur die Qual der Wahl.»

Claire ist wie angewurzelt stehen geblieben, ein gewaltiger Zorn hat sie gepackt.

«Gehen wir nach Hause», sagt sie. «Ich bin müde.»

Wia, der den veränderten Tonfall seiner Frau nicht bemerkt hat, stimmt freundlich zu. Wie immer pfeift er die Hunde herbei. Doch zu seinem großen Erstaunen taucht keiner von ihnen auf. Er wartet ein paar Sekunden, sucht mit den Augen jenen Teil des Parks ab, wo er sie zuletzt gesehen hat, vermutet, dass sie mit den Kindern spielen, dann pfeift er noch einmal, lauter und länger. Wieder vergehen ein paar Sekunden, dann sieht er Kitz in der Ferne aus einem Wirrwarr abgestorbener Bäume kommen, die ihrem Schicksal überlassen am Boden liegen. Kitz ist allein, ohne Vicouny.

Drei Stunden lang haben Claire und Wia ihren Hund gerufen und gesucht. Von den Kindern, dann auch von einigen unbekannten Deutschen, die freiwillig helfen wollten, unterstützt, haben sie den ganzen Park bis in die hintersten Winkel und die benachbarten Straßen durchgekämmt. Kitz läuft verstört neben ihnen her. Mehrmals nimmt Wia ihn sich vor und fragt ihn, was mit seinem Gefährten, seinem Hundefreund, passiert sei. «Du warst für ihn verantwortlich!» Claire bringt es nicht über sich, gegen dieses absurde Verhalten zu protestieren. Sie teilt die Verzweiflung ihres

Mannes, spürt nicht mehr, dass sie vom langen Laufen durch die Kälte erschöpft ist. Nach und nach hat sich ein Nebel über die Stadt gelegt, der die Suche noch schwieriger macht.

Schließlich ringen sie sich dazu durch, nach Hause zu gehen.

Es ist der 1. Januar, ein Feiertag, und im Stockwerk der *Division des personnes déplacées* ist kaum jemand da. Die Mädchen vom französischen und belgischen Roten Kreuz dagegen sind fast vollzählig versammelt. Plumette zögert nicht, die Leitung der Aktion in die Hand zu nehmen. Wia, sie selbst, Mistou und ihre drei belgischen Kolleginnen schwärmen jeweils am Steuer eines Wagens aus, um durch die Straßen von Berlin zu patrouillieren. Claire und Rolanne bleiben an Ort und Stelle, in Bereitschaft, Vicouny zu empfangen, falls er durch ein Wunder von irgendjemandem zurückgebracht wird.

Es ist schon lange dunkel, als Wia und die Mädchen zurückkehren. Sie haben alle Leute, denen sie begegnet sind, nach Hinweisen gefragt – jetzt befürchten sie das Schlimmste: In Berlin gibt es eine Unzahl gestohlener Hunde und Katzen, die schwarz an die Meistbietenden verkauft oder von den Hungrigsten gegessen werden.

Claire sieht, dass ihr Mann drauf und daran ist, den Kopf zu verlieren. Sie schlägt ihm vor, eine Suchanzeige zu schreiben und einen hohen Finderlohn auszusetzen. «In allen Sprachen», sagt sie nachdrücklich, «unbedingt.» Wia macht sich sofort ans Werk, die Mädchen helfen ihm. Alle tun so, als hätten sie von seinen heißen Tränen nichts gemerkt.

Brief von Claire:

«6. Januar 1947

Meine geliebte Mama!

Nur ganz kurz, um Euch zu sagen, dass alles in Ordnung ist, und vor allem, weil Rolanne, die den Zug nimmt, in ein paar Minuten aufbricht. Ich werde mich beeilen, Euch bald ausführlicher zu schreiben.

Ich habe am 1. Januar viel an Euch alle gedacht und heute Morgen bei der Kommunion für Euch und Papa (ein wenig auch für meinen Sohn) gebetet.

Ihr habt den Neujahrstag sicher schöner verbracht als Wia und ich, weil unser Hund Vicouny verschwunden war und wir ihn die ganze Zeit gesucht haben. Erst nachdem wir einen hohen Finderlohn ausgesetzt hatten, hat ihn gestern jemand zurückgebracht. Aber ich werde Euch das alles noch genauer erzählen.»

Claire hält inne. Nein, sie wird nicht mehr über Wias Verhalten bei Vicounys Verschwinden schreiben: diese Wahnsinnsliebe ... Wie sollen ihre Eltern verstehen, dass man so an einem Tier hängt? Sie weiß selbst nicht mehr, was sie davon halten soll. Sie ahnt, dass sie diese bangen Stunden nie vergessen wird, diese Frage, die in ihr aufgekommen war und die sie sich immer noch stellt: Wird Wia fähig sein, ihren Sohn mehr zu lieben als seinen Hund? Sie erinnert sich, mit welcher Brutalität er Kitz zur Strafe dafür, dass er so schlecht auf Vicouny aufgepasst hatte, aus ihrem Zimmer vertrieben hat. Kitz war zu Mistou geflüchtet, wo er sich immer noch versteckt. Auch Hilde, die Übersetzerin, die manchmal für das Rote Kreuz arbeitet, steht ihr wieder vor Augen, wie sie ihnen verkündete, man habe Vicouny endlich gefunden; die horrende Summe, welche von der Person, die ihn angeblich aufgelesen hatte, verlangt wurde.

Aber Rolannes Stimme im Treppenhaus reißt sie aus ihren Gedanken.

«Ich gehe!»

Claire muss schleunigst ihren Brief beenden.

Ein Foto in einem vergoldeten Holzrahmen zeigt sie, Vicouny in den Armen, mitten auf einer Wiese kniend. Das hohe Gras, die Wildblumen, das Licht, ihr leichtes Hemd und ihr freudiges Lächeln erinnern an den Sommer, die Sorglosigkeit, das Glück. Wia hat dieses Foto am letzten Tag ihrer Hochzeitsreise, etwa zwanzig Kilometer vor Berlin aufgenommen. Auf anderen Fotos ist sie in Shorts, im Badeanzug zu sehen. Claire betrachtet sie mit gemischten Gefühlen, stolz und bekümmert zugleich. Ihr scheint, dass sie erst jetzt wahrnimmt, wie hübsch sie darauf ist, so schlank, so zart. Wird es ihr gelingen, eines Tages wieder diese junge Frau zu sein? Sie bezweifelt es. Ein letztes Foto mit ihr in der ganzen Schar der Mädchen vom Roten Kreuz, das am 31. Dezember 1946 entstanden ist, entmutigt sie. Sie findet sich aufgedunsen, gealtert. «Mein Sohn, mein Sohn, du übertreibst, du zehrst mich aus», sagt sie. Neuerdings ertappt sie sich des Öfteren dabei, dass sie, wenn sie allein ist, in einer Mischung aus Vorwürfen, Aufmunterung, Liebesworten, die aus ihrem tiefsten Inneren hervorbrechen und sie überraschen, mit ihm spricht.

Missgelaunt denkt Claire daran, dass sie mit Hilde verabredet ist. Da alle ihre Kameradinnen irgendwo auf den Straßen sind, wird «die Deutsche», wie Claire sie nennt, sie zu dem Krankenhaus bringen, in dem der junge Grieche behandelt wird. Im Gegensatz zu Rolanne empfindet Claire ein seltsames Misstrauen dieser Frau gegenüber. Schlimmer noch, sie würde wetten, dass Hilde nicht ganz unschuldig an Vicounys Verschwinden war und an der Summe, die gezahlt werden musste, um ihn wiederzubekommen.

Brief von Claire:

«Berlin, 14. Januar

Liebe Mama!

Da Wia heute Abend an einer Gesellschaft teilnehmen muss, liege ich im Bett und schreibe. Es ist schon nach elf Uhr.

Heute der erste Frühlingsbote: Tauwetter in seiner ganzen Schönheit. Das Wasser tröpfelte von überall herab, und in der Luft lag ein wunderbarer Frühlingsduft. Ich war natürlich die Einzige hier, die es bemerkt hat. Ich weiß, Jean wäre hereingestürmt und hätte gesagt: ‹Wie herrlich, es ist Frühling›, aber er war nicht da, und so habe ich es allein genossen. Vor vier Tagen waren es noch minus 23 Grad, vorgestern minus 20, gestern hat es geschneit, und heute ist Frühling! Die große Kälte war fürchterlich, obwohl ich selbst nicht viel davon gemerkt habe, weil ich kaum draußen war. Aber die Berliner, was müssen sie gelitten haben …

Danke für Euren Brief, den ich heute Morgen bekam, endlich! Komischerweise habe ich erst gestern Abend noch zu Wia gesagt: ‹Wir müssen uns allmählich klar darüber werden, wo die Geburt stattfinden soll, Mama und Papa werden mich sonst ziemlich nachlässig finden.›

Rosen ist gerade aus Paris zurück. Ich konnte noch nicht ernsthaft mit ihm reden, aber ich glaube, die Chancen, dass wir im Mai noch hier sind, stehen 99 zu 1. In einigen Tage werde ich endgültig wissen, ob hier alles so geregelt werden kann, dass die besten Bedingungen gesichert wären. Wenn ja, wird er in Berlin geboren. Schade drum! Aber in Paris wäre ich wohl gezwungen, Euch mindestens zwei Monate lang zu belästigen, weil ich ja nicht einen Tag vorher kommen und am Tag danach wieder abreisen könnte. Und stellt Euch nur den ganzen Ärger für Euch und Papa vor. Es wäre so viel einfacher für Euch, nur einen Anruf zu bekommen.

Außerdem ist eine schwangere Frau nicht das Schönste, und eine niederkommende erst recht nicht. Ich würde mich Euch, Papa und meinen Brüdern so viel lieber mit einem Kind in den Armen und flachem Bauch präsentieren. Abgesehen davon müsste ich Euch womöglich eine schlaflose Nacht zumuten. Hoffen wir es nicht!

Ich wäre Euch überaus dankbar, wenn Ihr alles besorgen würdet, was mir für das Kind fehlt.

Die letzten Tage war ich andauernd ziemlich erschöpft und hatte nachts scheußliche Bauchkrämpfe. Ich nehme an, dass es nichts zu bedeuten hat, aber morgen Abend bekomme ich die Ergebnisse einer Laboruntersuchung, und danach gehe ich zum Arzt. Das Kind wächst sehr, sehr langsam, aber sicher. Ich habe den Eindruck, dass es große Schwierigkeiten hat, sich seinen Platz zu erobern, aber glücklicherweise ist es stärker als mein armer Bauch.

Ich träume von etwas, was mich fast krank macht, so sehne ich mich danach: mitten im Sommer einen Strand entlang zu laufen, meinen eigenen Körper, nichts als meinen Körper zu spüren, mich ins Wasser zu stürzen, mich zu entspannen, mich anzustrengen, mich als mich selbst zu fühlen!

Es ist schrecklich, ich denke zu wenig an das Kind und liebe es noch nicht.

Wia war vierzehn Tage lang allein an der Spitze des Hauses, jeden Tag mit außerordentlichen Sitzungen für die Konferenz in Moskau. Er ist nicht gerade dick, nicht gerade schön, aber zufrieden mit seiner Arbeit. Seine Laune ist oft unausstehlich, aber er hebt sie für die anderen auf, zu mir ist er ganz reizend.

Er bringt sämtliche Sekretärinnen zum Weinen, eine nach der anderen, und schnauzt den Rest des Hauses an. Nur ich und die Hunde genießen seine Gunst. Trotzdem verehren ihn hier alle.

Ich lasse Euch nun und umarme Euch von ganzem Herzen, Papa natürlich eingeschlossen.

Euer kleines Euch liebendes Mädchen.

PS: Unmöglich, Euch am 1. Januar anzurufen, die Leitung war nur für wichtige Persönlichkeiten und für Notfälle zu haben.

Der Brief von meinem kleinen Griechen ist entzückend.»

Gerührt betrachtet Claire ein Gruppenfoto, das vor einer Woche aufgenommen worden war. Sie posiert am Arm eines mageren, auf Krücken gestützten jungen Mannes, dessen Blick voller Liebe an ihr hängt. Plumette, Rolanne und Mistou stehen um sie geschart. Man ahnt im Hintergrund den Sanitätswagen, der den jungen Griechen zum Flugplatz fahren wird. Aus dem Brief, den er Claire hat zukommen lassen, weiß sie jetzt, dass er in Den Haag Aufnahme in einem Krankenhaus gefunden hat, wo man ihn von seiner Tuberkulose zu heilen hofft.

Brief von Claire:

«Berlin, 24. Januar 1947

Meine liebste Mama!

Nur ganz schnell ein paar Zeilen, weil gleich jemand den Zug nimmt. Im Übrigen verzeiht mir, dass es nur praktische Dinge sind.

Gestern war ich bei dem Arzt, bei dem ich mich schon vorgestellt hatte: Er fand mich in sehr guter Verfassung. Ihm zufolge müsste das Kind am 12. Mai zur Welt kommen (aber warum ausgerechnet am 12! Meiner Ansicht nach eher zwischen dem 15. und dem 19.) Ich glaube, ich werde in einer Klinik, die einen sehr guten Eindruck macht und von Schwestern geführt wird, entbinden. Meine Laborwerte sind natürlich bestens.

Und jetzt, bitte entschuldigt, ein ganzer Haufen Dinge, die zu erledigen sind.

1) Hat man Euch telefonisch ausgerichtet, dass ich die gelbe Jacke sehr hübsch finde? Die Schneiderin soll sie nur nicht zu eng machen.

2) Ich schicke Euch das Rezept von P. Würdet Ihr ihn bitte anrufen und fragen, ob es erneuert oder geändert werden muss? Es wäre schön, wenn Ihr die entsprechenden Sachen besorgen und sie jemandem, der Euch anrufen wird, für mich mitgeben könntet.
3) Ich brauche Wolle, möglichst weiße, vierfädig oder dreifädig. Ich habe nur fünffädige. Könnte ich auch Stricknadeln bekommen?

Meine ärmste Mama, wenn Ihr wüsstet, wie leid mir das tut.

Tausend Dank für die Äpfel und den Chicorée (was für ein wunderbarer Salat, den wir gegessen haben: der erste seit Paris) und den Zucker. Ihr seid ein Schatz.

Zu der gelben Jacke hätte ich gern den Rock von meinem schwarzen Kostüm.

Ich glaube, das ist alles.

Ich hoffe, es geht Euch allen gut. Hier schneit es.

Gestern Abend habe ich *Rigoletto* gehört und gesehen. Es war wunderbar gesungen, und überhaupt fand ich es sehr, sehr schön.

Ich habe Claude immer noch nicht geantwortet, nachdem er mir so nett geschrieben hat. Ich könnte im Boden versinken vor Scham. Auch Luce nicht, obwohl ich jeden Tag an sie und an ihren Sohn denke.

Meine allerliebste Mama, ich muss Schluss machen und umarme Euch von ganzem Herzen.»

Claire will den Brief gerade in einen Umschlag stecken, als Wia auftaucht.

«Schreibst du an deine Mutter? Lass mich ein paar Worte hinzufügen.»

Er bezieht seinen Platz an dem mit Intarsien verzierten Sekretär, der plötzlich ganz klein aussieht. «Ein Jungmädchenstück», denkt Claire verträumt. Obgleich Monate vergangen sind, hat sie sich noch nicht vollständig an ihren neuen Namen und an ihren Ehemann gewöhnt. Die Geburt eines Sohnes, dessen Mutter sie sein wird, bleibt eine seltsame Aussicht, derer sie sich immer noch nicht ganz sicher ist.

Wia, unter Zeitdruck, schreibt schnell, in einer schönen, gut leserlichen Schrift.

«Geliebte und gefürchtete Mama!

Sie müssen mich für einen ziemlich garstigen, vergesslichen und undankbaren Kerl halten. Mitnichten! Sie haben einen reizenden, sehr netten Schwiegersohn, der Sie außerordentlich gernhat (obwohl er sich noch ein wenig vor Ihnen fürchtet, vor allem auf die Entfernung), aber der Arme hat so viel zu tun. Er ist ein Mann-für-alles, der abwechselnd und oft gleichzeitig für sämtliche Mitglieder seiner Division einspringt, von der Ordonnanz bis zum großen Chef. Der Unglückselige kommt um 8 Uhr abends aus seinem Büro und kann von Glück sagen, wenn er danach nicht noch zwei- oder dreimal gestört wird. Er muss sich seiner allerliebsten Frau widmen, die Hunde ausführen, zu Abend essen, und er muss Zeitung lesen, um den Kontakt zur Außenwelt nicht gänzlich zu verlieren (was dies betrifft, seien Sie gepriesen für den *Figaro*, der wie mit der Eilpost kaum drei Tage alt hier ankommt, was unglaublich ist!).

So vergehen die Tage, ohne dass ich überhaupt zu meinem persönlichen Leben komme.

Demnächst fahre ich für fünf Tage nach Dänemark, leider in ultraoffizieller Mission, also ohne Claire. Tristesse!

Ich umarme Sie mit liebevoller Hochachtung und bitte nochmals um Verzeihung für die langen Schweigepausen.»

«Geht das?»

Claire überfliegt es noch einmal.

«Bestimmt geht das. Mama ist deinem Charme sowieso verfallen.»

Wia nimmt den Umschlag. Auf der Türschwelle hält er noch einmal inne, um sie, diese so innig geliebte Frau, die Seine, die Mutter ihres erwarteten Kindes zu betrachten. Er möchte ihr am liebsten danken, einfach dafür, dass sie da ist, dass sie so hübsch ist, dass sie ihn unter all den anderen Männern gewählt hat, denkt er. Aber da er sie zu irritieren fürchtet, sagt er etwas ganz anderes:

«Ich habe erfahren, dass einer meiner besten Freunde auf der Durchreise in Berlin ist. Wir haben zusammen unser Baccalauréat gemacht. Er wird dir bestimmt gefallen, er heißt Minko.»

«Minko!»

Claire ist so perplex, dass sie das Buch fallen lässt, das sie gerade in die Hand genommen hat. Die Hunde schrecken auf, Wia kehrt, die Tür wieder schließend, ins Zimmer zurück.

«Du kennst Minko? Diesen Verführer, Minko?»

«O ja!»

Eine plötzliche Heiterkeit hat Claire ergriffen. Dann lebt er also, dieser ferne Freund, von dem sie keine Nachricht mehr bekommen, den sie ein wenig vergessen hatte! Sie merkt nicht, wie beunruhigt ihr Mann auf einmal ist, registriert nicht seinen unglücklichen, verlorenen Ausdruck. In ihrer Freude über die heraufbeschworene Erinnerung an vergangene Zeiten erzählt sie, wie sie sich als junge Leute, vor dem Krieg, in Paris kennengelernt haben, von ihrem Wiedersehen Ende des Jahres 1944 an der Front im Osten Frankreichs, von den Risiken, die sie auf sich genommen hatte, als sie ohne offizielle Erlaubnis nach Paris gefahren war, um ihm den Sanitätswagen, den er brauchte, zu verschaffen. Wia hört ihr zu, wie er ihr vielleicht noch nie zugehört hat. Zum ersten Mal zweifelt er an sich, an der Liebe, die Claire für ihn empfindet. Er stellt es sich als eine mögliche Katastrophe vor, dass sie ihn verlässt, einfach so, von einem Tag auf den anderen, weil eine Jugendliebe plötzlich wiederauftaucht.

«Und du, woher kennst du Minko?»

Wia ist empfänglich für ihren natürlichen Tonfall, ihre unbefangene Frage. Die Schreckensvision zerstreut sich.

«Aus der *École alsacienne*. Wir waren eine kleine Clique von Schülern ausländischer Herkunft. Hauptsächlich ich, der Russe, Minko, der Pole, und Stéphane Hessel, der Deutsche. Einfach grandios, die *École alsacienne*. Man nannte uns nicht ‹Ausländer›, sondern ‹die Internationalen›. Für uns drei war diese Nuance unerhört wichtig.

Über der Begeisterung, diese glückliche Zeit in Erinnerung zu rufen, um Claire daran teilhaben zu lassen, vergisst Wia, was ihn vor ein paar Minuten noch so verwirrt hat. Er erzählt von den Ferien in Spanien, von der Kanufahrt den Ebro hinunter, die ganze Strecke durch Navarra, Aragonien und Katalonien.

«Von Stéphane habe ich überhaupt nichts mehr gehört, und leider gibt es allen Grund, sich Sorgen zu machen ... Ich hoffe, Minko weiß, was aus ihm geworden ist. Von uns dreien war Stéphane Hessel immer der Glückspilz, und ...»

Claire unterbricht ihn mit einer erschrockenen Geste:

«Die Post! Wir haben vergessen, die Post mitzugeben!»

«Dann wird deine Mutter eben warten.»

Rolanne, die soeben von einem vierzehntägigen Aufenthalt bei ihrer Familie zurückgekehrt ist, hat Obst, Gemüse und die Post für ihre Gefährtinnen mitgebracht. Auf diese Weise bekommt Claire die Briefe von ihren Brüdern, ihrer Schwester und ihrer Mutter gleichzeitig. Alle finden die Idee vernünftig, dem Kind, das sie erwartet, einen Vornamen zu geben, der Frankreich und Russland gemeinsam ist. Man schlägt ihr Pierre, Natacha oder André vor, wegen *Krieg und Frieden*, einem der Lieblingsromane von François Mauriac. «Dann also Pierre, Petruschka», beschließt Claire.

Rolanne und sie gehen eilig den Kurfürstendamm hinauf, in Richtung der Klinik, die Claire für die Entbindung ausgesucht hat und wo sie sich dringend anmelden muss. Sie haben sich dort mit Hilde verabredet, die ihnen wieder einmal als Übersetzerin dienen und beim Ausfüllen der Formulare helfen wird.

Nach einem regnerischen Aprilanfang ist die Kälte wieder eingekehrt und ruft allen in Erinnerung, dass der Winter, der schreckliche Winter 1946–1947, noch nicht zu Ende ist, zumindest nicht für die deutsche Bevölkerung. Denn Deutschland bleibt ein ruiniertes Land, wo es an allem mangelt: an Nahrung, Unterkünften, Kleidung. Obwohl die Alliierten die Ausgabe von Lebensmittelkarten beibehalten haben und die UNO seit dem Sommer Hilfspakete schickt, leidet die Bevölkerung immer noch Hunger, Claire und Rolanne können sich auf ihrem Weg durch die Berliner Straßen mit eigenen Augen davon überzeugen.

Elende Gestalten, Frauen wie Männer, räumen weiterhin die Trümmer der zerstörten Häuser weg, meistens ohne mit bloßen Händen, ohne Zuhilfenahme von Maschinen. Längst haben sie das, was ihnen geblieben war, irgendwo auf dem Land gegen etwas Nahrung eingetauscht, und um des schieren Überlebens willen nehmen sie jede Arbeit an. Viele hausen noch in Kellern.

«Man hat den Eindruck, dass sich für sie überhaupt nichts ändert», seufzt Rolanne, «dass für sie immer noch die *Stunde null** ist, wie Hilde sagt.»

Claire weiß nicht, was sie antworten soll. Seit sie nicht mehr am Steuer ihres Sanitätswagens sitzt, empfindet sie leichte Schuldgefühle. Selbst wenn sie sich schlecht und nie wirklich nach ihren Bedürfnissen ernährt, ist ihr bewusst, dass sie unerhörte Privilegien genießt. Das ist ihr peinlich gegenüber den Deutschen, deren Dienste sie jetzt, da sie schwanger ist, in Anspruch nimmt. Eine erste massiert sie jeden Morgen, eine zweite wird sich demnächst um ihr Kind kümmern. Ganz zu schweigen von den Frauen, die täglich das ganze Haus putzen und in Ordnung halten.

Hilde wartet vor dem teilweise wiederaufgebauten Gebäude, in dem sich die Klinik befindet. Sie trägt, wie ge-

* Deutsch im Original

wöhnlich, einen großen, an der Taille mit einem Militärgürtel zusammengehaltenen Männermantel und eine tief ins Gesicht gezogene Baskenmütze. Die Hände in den Taschen, sieht sie Claire und Rolanne ohne irgendeine Gefühlsregung entgegen.

«Die Papiere sind bereit. Sie brauchen mir nur noch die Antworten zu diktieren und zu unterschreiben. Danach müssen Sie das Geld bringen», kündigt sie mit neutraler Stimme an.

Claire und Rolanne folgen ihr durch eine Reihe sparsam möblierter, aber sauberer Räume. Sie begegnen Nonnen und schwangeren deutschen Frauen, die sich alle nach ihnen umdrehen.

«Das ist wegen Ihrer Uniform vom Roten Kreuz», erklärt Hilde. «Hier gibt es keine Ausländerinnen, keine einzige.»

Sie deutet auf Stühle. Während Claire und Rolanne sich niederlassen, schaut Hilde Claire zum ersten Mal direkt an.

«Warum haben Sie sich für die Geburt eine deutsche Klinik ausgesucht?», fragt sie plötzlich.

«Weil man mir gesagt hat, dass die amerikanischen Geburtshelfer grauenhaft sind, und ich will nicht unterm Messer enden!»

Claire, einen kurzen Moment von Hildes unerwarteter Neugierde überrascht, hat mit einem spöttischen Lächeln, das ihr geeignet scheint, diesen Anfang eines Gesprächs sogleich wieder zu beenden, schlagfertig geantwortet. Aber Hilde erwidert mit einem noch spöttischeren, fast unverschämten Lächeln:

«Und was wissen Sie von Ihrem deutschen Geburtshelfer?»

«Dass es der beste ist, dass alle Deutschen, die es sich aussuchen können, zu ihm wollen.»

«Und was sonst noch? Haben Sie sich nicht gefragt, was er während des Krieges gemacht hat? Wo er war? In welchem Rang beim Militär?»

Dieses Nachbohren, diese Fragen erschrecken Claire plötzlich. Sie hat das Gefühl, beinahe die Gewissheit, dass Hilde fähig ist, sie zu verletzen, dass sie ihr und dem Kind in ihrem Bauch gefährlich werden kann. Ein unbändiger Wunsch, zu fliehen, die Klinik schnellstens zu verlassen, bemächtigt sich ihrer. Aber sie unterdrückt ihn.

«Was wollen Sie andeuten?»

Ist es die Aggressivität, die jetzt von ihr ausgeht? Hilde hat wieder ihren neutralen, gleichgültigen Ausdruck angenommen.

«Ich will gar nichts andeuten. Er ist ein hervorragender Geburtshelfer, Ihr Kind wird unter den besten Bedingungen zur Welt kommen. Wir, die Besiegten, sind es nur nicht mehr gewöhnt, dass die Sieger nach unseren Talenten verlangen, das ist alles.»

Als Hilde aufsteht, wird ihr schwindlig. Nur Rolannes schnelle Reaktion bewahrt sie davor, auf den Kachelboden des Wartezimmers zu stürzen.

«Ist schon gut, das ist der Hunger.»

«Diesmal tun Sie, was ich Ihnen sage, und kommen mit zu uns, etwas essen», beschließt Rolanne.

Ein paar Stunden später sitzen die drei Frauen am Tisch der Gemeinschaftsküche ihres Hauses. Rolanne hat Bratkartoffeln mit Speck aufgewärmt, die Hilde mit gesenktem Blick verschlingt. Trotz der Wärme im Raum hat sie sich geweigert, ihren Mantel, ihre Baskenmütze abzulegen. Claire, die sich am liebsten auf ihr Zimmer zurückgezogen hätte, ist auf Rolannes geflüsterte Bitte hin dageblieben, um ihnen Gesellschaft zu leisten. Sie hat die Hände auf ihren Bauch gelegt, verfolgt die unruhigen Bewegungen des fast acht Monate alten Babys, dessen Existenz man kaum ahnt, so gut hat Claire ihre schmale Figur bewahrt. «Wie zappelig du bist, mein Sohn, wie anstrengend», murmelt sie. Sie verspürt einen leichten Brechreiz, verstärkt durch das gierige Schlingen der Deutschen, die von Rolanne mit einem Glas Whisky ermuntert wird, noch mehr zu essen und zu trinken.

Endlich scheint Hilde gesättigt.

«Das war meine erste richtige Mahlzeit seit Langem, danke», sagt sie, schon im Aufstehen begriffen.

«Bleiben Sie doch noch ein wenig, erzählen Sie uns von sich.»

Hilde zuckt mit den Schultern, scheint aber empfänglich für die sanfte Art, wie Rolanne mit einer Geste andeutet, dass sie bleiben soll. Sie schaut Rolanne einen Augenblick an, wie um die Ernsthaftigkeit ihres Interesses abzuschätzen, dann wandert ihr Blick zu Claire, die damit beschäftigt ist, sich den Bauch zu streicheln und Hilde offenbar vergessen hat.

Allmählich wird es dunkel in der Küche, Hilde spricht weiter. Sie erzählt vom Fall Berlins, von der Besetzung durch die Sowjets, von Hunger, Tod und Vergewaltigung, von ihrem Glück, dass sie überlebt hat und nicht, wie so viele andere, in Wahnsinn verfallen ist. Sie erzählt auch davon, wie die Männer heimkehrten und nicht hören wollten, durch welche Hölle ihre Frauen gegangen waren, von dem Schweigegebot, das hinfort für die Berlinerinnen galt, von der ihnen auferlegten Pflicht, zu vergessen. Sie drückt sich ohne die geringste Rührseligkeit aus, ohne zu klagen und ohne Hass, als spräche sie nicht von sich, sondern von einer Fremden. Rolanne und Claire haben still zugehört, sie kein einziges Mal unterbrochen. Sie wissen, dass alles wahr ist. Sie haben instinktiv begriffen, dass sie kein Mitgefühl äußern dürfen, wenn sie Hilde nicht verletzen, vielleicht sogar demütigen wollten. Bis Hilde schließlich verstummt.

«Und jetzt, was haben Sie vor?», fragt Rolanne.

«Was glauben Sie? Überleben, Geld anhäufen und ab in die Ferne.»

Gekläff, ein Poltern auf der Treppe, brutal geht die Deckenlampe an, es ist Wia, der mit seinen beiden Hunden im Gefolge die Küche betritt.

«Mein Gott, aber was macht ihr denn hier im Dunkeln?»

Unverzüglich steht Hilde auf, um zu gehen. Wia bemerkt es und verbeugt sich mit jener etwas altmodischen Galanterie, die er allen Frauen bezeigt. Aber Hilde begnügt sich mit einem angedeuteten Kopfnicken. Dann verschwindet sie im Treppenhaus, ohne einen Blick für Claire und Rolanne.

«Ein seltsames Mädchen. Ist sie es, die manchmal für euch arbeitet?»

Und ohne die Antwort abzuwarten:

«Heute Abend komme ich später. Fangt ohne mich mit dem Essen an. Und passt auf, dass die Hunde bei euch bleiben. Rosen will sie in unseren Büros nicht mehr sehen.»

Wieder allein, verharren Claire und Rolanne einen Augenblick lang in Schweigen, wie um eine Pause einzulegen, um in die Wirklichkeit, ihre Wirklichkeit zurückzukehren, die mit Hildes nichts zu tun hat, obwohl deren Anwesenheit ihnen immer noch durch den Raum zu geistern scheint.

«Puuh ... Ich hoffe, dass sie meinem Sohn kein Unglück bringt», murmelt Claire schließlich.

Rolanne ist schockiert.

«Oh, Claire!»

«Jetzt, wo ich ihre Geschichte besser kenne, bin ich überzeugt, dass sie bei Vicounys Verschwinden und dem Lösegeld die Hände mit im Spiel hatte. Und weißt du was?»

Claire hält inne und setzt eine höchst theatralische Miene auf:

«Ich nehme es ihr nicht mehr übel.»

Diese kleine, etwas dicke Frau, die sich in der Küche zu schaffen macht, rührt Claire zutiefst, vermittelt ihr das Bedürfnis, sie zu beschützen, ohne dass sie wirklich wüsste, vor welcher Gefahr oder vor welchem drohenden Unglück. Sie spürt ihre Schwäche, ihre Verletzlichkeit. Dass sie Wias Mutter ist, überrascht Claire immer wieder. Es besteht keinerlei Ähnlichkeit zwischen ihrem schneidigen Ehemann und dieser müden, vorzeitig gealterten Frau; zwischen der extrovertierten Persönlichkeit des einen und der betonten Zurückgenommenheit der anderen. Aber Claire hat sie fast auf der Stelle lieb gewonnen.

Dabei war es nicht einfach gewesen, als Wia ihr vor einer Woche angekündigt hatte, seine Mutter komme für ein paar Tage nach Berlin, er werde sie im Haus unterbringen. Claire war schockiert gewesen, dass er sie nicht vorab nach ihrer Meinung gefragt hatte. Außerdem wusste Wia bereits, dass er keine Zeit haben würde, sich um sie zu kümmern. «Auf diese Weise werdet ihr euch wirklich kennenlernen», hatte er leichthin gesagt.

Claire hatte ihr feindseliges Schmollen nicht lange beibehalten. Ihre so schüchterne, mit allen so liebenswürdige Schwiegermutter war unentwegt bemüht, ihr Gutes zu tun. Sie sorgte sich um ihre Gesundheit, um ihren Schlaf, sprach voller Liebe von der nun baldigen Ankunft des Babys. Sie schien sich selbst ständig zu vergessen und nur an die anderen zu denken. Sie beklagte sich nie, mit keinem Wort erwähnte sie ihre Vergangenheit in Russland, die Schwierigkeiten, mit denen sie seit zwanzig Jahren kämpfte, seit dem Exil. Für Claire und für ihre Kameradinnen war die «Fürstin Sophie», wie man sie zärtlich nannte, der Inbegriff von Güte.

«Steh nicht so herum, *Duschka*, das strengt dich nur an.»

Ihr zu Gefallen setzt Claire sich an den Küchentisch. Die Schwiegermutter war sehr schnell beim Du, das zu erwidern Claire nicht in der Lage ist, das sie aber umgekehrt nicht stört.

«Was meinen Sie, soll ich Ihnen nicht beim Kofferpacken ein wenig zur Hand gehen?»

«In deinem Zustand?»

«Es geht mir gut, und wenn Petruschka nicht so unruhig wäre, ginge es mir sehr gut.»

Noch ehe sie den Gedanken fassen kann, dass sie durstig ist, schenkt ihre Schwiegermutter ihr schon eine Tasse Tee ein. Claire, die sich liebend gern verwöhnen lässt, schätzt diese Geste, bittet Sophie, sich zu ihr zu setzen. Diese akzeptiert, betrachtet Claire lächelnd und nimmt einen ihrer Ohrringe ab, einen schweren Opal mit einem Ornament aus kleinen Amethysten.

«Nein», sagt Claire entschieden.

Seit sie angekommen ist, hat ihre Schwiegermutter ihr laufend etwas von den wenigen Schmuckstücken geschenkt, die ihr geblieben sind, die sie jeden Tag trägt und mit denen sie, Wias strengem Blick zufolge, wie ein Weihnachtsbaum aussieht. Claire ist aufgefallen, dass er seiner Mutter gegenüber oft allzu kritisch war. Wie konnte er ihr, Claire, so viel Bewunderung schenken, und den anderen manchmal so wenig Wohlwollen entgegenbringen?

Mistou kommt in die Küche, zerzaust und überströmend vor Freude.

«Ich habe die Genehmigung bekommen, nach Paris zu fahren. Ich nehme denselben Zug wie Sie, Fürstin Sophie. Das wird eine wunderbare Reise, überall ist Frühling!»

«Mistou hat sich verlobt», klärt Claire ihre Schwiegermutter auf.

Eine dichte Menge drängt sich auf dem Bahnsteig, während Wia, der in den Waggon mit den für die beiden Frauen reservierten Plätzen gestiegen ist, seiner Mutter und Mistou dabei hilft, ihre Sachen zu verstauen. Wie immer ist der Zug nach Paris rappelvoll, viele Reisende müssen stehen.

Claire, die, von der Menge geschubst und gestoßen, auf dem Bahnsteig geblieben ist, wartet ungeduldig darauf, dass ihr Mann zurückkommt und sie nach Hause begleitet. Zu wissen, dass die Geburt so kurz bevorsteht, zehrt an ihr und beunruhigt sie. Sie hat das Gefühl, das Kind in ihrem Bauch, das sie hartnäckig Petruschka nennt, raube ihr alle Kräfte. Es ist sehr warm in diesen Tagen Anfang Mai, und die Hitze setzt ihr noch mehr zu.

Aber als Wia wieder da ist, deutet er auf das Wagenfenster, in dessen Rahmen Mistou und seine Mutter zu sehen sind. Sie winken, werfen Kusshände. Claire ist von der triumphalen Jugend der einen und der resignierten Mattigkeit der anderen ganz betroffen.

«Wie traurig deine Mutter aussieht», sagt sie. Wia hat ihr seinen Arm schützend um die Schultern gelegt. Er führt sie fest umschlungen und achtsam, dass niemand sie anrempelt, zum Ausgang.

«Hoffentlich erwartet dein Vater sie an der Gare de l'Est und bereitet ihr ein Freudenfest», sagt Claire mit Nachdruck.

«Mein Vater hat sein eigenes Leben, ich bin nicht sicher, ob er da ist.»

«Wie das?»

«Pferde, Rennen, Freunde, Frauen, was weiß ich ... nach so vielen Jahren Ehe.»

Trotz der Hitze erstarrt Claire plötzlich zu Eis. Wias grausame Bemerkungen und seine selbstverständliche Art dabei lösen bei ihr Entsetzen aus. Innerhalb von Sekunden ahnt sie ihre Zukunft, eine so düstere Zukunft, dass sie kurz vor der Ohnmacht ist. Wia fühlt sie schwach werden, drückt sie fester an sich und küsst sie zärtlich auf die Stirn. «Das ist ihr Leben. Meines mit Wia wird nichts damit zu tun haben», beschließt Claire.

Durch das weit geöffnete Fenster strömt warme Luft herein, in der Claire einen Frühlingsduft erkennt. Sollte die Trümmerstadt beginnen, wieder anders zu riechen als nach Krieg und Tod? Nach Bäumen und Blumen, nach allem, was Leben ausströmt? Die Wiederauferstehung Berlins ist ihr außerordentlich wichtig: Berlin ist ihre Wahlheimat, es wird die Stadt ihres Sohnes sein. Sie betrachtet ihren unförmigen Körper im Spiegel und ist froh, weit entfernt von den Ihren zu entbinden: So werden wenigstens sie das Monstrum, zu dem Claire sich entwickelt zu haben glaubt, nicht gesehen haben. Soeben hat sie ihrer Schwester Luce einen schadenfrohen Brief geschrieben, in dem sie damit prahlt, dass sie die Erste ist, vor Luce, die ihrem Vater einen Enkelsohn schenken wird. Denn nicht für Wia will Claire einen Sohn, sondern für ihren Vater, den sie mehr als alles auf der Welt verehrt und von dem sie weiß, dass er auf die Geburt eines Jungen hofft. «Natürlich wird er nicht den schönen Namen Mauriac tragen, Papa, aber Petruschka wird Euer erster Enkelsohn sein. Wenigstens auf diesem Gebiet werde ich meiner Schwester und meinen beiden Brüdern um eine Nasenlänge voraus sein!», denkt Claire mit kindlichem Stolz.

Als der Tag zur Neige geht, kommt Wia für einen Augenblick ins Zimmer, um sie zu sehen. Er bringt ihr einen duftenden Fliederzweig, Blattwerk und einen Brief an seine Schwiegermutter, den er eben geschrieben hat und den er Claire, wie so oft, zum Durchlesen geben möchte.

Claire überfliegt schnell, was er über die zunehmend gespannten Beziehungen zwischen dem Osten und dem Westen berichtet, über das, was jetzt der *Kalte Krieg* genannt wird, und verweilt bei einem Abschnitt, der sie selbst betrifft.

«Durch Claire habe ich teil an Ihrem Leben, Ihren Freuden, Ihren Sorgen, durch Claire wissen Sie, was sich hier ereignet, was uns beschäftigt, was wir planen. Durch mich können Sie nur erfahren, was Claire Ihnen nicht sagt, das heißt: sie ist bewundernswert bis zur Verehrung (und sie wird verehrt), jeden Tag mehr. Ich vergesse oft, ihr gewisse Dinge von meiner Arbeit oder meinen Tagesgeschäften zu erzählen, so sehr habe ich das Gefühl, dass sie jeden Augenblick an meiner Seite präsent ist. Sie ist nie abwesend in meinem Leben, ich empfinde sie als einen Teil meiner selbst, und doch entdecke ich ständig etwas Neues, um dessentwillen ich sie noch mehr liebe.

Meine Mutter ist wieder abgereist. Ich habe sie nur abends gesehen, und auch das oft nur inmitten anderer Leute, da unser Haus zu einem Mittelpunkt dauernder Treffen geworden ist. Claire dagegen hat, fast immer unter vier Augen, den größten Teil ihrer Zeit mit meiner Mutter verbracht, und Sie können sich nicht vorstellen, wie unglaublich nett sie bei jeder Gelegenheit und in jeder Hinsicht zu ihr war. Meine Mutter ist in bester körperlicher und seelischer Verfassung zurückgefahren, glücklich, erholt, beruhigt, begeistert über ihren Aufenthalt, lauter Dinge, die nur Claire zu verdanken sind.»

Aus Schamgefühl hat Claire sich abgewendet, um die Emotionen, die sie beim Lesen des Briefs überwältigt haben, zu verbergen. Sie wusste, sie weiß sich geliebt, aber etwas in ihr zweifelt immer noch daran, wird immer daran zweifeln. Wia missversteht die Situation und ist beunruhigt.

«Geht das nicht? Ist es langweilig?»

Claire fasst sich wieder, indem sie ihren plötzlichen Drang, zu lachen, unter einer ernsten Miene verbirgt:

«Nein, Wia, nein. Aber weißt du, wenn du Mama schreibst ...»

Sie sucht die Stelle, die sie im Kopf hat, findet sie und liest vor:

«Vicouny ist immer derselbe, das heißt der perfekte Hund (für Claire und mich) oder vollkommen verblödet (für den Rest der Menschheit). Er folgt Claire auf Schritt und Tritt und überall hin und himmelt sie an (wie könnte man auch anders). Das wäre so ungefähr alles, was es an Neuigkeiten von der Familie gibt.»

«Ja und?»

«Ja und, das ist unwahrscheinlich! Begreifst du denn immer noch nicht, dass Vicouny Mama schnuppe ist wie sonst was?»

Die Geburt ist schlecht verlaufen. Das Kind, das zu früh geatmet hat, wäre fast erstickt und verdankt sein Leben nur dem Können des ärztlichen Geburtshelfers. Claire, nur halb bei Bewusstsein, leidet sehr. Sie hat seit vierundzwanzig Stunden nicht geschlafen, sie ist erschöpft. Als man ihr sagt, das Kind sei gerettet, es sei ein kleines Mädchen und jetzt kerngesund, will sie es nicht sehen. «Das alles, für das!», protestiert sie, indem sie sich auf die andere Seite dreht und in einen tiefen Schlaf versinkt.

Als sie erwacht, erhellt die Abendsonne das Zimmer, in dem sie sich befindet. Durchs Fenster sieht sie die von einer Brise bewegten Zweige einer Linde und auf dem Nachttisch einen Blumenstrauß. Dann eine Wiege ihr gegenüber, am Fußende des Bettes. Da erinnert sie sich, dass sie gerade ein kleines Mädchen geboren hat, und realisiert, dass die Wiege leer ist. Sie bekommt es mit der Angst: Und wenn das Kind, das so schwer zur Welt gekommen war, nicht überlebt hatte? Sie sucht nach einer Klingel, nach irgendeiner Möglichkeit, Hilfe zu rufen.

Aber da öffnet sich die Tür, Wia erscheint mit dem Baby in den Armen, gefolgt von Olga und Rolanne. Alle drei ebenso strahlend wie bewegt. Sie reden aufgeregt durcheinander, ein Stimmengewirr, aus dem hervorgeht, dass sie beruhigt sind, verrückt vor Freude, und dass sämtliche Bewohner der 96 es kaum erwarten können, Claire zu besuchen und zu umarmen. Diese möchte den Hereinkommenden am liebsten sagen, sie sollen nicht so viel Krach machen, aufhören, soviel Unruhe zu verbreiten.

«Morgen, spätestens übermorgen stelle ich meine Tochter allen unseren Freunden vor», sagt Wia. «Schau sie dir aus der Nähe an: ein echter Muschik!»

Er hält Claire das Baby hin, die missmutig ablehnt.

«Ich bin zu müde», sagt sie in trübseligem Ton.

Wia, etwas ratlos, wendet sich Rolanne und Olga zu, wie um zu fragen, was man mit einer Frau machen müsse, der Seinen, die vor ein paar Stunden Mutter geworden ist. Rolanne bedeutet ihm mit einem fröhlichen Schulterzucken, das habe nichts zu bedeuten, man müsse Claire Zeit lassen, sich daran zu gewöhnen. Sie nimmt das Baby, drückt es an ihre Brust, wiegt es und kitzelt es, singt ihm leise den Anfang eines Abzählreims. Das Kind stößt kleine Schreie aus, die Olgas Herz erweichen.

«Gib es mir auch mal.»

«Nein, das ist mein Berliner Kind.»

Rolanne tanzt, das Baby immer noch an sich gedrückt, um das Bett herum, als wollte sie dem Neugeborenen etwas von der Freude über seine Ankunft mitteilen. «Mein Berliner Kind, mein Berliner Kind», wiederholt sie in einem fort. Wia hat sich neben Claire gesetzt. Er hält ihre Hände, erzählt von den Anrufen bei ihren beiden Familien, von den Glückwünschen aller, den Telegrammen, die schon von überall geschickt werden. Aber Claire hört nur halb zu.

Sie beobachtet aufgebracht und verblüfft zugleich, wie Rolanne sich mit dem Baby dreht, wie Olga versucht, sich seiner zu bemächtigen. Schließlich obsiegt der Ärger.

«Gebt es mir wieder, mein Berliner Kind.»

Rolanne lässt sich nicht lange bitten. Claire, zuerst furchtsam, dann etwas sicherer, legt es sich an die Schulter, schmiegt es in die Halsmulde. Sie kann gar nicht fassen, dass es sich das alles gefallen lässt, ohne zu schreien, ohne zu weinen, dass es so vertrauensvoll, ja sogar zufrieden ist. Irgendwie begreift sie, dass es aus ihr kommt, dass es ihres ist. Sie wundert sich, naiv und ernsthaft, dass sie in der Lage war, ein winziges Menschenwesen zu fabrizieren.

«Das ist unwahrscheinlich», murmelt sie.

Sie streichelt die so weiche, so zarte Haut, prüft, ob es tatsächlich zwei Hände und zwei Füße hat, bleibt sprachlos über jedes Lächeln, das dieses Wesen ihr schenkt, über die Laute, die aus seinem Mund kommen. Sie spürt, wie sicher es sich fühlt, an seinem richtigen Platz zu sein, dass eine Welle von Liebe und Dankbarkeit sie überkommt. Sie merkt nicht, wie still es um sie herum geworden ist, spürt nichts von der gespannten Aufmerksamkeit, mit der Wia, Olga und Rolanne jede ihrer Gesten verfolgen.

«Mein Berliner Kind», murmelt sie wieder.

Vorsichtig, zaghaft, küsst sie Hände, die Stirn, den goldenen Flaum auf dem Köpfchen. Und plötzlich, mit einer Mischung aus Spaß und Vorwurf ruft sie aus:

«Mein Gott, Wia, du hast mir nie gesagt, dass es Rothaarige in deiner Familie gibt!»

«Und das Baby, das warst du. Deine Eltern waren die Ersten, die sich geliebt, die Ersten, die geheiratet haben, und du warst die Erste, die geboren wurde. Darum bist du über all die Jahre hinweg unser erstes Kind, unser Berliner Kind geblieben. Meine Söhne sind anderswo geboren, die von Mistou ebenfalls, und dein Bruder in Rom, wenn ich mich recht erinnere.»

Olga genießt es, so lange erzählt zu haben. Es hat ihr eine weite, sehr weite Reise in die Vergangenheit erlaubt, auf der Suche nach glücklichen Erinnerungen, die mit denen von Claire, Wia, Rolanne, Plumette, Mistou und Léon de Rosen übereinstimmen. Sie alle glaubten, in Berlin die schönsten, die intensivsten Jahre ihres Lebens verbracht zu haben. Sie waren jung, von dem unbändigen Wunsch erfüllt, die Leiden des Krieges zu vergessen, anderen zu helfen. Vermisste und Verschwundene zu suchen, sie zu finden und zu retten war ein Ideal, das ihren Ansprüchen gerecht wurde. Dieses Ideal hat ihre Freundschaft zementiert. Wenn es darum ging, waren sie alle, jede und jeder Einzelne, von einer bewundernswerten Diskretion und Bescheidenheit.

Heute, im Jahr 2008, können nur noch Olga und Plumette Zeugnis darüber ablegen. Wia ist als erster gestorben, sehr früh, viel zu früh. Dreißig Jahre später folgten Claire, dann Rolanne, Mistou und schließlich Léon de Rosen.

In ihrer Wohnung, unweit der russisch-orthodoxen Kathedrale Saint-Alexandre-Nevsky in der Rue Daru, fährt Olga fort, Erinnerungen wachzurufen. Sie nimmt meine Fragen sehr ernst, will sich bei den Antworten nicht irren. Ihre Pausen, in denen sie schweigend nachdenkt, geben mir Gelegenheit, mir die verstorbenen Personen leibhaftig, wie Auferstandene, vor Augen zu führen. Meine Bewunderung für sie erstaunt Olga.

«Wir hatten das Glück, überlebt zu haben, und die Suche nach Verschwundenen wurde unter großem Zeitdruck improvisiert. Wir kannten einander nicht, wir kamen aus ganz verschiedenen Milieus, aber wir hatten dies gemeinsam: am Leben zu sein. Und dann kam eins zum anderen, die fantastische Energie von Léon und Wia, die Courage der Mädchen vom Roten Kreuz, und dann ...»

Ein verschmitztes Lächeln erhellt Olgas schönes Gesicht.

« ... und dann diese Liebe zwischen deinen Eltern. Eine Liebe, die uns mitriss, die auf uns ausstrahlte und uns zusammenschweißte. Etwas, was uns unglaublich glücklich machte und solidarisch mit ihrem Glück, ihrer Ehe, mit deiner Geburt, mein Berliner Kind.»

Erneutes Schweigen. Kein Geräusch hallt in der großen leeren Wohnung wider. Der Tee auf dem Tablett ist schon lange kalt, und wir haben das Gebäck nicht angerührt, das Olga vor zwei Stunden sorgfältig arrangiert hat. Es ist ein Winternachmittag, es ist düster. Ich erhebe mich, um einige Lampen anzumachen. Ich betrachte eingerahmte Fotos von Olga und Léon de Rosen, die 1948 geheiratet haben, kurz vor der Auflösung der gesamten Belegschaft des Kurfürstendamm 96, Porträts von ihren Kindern in verschiedenen Lebensaltern und ihren zahlreichen Enkeln. Gruppenfotos, Feste, Fotos einer vereinten Familie. Ein schmerzliches Gefühl schnürt mir die Kehle zusammen. Ich denke an Claire und Wia, an ihre kurzen Jahre des Glücks.

Olga ist eine sehr feinfühlige Frau geblieben, die zu verstehen scheint, was ich empfinde. Oder aber unsere Gedanken gehen einfach in dieselbe Richtung.

«Nach Berlin war das Leben nie wieder wie vorher. Wie du weißt, hat es uns nicht immer Geschenke gemacht.»

Sie sucht die richtigen Worte.

«Deine Eltern, die sich so geliebt haben, haben sich später an allem gerieben, was sie unterschied. Es war wirklich wie Tag und Nacht. Du musst sie dir vorstellen. Dein Vater, ein Sonnenschein, überschäumend vor Tatendrang, extrovertiert, immer zum Feiern aufgelegt, deine Mutter, zeitweise so düster, nicht diejenige, die den anderen vorauseilt, und an Migräne leidend, an schrecklicher Migräne ... Ich erinnere mich noch, als ich Claire und Wia bei ihrer Hochzeit sah, habe ich gedacht: ‹Eine solche Vitalität, wie Wia sie besitzt, und Claires Migräneanfälle, ihre Übelkeiten ... Er kann sie nicht verstehen, eines Tages wird er ihr vorwerfen, sich tagelang im Dunkeln einzuschließen.› Ja, ich erinnere mich, das habe ich gedacht ... Soll ich dir noch mehr von dem erzählen, was ich damals gedacht zu haben glaube?»

Sie ahnt mein geflüstertes «Ja» mehr, als dass sie es hört.

«Du musst dich etwas anstrengen, dir vorstellen, woher deine russischen Großeltern kamen. Bei der Hochzeit von Claire und Wia gab es die hochelegante Gruppe der Franzosen und die der Russen, so viel weniger elegant. Die Russen hatten vier besonders harte Kriegsjahre hinter sich, sie waren verarmt, sie wussten nicht mehr alle, wie man sich kleidet, wie man sich integriert. Die erlesene Fürstin Sophie jedenfalls nicht. Aber das war typisch für diese Zeit, so typisch ... Ich erzähle dir das nur, damit du deine Mutter verstehst, so französisch, so wenig international, so wenig kosmopolitisch, und dein Vater genau das Gegenteil. Aber geliebt haben sie sich, ja ... In meinem ganzen Leben habe ich so etwas nie wieder gesehen ...»

Olga lässt einige Anzeichen von Müdigkeit erkennen. Wir haben den Nachmittag damit verbracht, auf der Suche nach Claire, Wia und den anderen gemeinsam in die Vergangenheit zurückzukehren. Sie hatte dieses Gespräch sorgfältig vorbereitet, ihre Erinnerungen sortiert. Sie war, ohne dass ich sie darum gebeten hatte, den Weg der größtmöglichen Ehrlichkeit gegangen. Ein Blick auf die Uhr zeigt mir, dass es Zeit ist, mich zu verabschieden, und ich erhebe mich von meinem Platz auf der Couch. Aber Olga bedeutet mir, mich noch einmal zu setzen.

«Du weißt ja sicherlich, dass du bei deiner Geburt beinahe gestorben wärst. Ohne das Eingreifen des deutschen Facharztes für Geburtshilfe wärst du nicht hier, um dir meine Geschichten anzuhören. Er hat dir das Leben gerettet. Ein paar Wochen später wurde er festgenommen, verurteilt und gehängt: Er war ein Kriegsverbrecher. Als wir es erfuhren, hat uns das nicht sonderlich beeindruckt. Wir hatten die absoluten Gräuel der Judenvernichtung noch nicht ermessen, wir wussten nicht alles oder wollten noch nicht alles wissen, ich kann mich nicht mehr so genau erinnern. 1945, 1946 und sogar im Mai 1947 brauchte man uns in Berlin. Es gab immer noch so viele Vermisste, die gefunden, gerettet, ihren Familien zurückgegeben werden mussten ...»

An dem kalten Winterabend gehe ich, ein wenig aufs Geratewohl, durch die Rue Daru, die Rue de la Néva, rund um die russisch-orthodoxe Kathedrale Saint-Alexandre-Nevsky. Als ich Olga verließ, hat sie mich auf der Türschwelle einen Moment zurückgehalten, als hätte sie mir noch etwas zu sagen über das, was war und nicht mehr ist, über das Vergessen. Dann zuckte sie mit den Schultern. «*Nitschewo, nitschewo*», murmelte sie.

Danksagung

Mein Dank gilt Jeanine Ivoy, Olga de Rosen und Pierre Wiazemsky.

«Aus dem Verlagsprogramm»

Claudia Klischat
Der eine schläft, der andere wacht
Roman
Etwa 144 Seiten. München 2010

Dirk von Petersdorff
Nimm den langen Weg nach Haus
Ausgewählte und neue Gedichte
Etwa 128 Seiten. München 2010

C. H. Beck Gedichtekalender
Etwa 28 Seiten. München 2010

Jedediah Berry
Handbuch für Detektive
Roman
Etwa 368 Seiten. München 2010

Janet Frame
Dem Sommer entgegen
Roman
Etwa 288 Seiten. München 2010

Verlag C. H. Beck München

Adolf Muschg
Sax
Roman
461 Seiten. München 2010

Eduardo Belgrano Rawson
Die Predigt von La Victoria
Roman
Etwa 144 Seiten. München 2010

Gilbert Adair
Buenas Noches, Buenos Aires
Roman
Etwa 208 Seiten. München 2010

Erik Orsenna
Lied für eine geliebte Frau
Roman
Etwa 192 Seiten. München 2010